유토피아라는 물음

해석과 판단 · 7

유토피아라는 물음

〈해석과 판단〉 비평공동체 지음

산지니

공통적인 유토피아를 바라보며

올해로 일곱 번째 공동비평집을 묶어낸다. 언제나 그랬던 것처럼, 우리는 하나의 주제를 공동으로 발의했고 함께 발제했으며, 그 과정에서 서로 말을 뒤섞고 술을 마셨다. 그 1년의 결과가 이 책『유토피아라는 물음』이다. '유토피아'라는 추상도 높은 개념과 그에 긴밀히/은밀히 결부될 수 있을 여기 현실의 상황들을 곰곰이 곱씹는 와중에, 우리들 각자는 그 개념과 상황에 틈입해 들어갈 수 있는 사고 및 표현의 구체적인 장소들을 발견했던 것 같다. 그것은 미미하지만 공통적인 것이었다고 생각한다. 각자의 입장과 의지를 손상 없이 조율함으로써 확보할 수 있었고 이내 확장될 수 있었던 공통적인 것. 이로써 이제까지 우리들의 공동비평집이 안고 있던 고질적인 문제, 다시 말해 응집력 없이 쪼개진 글들의 묶음이라는 문제를 얼마간 털고 일어날 수 있는 계기와 발판을 마련했다고 할 수 있다. 유토피아에 대한 서로의 공부를 돌보면서 각자가 어렵사리 시도한 개념과 상황의 재정의가 갈라지면서도 만나는 지점들을 곳곳에서 발견할 수 있을 것이다. 우리는 유토피아라는 개념에서 자동적으로 현실과의 괴리와 이격을 떠올리는 인지의 타성을 문제 삼으면서, 삶을 짓눌러 압착하면서도 동시에 부양하고 북돋는 현실을 원리적인 수준에서 좀 더 세세히 파악하기 위해 노력했다. 우리는 유토피아에 대해 말한다는 것이 현실과의 고리를 잃은 천상의 노래가 아니라 땅 위에서 수행되고 있는 지고한 의지의 활발한 표출이어야 함을 공통적으로 주장하고 있다. 관심 있는 독자들의 세세한 읽기를 요청하게 된다. 여기에 수록된 7편의 평론과 2편의 기획번역에 대한 간략한 개요는 다음과 같다.

김남영의 「유토피아의 초상—웰스의 『모로 박사의 섬』에서 디스토피아를 읽다」는 유토피아/디스토피아를 동시적인 하나의 묶음으로 이해한다. 19세기 말 웰스가 지은 『모로 박사의 섬』은 파리코뮌 이후의 디스토피아적 정조를 내장한 작품으로, 김남영은 그 속에서 새로이 등장하고 있는 사상으로서의 페이비언 사회주의를 발견한다. 그것은 마르크스주의에 대한 전면적인 수정을 요구함으로써 교조화된 마르크스주의의 유토피아적인 버전 속에 맞물려 있는 디스토피아적 상황의 창출을 드러낸다.

오현석의 「유토피아, 충돌의 공간—한센인 집단 거주 용호농장에 대하여」에서 분석되고 있는 용호농장은 다수와 소수자 간의 유토피아적 의식이 충돌하고 길항하는 공간이다. 이윤과 직결된 도시적 공간 확보라는 도시인들의 유토피아적 의식과 한센인들의 생존 공간 확보라는 유토피아적 의식이 충돌하는 과정, 그리고 끝내 단절적이며 폐쇄적인 공간으로서의 용호농장이 탄생되고 소실되는 과정을 오현석은 섬세하게 찍힌 자신의 르포사진들을 중심으로 분석하고 있다. 용호농장의 폐쇄성은 도시민들의 가치관 변화에 따라 현대사회의 휴식공간으로 그 장소성이 변화하게 된다. 이러한 과정 속에서 한센인들은 또 한 번의 시련을 겪는다. 오현석은 유토피아적 의식의 반복적인 충돌 속에서 추방되고 있는 소수자의 목소리에 귀 기울일 수 있는 감각을 요청한다.

이희원의 「불/가능성으로 실현하는 유토피아」는 김사과의 『천국에서』를 통해 오늘날 신자유주의 체제하에서 작동하는 유토피아적 전망이 세상을 디스토피아로 만들고 있는 상황, 물신화된 유토피아 관념의 허위를 비판적으로 조명한다. 그리고 이를 경유하여 윤성희의 『구경꾼들』을 통해 새로운 유토피아를 실천하는 삶의 자세에 긍정적인 시선을 보낸다. 이런 관점에서 이희원은 유토피아를 마술적인 신세계가 아니라 온갖 사건과 사람, 우연히 범람하는 현실에서 자신의 역사를 창출하고 자기 세계 바깥과 적극적으로 교류하는 삶의 형태 그 자체로, 우발적 만남의 발생과 그 지속으로 다시 인지되고 있다.

윤인로의 「아토포스로서의 "제4세"―「선(線)에관한각서」연작의 안팎」은 작가 이상의 문학 속에 들어 있는 묵시적이고 파국적인 심판의 이미지를 당대의 전시체제를 인지하는 이상의 역사신학적 관점의 반영으로 읽고 있다. 달과 지구의 충돌, 멸형(滅形)의 시간, 절대의 추구 등 이상이 말하는 '불세출의 그리스도'가 도래시키는 일련의 사건들은 삶을 군국의 단순한 질료로 재편하는 체제에의 불복종을 선포하는 것이었다. 윤인로는 전시체제의 법권역 속에서의 분류와 분리, 몫의 할당과 분할을 기소하고 기각하는 분류불가능한/에외적 힘들의 빌생과 도래를 논증하고 있다.

고은미의 「우울 이후, 안티-유토피아―라스 폰 트리에의 영화 〈멜랑콜리아〉에 나타난 파국의 희망」은 광대한 사유화의 영역을 소수의 사람들이 독점적으로 누리고 있는 오늘, 유토피아라는 개념과 그 내실이 누구를 위한 것이고, 누구의 것인지, 어디에서부터 가능하고 또 불가능한지를 다시 정의하지 않을 때를 상상한다. 고은미는 라스 폰 트리에의 영화들을 관류하는 우울의 정조, 그 깊은 침잠 속에서 드러나고 제안되는 세계의 종언이라는 처절한/완벽한 무기가 전락하고 타락한 유토피아적/건축적 세계와 맞서는 세계감의 일종이라고 주장한다.

정기문의 「동일성의 구축으로 이루어진 유토피아」는 유토피아의 추구가 물질적 조건의 변혁에서부터 출발할 수밖에 없다는 인식에서 작성되었다. 이러한 유토피아의 기획이 해방기 이기영의 소설 『땅』에서 형상화되고 있다는 점에 주목하고 이를 세세히 분석한다. 이기영의 이 소설에 내장된 유토피아적 상상력과 주체의 구성이 지닌 의미와 한계를 고찰한다는 것은 실패한 기획을 역사의 창고에 폐기처분하지 않고, 지금 여기서 가능한 대안을 그려보려는 의지의 산물이라 할 수 있다.

장수희는 「싱글이 넘치는 신세계-결혼과 유토피아의 안과 밖에 대한 질문」은 일부일처제 사회, 가족 공동체 사회를 완전히 바꾸는 새로운 세계를 구상했었던 푸리에의 유토피아, 이른바 팔랑스테르의 실재적 가능성을 통해서, 현재 구상할 수 있는 유토피아란 어떤 것일까를 더듬어보고 있다. 이를 통해 최윤교의 『싱글빌』과 2006년 세계문학상 당선작이었던 『아내가 결혼했다』가 보여주었던 결혼 및 가족에 대한 시각을 재조명한다. 그리고 만화가 마스다 미리의 『결혼하지 않아도 괜찮을까?』의 질문법을 통해 일부일처제, 이성주의, 가족 공동체로 구성된 국가에서 싱글인 '나'들이 살아갈 수 있는 어떤 실마리를 찾아보려고 한다. 장수희는 이 질문을 연속과 지속이 '유토피아'를 찾아낼 수 있는 길이라고 생각한다.

이상 7편의 비평에 이어져 있는 기획번역 2편은 『포스트유토피아 인류학』에 수록된 글들로 양순주와 정기문의 공동번역으로 싣게 되었다. 도미야마 이치로(冨山一郞)의 「유토피아들」은 이 책 전체를 총괄하는 내용을 담고 있다. 총괄을 행하면서 감촉의 구체로서의 존재를 확인한다. 그는 '운동'을 일으킨 것과 '포스트'라는 상황을 서로 겹치면서 말하는 것의 중요함에 대해 서술한다. 그러나 말하는 것 그 자체에 존재가 수반된다고 해도, 말해진 후의 언어는 때로는 주술적이며 때로는 공허하다. 바로 여기에 '포스트유토피아'의 과제가 있음을 강조한다.

　그 실례로 두 번째 번역글 카스가 나오키(春日直樹)의 「유토피아의 중대함, 포스트유토피아의 경쾌함」은 피지 섬에서 수행된 인류학의 분석이 유토피아의 발로를 놓쳐온 것을 돌아보면서, 피지 선주민의 '식인' 풍습을 취급하는 인류학자들의 선입견이 낳은 몰이해에 대한 비판적 인식에서 쓰인 글이다. 카스가는 선주민, '그들은 누구인가'라는 의문을 문제에 붙이고, 언어를 통한 이해 너머를 지향한다. 이렇게 카스가는 과거와 미래에 대해 상상된 세계가 현재에 출현했을 때, 그 존재를 어떻게 대해야 할 것인지에 대한 진지한 고민을 모색한다.

　이상 우리들의 공동비평집에 실린 글은 총 9편이다. 공동작업에 있어 내세울 만한 중심이나 알아주는 구심이 없는 상황을 우리는 독이라고 여기지 않고 약이라고 여겼다. 그것이 내세울 만한 것이며 알아줄 만한 것이라고 생각한다. 우리들의 이 '약함'을 세세한 격려를 통해 독려해주실 분들이 있기를 바라고 있다.

〈해석과판단〉 비평공동체 일동

차례

김남영

유토피아의 초상

―웰스의 『모로 박사의 섬』에서 디스토피아를 읽다

1.

유토피아(utopia)를 향한 저 희망의 손짓이 절망의 현실로 무참히 파괴될 때, 법과 제도가 우리에게 안정을 제공하지 못할 때, 상식이 저 시궁창에 처 박혀 있을 때, 유토피아는 환상으로 존재하기를 거부하고 비로소 각성의 계기가 된다. 유토피아는 어느 시기, 어떤 공간에도 존재해왔었다. 유토피아가 관념이라면, '반복 강박'에 빠질 만큼 유토피아는 매력적이다. 지금 이 순간에도 우리는 유토피아를 꿈꾼다. 현실에서의 삶이 자신의 기대지평을 무너뜨리는 순간에도, 현실의 삶이 허무에 가득 차 기만적인 삶의 속내를 비추일 때도, 돌연 출몰하는 유령과도 같은 저 말의 신뢰성을 우리는 믿는다. 말 그대로 현재에는 이루어질 수 없는 그렇다고 꿈꾸기를 포기할 수 없는 유토피아는 "깨어 있으면서 꿈꾸기"(발터 벤야민)이다. 실체가 없는 이상. 어쩌면 텅빈 기표(유토피아)에다 누구나 자신의 꿈과 희망을 싣는 지난한 과정이 유토피아의 실체는 아닐까. 그럼에도 불구하고 우리는 이 텅빈 기표에다 고정점을 부여하기를 주저하며 유토피아의 주위를 배회하고 방황하는, 마치 영원한 꿈꾸기는 실현불가능한 것이라는 태생적 운명에 저당 잡힌 채로 살아간다. 왜 그럴까.

유토피아를 지칭하는 방식은 그 나름의 존재방식을 구현한다. 그것이 개인적이든 집단적이든 추상적이든 구체적이든. 19세기에도 유토피아를 꿈꾸는 이들이 있었을 것이고, 현재에도 여전히 유토피아는 꿈으로 존재한다. 유토피아에 대한 염원, 그 여전한 진행, 반복. 그렇다면 묻자. 유토피아란 무엇인가. 역설적이게도 유토피아는 디스토피아의 토대위에서 성립된다. 말을 바꾸자면 디스토피아를 비판해나가는 지난한 작업들이 필요한 이유는 유토피아의 성립 가능, 그리고 불가능을 가늠케 하는 시도들을 표현할 수 있기 때문이다. 유토피아는 그 자체로 도달할 수 없는 개념어라기보다는 어쩌면 디스토피아를 뛰어넘으려는 의지들이 모여 만든 부산물이자, 디스토피아를 삼켜야지만 살아나는 포식성의 괴물(형이상학)과 무척 닮아 있다. 이 괴물은 우리의 인식에서 분명히 '있음'이고, 눈 앞에서는 '없음'이다.

구체적으로 독립되고, 일반적인 유토피아는 없다. 유토피아는 언제나 디스토피아에 대한 사유를 통해 매개된다. 유토피아는 사회적으로 바람직한 이상(理想)에 가닿으려는 충동이다. 어디에도 없는 곳, 그러나 분명 있기를 멈추지 않는 그것. 이 이중적인 의미는 유토피아의 정치·사회적 실천가능성과 이상 사이에는 수많은 간극을 승인한다. 더나아가 유토피아의 실천가능성의 짝패인 실천불가능성은 실천가능성의 구현 아래 폐기되고, 성취가능성으로 나아가기 위한 이데올로기적 작용들이 그 중심에서 작동된다. 말하자면 유토피아가 제멋대로 사용되는 이유는 에데올로기들의 가열찬 자기-확인에서 비롯된다고 볼 수 있다. 이럴 때 유토피아에 대한 논의는 추상적 차원에서 그 어떤 것들과 결합되고, 굴절 변용된다. 바로 저 이유들, 조건들을 폐기처분하고 단일한 이상사회를 도모한 예는 우리에게 매우 익숙하다. 이런 모호성이야말로 유토피아라는 말이 남발되고 남용되는 근거가 된다. 정치세력들은 스스로가 유토피아의 이상을 말하고 있다고 오인(誤認)한다. 독재정권도 유토피아를 말한다. 자유진영에서도 유토피아를 말한다. 이 이데올로기의 강력함에 부와 권력이 기생한다. 그런 질서 속에서 우리는 만들어진 유토피아적 질서, 다른 말로 하자면 권력의 재생산의 질서와 나눔의 감각들에 익숙해져 정작 우리는 깨어있는 상태에서의 꿈꾸기마저도 날조되고 조작당하는 비련을 맞이한다.

문학은 언제나 포기당한 꿈의 자리에서 나타난다. 꿈이 배반당하고 현실이 참혹할수록 문학은 디스토피아적 허기를 유토피아적 사유로 채운다. 더 정확히 말해 문학은 유토피아에 가닿기 위한 충동을 고지한다. 허구[1]를 이용한 창작상의 충동은 이상사회를 설계하는 욕구로 연결되었다. 가상(假像)으로의 유토피아, 그것을 적극적으로 해석하면 시공간을 초월하여 사회적, 혹은 개인적으로 잠재되어 있는 힘이다. 따라서 문학이 그려내는 유토피아는 현실을 바탕으로 구성되고, 그 현실은 사태의 본질에 접근하기 위한 수많은 사건들의 마주침으로 구성

---

1) 이 허구가 기만적 허구가 아니라 유토피아적 기능에 대용될 수도 있나는 야심찬 기획을 한 이가 블로흐일 것이다. 그가 주목한 문학의 유토피아적 기능은 미래 연관적인 의미인 문학은 "미리 가리켜 준다(Vorausweisen)"라는 의미의 적극성이었다. 그가 말한 '낮꿈(Tagtraumen)'은 비현실적인 소망과는 달리 언제나 현실적인 것을 토대에 둔 본질적인 것의 도래를 의미한다. 구체성에 입각한 원격 기대. 에른스트 블로흐, 박설호 옮김, 『희망의 원리 1』, 열린책들, 2004, 16쪽 참조.

된다. 그렇다면 유토피아를 '말할 수 있다는 것'은 그 가능성을 품고 있는 조건들의 탐색장(場)인 디스토피아를 '어떻게 말할 수 있는가'의 문제이고, 문학이 수용하는 유토피아에 대한 의지는 비로소 디스토피아에 대한 비판으로 이어질 것임은 결코 우연이 아니다. 디스토피아에 대한 비판, 나아가 또 비판, 더 이상 디스토피아를 비판할 수 없을 때 유토피아의 실체는 저 어둠 속에서 모습을 들추어내지 않을까. 월러스틴이 제기한 −tics라는 접사가 주는 함의는 근본적으로 유토피아를 재검토하는 것에 있지는 않다. 월러스틴은 유토피아라는 대표 기표로 가기 위한 이행기에 방점을 두고 있다. 월러스틴을 논리를 적극적으로 수용하면 우리는 저 말이 유토피아를 수식하는 말들의 강도와 밀접한 연관이 있다는 사실을 발견할 수 있다. 바로 다음과 같은 말들이다.

여전히, 지속적으로, 급진적으로, 점진적으로. 깨어 있으면서 유토피아를 꿈꾸었던 집단들을 수식하는 저 말들은 유토피아를 이루기 위한 열망의 강도가 축약되어 있는 말들이다. 유토피아는 술어들과 부사들의 운용에서 그 구체적인 윤곽을 형성한다. 현실성이라는 문제를 두고 문학가들은 유토피아를 승인하기 위해 수많은 노력을 경주해왔다. 어디에도 없는 가닿을 수 없는 유토피아를 분석하는 방법은 하나. 본질을 따지기 위해서는 필수적이고, 그러나 아직 불충분한 현현, 유토피아적 사상을 응축하는 디스토피아에 대한 탐구로 이어져야 한다. 한마디로 유토피아가 과연 무엇인가를 묻기 전에 유토피아는 어떻게 있는가에 대한 질문, 유토피아의 전도인 디스토피아에 대한 물음을 제기해야 한다. 그리고 그 질문이 의미하는 바, 깨어 있으면서 꿈꾸기를 멈추지 않는 한, 유토피아의 짝패인, 혹은 유토피아에 도달하기 위한 유토피아의 알레고리인 디스토피아에 대한 비판적 사유를 전개해야만 할 것이다. 벤야민의 "구성은 파괴를 전제한다"라는 말은 유토피아에 대한 구성적 의지는 파괴되는 것들을 바탕으로 이루어진다는 것을 의미하며, 파괴되는 것들, 파괴의 자리에 대한 재사유를 요청한다.

요컨대 유토피아는 디스토피아를 매개하는 자리에서 피어난다. 불가능하기에 불가능을 시험하는 자리에서 주체들의 각성이 개시(開始)된다. 사태들의 끊임없는 불화 속에서, 강렬한 반복의 자리에서 유토피아적 사유는 일어나고 요동친다. 유토피아가 가닿을 수 없는, 미래의 어떤 것이라면 디스토피아에 대한 사유는 유토피아에 대한 상상이 공상에 부쳐지기를 거부한다. 따라서 구성적 의지, 정치, 사회 경제적인, 혹은 역사적으로 유의미인 항들이 어긋나는 순간, 그 어긋남의 자리를 유토피아적인 상상이 자리 잡는다. 유토피아를 말하는 것은 디스토피아의 제요소를 탐색하는 일이다. 요컨대 유토피아/디스토피아는 하나의 묶음이다. 유토피아에 대한 우리의 생각은 이 묶음을 파기시킬 만한 어떤 이유도 가지지 않는다. 그럼에도 불구하고 이 묶음의 선후 관계를 말하는 것(무엇이 우선이냐)은 유토피아라는 개념을 지극히 단순하게 만든다. 이럴 경우 유토피아는 그야말로 실체에 접근하려는 모든 기획들의 거친 숨결을 이루어질 수 없는 꿈의 덩어리(추상성)에 떠맡겨진다. 다음과 같은 생각들이 그것이다. '유토피아는 공동체와는 별개로 지극히 개인적인 꿈에 불과하다'라는 차가운 명제들. 이 명제들을 불식하고 유토피아에 가닿으려는 과거의 꿈들을 소환하기 위한 방법들을 탐구하기 위해서는 디스토피아의 다발들에 대한 이띤 목소리의 귀환을 승인해야만 한다. 디스토피아는 분명 디스토피아의 너머를 가리키는 힘들이 존재한다.

2.

유토피아는 그것 자체로 이미 매우 극적이다. 유토피아가 극적이기에 유토피아는 유토피아를 믿는 사람들의 의지를 동반하게 되고, 유토피아 대 주체의 격렬함은 반드시 믿음을 매개로 주조된다. 따라서 유토피아 대 디스토피아의 구도는 자연스럽게 이상 대 현실이라는 분리 불가능한 지점을 탄생시키기에 유토피아를 감지하는 주체의 사태로부터 유토피아가 탄생하는 것이 아니라 유토피아의 기획에 참여하고 그 자체를 구성하는 주체의 자리에서 유토피아의 설계는 비로소 가능하다. 하나의 사건으로서의 유토피아는 분명 디스토피아의 현실의 여러 문제를 넘어서지 못한다.

유토피아의 짝인 디스토피아를 전면적으로 검토하기 위해 나는 19세기 후반의 텍스트인 『모로 박사의 섬』[2](1896)을 주목한다. 이 텍스트에 주목을 한 이유는 두 가지의 가정 때문이다. 하나는 이 텍스트의 저변에 흐르는 일련의 사상, '페이비언 사회주의'[3]가 이 텍스트의 저자인 허버트 조지 웰스(Herbert George Wells)에게 영향을 주었다는 가정이고, 또 다른 하나는 19세기 후반의 시대적 상황이 이 텍스트에 유비적인 관계를 함축하고 있어서이다. 이 두 가지 가정은 서로 교차하면서 서로에게 근거와 원인을 제공한다. 역사적으로 이 시기는 1848년 2

---

2) H. G. 웰스, 한동훈 옮김, 『모로 박사의 섬』, 문예출판사, 2010. 이후 인용은 쪽수로만 표시.

3) '페이비언(fabian)'이라는 용어는 파비우스(fabius)라는 용어에서 나온 말이다. 파비우스는 지연자(delayer)라는 의미를 지닌다. 조지 버나드 쇼, 고세훈 옮김, 『페이비언 사회주의』, 아카넷, 2006, 13쪽.

월 혁명부터 시작하여 1871년 파리코뮌까지, 부르주아지의 유토피아인 '순수한 부르주아 공화국' 건설, 그에 맞서는 프롤레타리아의 '사회 공화국'의 대립, 그리고 사회 경제적 권리의 주체는 누구인가에 대한 격렬한 대립의 시대였다. 단적으로 말해 19세기는 혁명과 변혁의 시대였고 혁명이후의 전도된 이데올로기, 혹은 그 사회에 대해 비판적으로 접근이 가능한 시대였다.

이 시기의 시대정신은 변화였다. 따라서 유토피아 청사진이 제안되고 바람직한 미래의 모습들이 현실에서 빛나기 시작하였고, 혁명의 시간, 근대의 시간이 인간의 힘에 의해 계획되던 시대였다. 문제는 인식의 속도였다. 너무 성급한 미래는 현실을 불안하게 한다. 저 불안의 자리에 혁명의 꿈은 늘 배반당한다. 그렇다고 실패 후에도 유토피아의 믿음은 폐기되지 않고, 오히려 그 시대를 살아간 사람들의 몸에 깊게 각인되었을 것이다. 그러면 혁명 이후, 무엇을 어떻게 할 것인가가 시대적 요구로 긴박하게 요청된다. 이 자리에 디스토피아가 자리 잡는다. 나는 이 디스토피아를 현실의 참모습으로는 여기지 않는다. 다만 디스토피아는 유토피아의 어떤 요소들을 응축하고 있다는 것을 나는 믿는다.

공상과학 소설로 알려진 이 텍스트가 웰스라는 문학가에게 어떠한 방식으로 당시대의 모습들이 투사되고 무엇이 그의 사상에서 승인되고 기각되고 있는지를 따져 묻는 것은 그 자체로 디스토피아의 요소들을 재사유하는 일이며, 재현의 정치를 탈피하여 비판적 안목으로 텍스트를 다양하게 분석하는 작업일 것이다. 텍스트의 저자인 웰스가 1905년에 '페이비언 협회'에 가입하게 된다는 사실은 결코 우연의 아니다. 『모로 박사의 섬』이 1896년에 출간된 것(저작 『페이비언 사회주의』는 1889년에 출간), 그리고 이후 웰스의 행보를 살펴보았을 때, 혁명 이후 디스토피아적 현실을 통해 유토피아의 가상에 접근하려는 웰스의 의지가 투영된 텍스트이다.

19세기 후반은 부르주아적 질서를 밟고 일어서려는 일련의 움직임들, 또한 부르주아적 질서를 재구축하기 위한 시도들이 착종하고 갈등을 겪는 시기였다는 것은 앞서 설명이 되었다. 따라서 이 시기는 영원한 이상사회로의 희망, 그리고 희망 상실의 과정들 속에서 다시 미래의 가능성을 설계하던 시기였다. 그리고 그 시기는 유토피아라는 가상적 질서, 엄밀히 말해 유토피아의 설계와 기획들이 이데올로기화하는 과정 속에서 무엇이 폐기되었고 무엇이 새로운 대안으로 제출되었는가를 살필 수 있는 출발지이자 정박지로서의 의미를 얻게 된다. 나는 '페이비언 사회주의'의 이상을 담고 이를 적시한 웰스의 『모로 박사의 섬』이라는 텍스트를 통해, 페이비언 사회주의가 지니는 이념, 즉 점진적인 개혁으로써의 유토피아에 대한 열망이 당대의 프롤레타리아트를 어떻게 해결하고 처리하는 지에 집중하고자 한다. 이것은 계급 간의 평등이라는 사회주의 이념이 구성되고 폐기되고 어떤 제도와 절차에 따라 평등이 중지되고, 억압적인 인물(모로)의 통치가 결국은 그 제도의 기본적인 수단이 되는 상황은 통치형태로서의 외부적인 사태가 아니라 페이비언 사회주의에 내재된 점진적이라는 단어에 기인한다는 것을 따져볼 요량이다.

페이비언 사회주의에 대해 몇 가지 살피고 텍스트에 접근해보기로 하자. 페이비언 사회주의는 유동적인 사유 체계임이 분명하다. 사회주의가 지향하는 평등이라는 측면에서는 유토피아적인 사상을 가지고 있으나, 그들의 사상은 혁명적 마르크스주의에 대한 명백한 거부를 통해 성립되고 혁명 이후의 삶에 대해 페이비언의 특성인 '점진성의 불가피성'을 설파한다. 왜 페이비언들은 마르크스주의에 대해 비판적이었을까. 국내에 소개된 페이비언에 관한 내용은 『페이비언 사회주의』라는 저작을 통해 살펴볼 수 있다. 당시 페이비언 협회의 지성으로 간주되던 쇼의 말은 다음과 같은 문제적인 말. 윌리엄 모리스[4]가 "노동자들에게는 혁명 외에 희망이 없다."고 말했을 때, 페이비언의 한 사람인 쇼는 "만일 그것이 사실이라면 노동자들에게는 진정한 희망이 없다."[5]라고 반문했다.

쇼의 저 문장은 '진정한 희망'을 구현하는 방식의 차이를 고지한다. 나아가 유토피아에 대한 이데올로기의 기획들의 대립을 함축하는 하나의 사태를 예고한다. 이 사태로 말미암아 마르크스주의가 실패한 그 자리에서 페이비언 사회주의는 다시 설계된다. 쇼의 주장을 적극적으로 해석하면 노동자 스스로를 구원하는 길은 천진난만한 비전의 하나인 프롤레타리아의 혁명이 아니며, 의회, 지방정부 그리고 선거권을 통한 제헌적 입법으로의 정립을 통해 가능한 것임을 반영한다. 그것은 고통이나 폭력 갈등이 없는 완벽한 사회의 가능성을 폐기하지 않으면서도 유토피아에 가닿기 위한 것은 전면적인 사회 체제의 전복이 아니라 매개되는 것들을 통해 점진적인 사회 개혁으로의 길이었다. 무엇이 문제인가. 페이비언의 저 점진적이라는 말은 썩 그리 부정적인 방법으로 보이지 않는다. 그러나 페이비언 사회주의는 분명 마르크스주

---

4) 영국 마르크스주의 혁명가의 한 사람. 그는 『존재하지 않는 곳에서 온 소식』(국내 번역본 제목은 『에코토피아 뉴스』)에서 실제로 어떻게 정치적 변화가 일어났는가에 주목하며, 여느 유토피아를 다룬 것과는 질적인 차이를 보인다. 테리 이글턴, 황정아 옮김, 『왜 마르크스가 옳았는가』, 길, 2012. 69쪽.
5) 조지 버나드 쇼, 앞의 책, 15쪽.

의, 더 나아가 마르크스에 대한 비판을 담고 있다. 이것은 파리코뮌의 실패를 마르크스주의에게 전도시키는 일이었고 모든 비판을 마르크스주의의 유토피아의 탓으로 돌려버린다. 우리가 잘 알듯이 마르크스주의는 미래를 기약하지 않았다. 현실의 모순을 해결하고 극복하는 것을 목표로 삼았다. 말하자면 페이비언 사회주의자들은 마르크스주의에 대한 불만을 가졌다는 것인데, 그 불만은 혁명의 주체와 대상의 분리에서 마르크스주의와 페이비언 사회주의는 원칙적으로 출발점이 달랐다. 큰 목표에 있어서 페이비언 사회주의의 유토피아에 대한 열망은 파리코뮌의 가능성이 전면적으로 거부되지 않으면서도 혁명 주체를 호명할 때는 실패의 대상들을 다시 복원시킬 수는 없었을 것이다. 이른바 혁명 주체의 전도, 민중 혁명에서 의식 있는 엘리트들의 운동으로 전환. 이 전환의 의식이 페이비언 사회주의에 침투되고, 웰스의 의식에도 침투되었을 것을 유추해볼 수 있다. 문제는 다음으로 이어진다. "현재를 엑스레이로 찍어 그 안에 하나의 잠재성으로 내재한 미래의 모습"[6]을 보여주는 것, 그것이 유토피아로 도달하기 위한 길은 아닌가. 앞서 말하고 있는 쇼의 저 힐난적인 언어는 마르크스주의가 유토피아에 대한 꿈이긴 하지만 너무 '천진난만하다는 비전'(급작스런 변화에 대한 저항)이고, 디스토피아의 현실을 마르크스주의가 넘어서지는 못하는 것으로 읽힌다. 이것은 분명 마르크스주의에 대한 크나큰 오해이다.

이 오해는 유토피아란 무엇인가에 대한 인식의 출발에서도 커다란 간극을 초래한다. 다시 말하면 유토피아라는 관념에 따른 주체의 인

---

6) 테리 이글턴, 앞의 책, 73쪽.

식이 다를 경우 파생된다고 볼 수 있는데, 마르크스주의가 제기한 혁명에 대한 믿음과 페이비언 사회주의가 비판하는 현실은 어찌 보면 큰 차이가 없음에도 불구하고, 페이비언들은 국가와 인민 간의 불화를 부정한다. 인민을 매개하는 정당의 중요성, 그리고 지식인만이 유토피아적 비전을 가능케 만들 수 있는 신념을 페이비언들은 믿었다. 그리고 그러한 설계도 아래에서 디스토피아적인 색채를 읽어내고 유토피아에 닿기 위한 출발에서의 시각차를 존중한다. 민중의 힘으로 역사를 구원하고 미래를 열 것인가, 아니면 점진적인 변혁을 통해 현실을 재구성할 것인가의 미묘한 차이들. 잘 알려져 있다시피 마르크스의 관심은 분명 역사 이전에도 그리고 현재에도 여전히 진행 중인 억압과 착취의 연쇄 고리에 있다. 마르크스가 보기에 진짜 역사 행위를 한다는 것은 이 억압과 착취에서 벗어나는 일에서 비롯된다. 그러나 페이비언들의 생각은 그와는 달랐다. 현재와 근본적으로 다른 미래, 그러한 유토피아를 그들은 결코 신봉하지 않았다. 유토피아는 열려는 있지만 불완전한 상태로 열려 있다는 것. 그리고 이 불완전하게 열린 현실에서 현실의 상징시스템을 복무하면서 폐기될 것들을 미리 상정하고 이질적인 것들을 점진적으로 정리해 나가는 절차를 이행한다. 이러한 페이비언들의 점진적인 유토피아에 대한 믿음이 작가 웰스에게 직접적으로 작용하였을 것이다. 그리고 1905년 웰스가 정식으로 페이비언 협회에 가입하기까지, 그의 사상에 무의식으로 작동하는 유토피아에 가닿기 위한 현실의 문제를 매우 극적으로 조작해낸다.

　페이비언들에게 마르크스주의는 더 이상 유효하지 않았다는 것이 19세기 말의 일반문법이었다면, 혁명 이후에 유토피아를 어떻게 다시 사유할 것인가의 문제는 대단히 참혹하게 다가오는 문제였을 것이다.

웰스 또한 유토피아적 비전을 말하기 전에 간접적으로 비유적으로 디스토피아의 현실을 『모로 박사의 섬』이라는 텍스트 속에 처참할 정도로 묘사해놓고 있다. 모로가 구축하려 했던 섬이라는 공간을 통해 개인적인 이상향과 무관한 19세기 말, 그 시대정신의 또 다른 얼굴이 음각되어 있다. 근본적으로 국가에 대한 통치형태를 믿었던 웰스는 국가에 대한 통치형태의 구체적인 시스템인 법, 그 법을 믿는다. 비유적인 의미로 나타나는 법에 반하는 이질적인 것들, 구체적으로 작품 속에서는 '동물-인간'들은 대중의 자기통제 형태로써의 법을 수용하는 존재들이 이미 아니다. 그것을 어깃장 내는 과정은 웰스의 정치사상이 강하게 각인이 되어 있는 부분이다. 『모로 박사의 섬』을 통해 웰스는 그야말로 점진적인 구성을 위하여, 유토피아는 매개되는 이데올로기의 시녀, 디스토피아의 구성체들을 소설의 방식으로 해부하게 된다.[7]

3.

다른 미래에 대한 사유는 분명 특정한 현재의 미래 속에서 나타난다. 특정한 현재는 미적 가상이라는 표현의 하나인 '섬'을 통해 구현된다. '섬'은 장소적인 의미를 이미 떠난다. 매우 극적인 공간으로 설정된 '섬'은 유토피아의 희망을 예감하는 의미 공간이다. 생물학자인 모

---

7) 그들은 사회주의 사회는 결코 불가능하지 않기에 지금 여기의 현실을 급진적인 방식이 아닌 점진적이 구성으로 이끌어내야 한다는 믿음이 있었다. 달리 말하자면 점진적이라는 말은 그 계급에 걸맞은 행동의 요구를 전제한다고 볼 수 있다. 결국 페이비언 사회주의의 본질은 유토피아로 나아가긴 가는데, 한마디로 발전은 하되 그 발전이 변증법적인 발전이 아닌, 안정화에 복무하는 치안의 상태에서 이루어지는 것이라는 점에서 문제적이다.

로는 두 개의 '섬'을 횡단하고 있다. 하나는 영국이라는 섬, 다른 하나는 그가 만든 섬이다. 영국이라는 섬(장소)은 모로에게 좌절과 절망을 안겨다 주었다. 그리고 다른 장소에다 자신의 유토피아를 꿈꾸게 된다. 그 장소가 바로 모로의 섬이다. 역사적으로 유토피아를 설계할 때, 혹은 그 현현으로서의 디스토피아를 말할 때, 그 주된 대상으로 설정된 것이 '섬'이다. 하지만 결론부터 말하자면 모로의 섬은 결코 자신의 이상을 성공시키는 공간으로 설정되어 있지 않았다. 결국 모로의 섬은 모로의 이상에서 어긋나고 만다. 이 이중의 실패는 유토피아로의 동일시를 위한 매우 정치적인 실패라는 점에서 주의가 요구된다. 과연 모로의 섬은 모로의 유토피아 실현의 도피처인가, 아니면 그의 이상을 유지하기 위한 또 하나의 과정인가. 모로의 섬은 과학의 언어를 신봉한 한 과학자의 유토피아적 실험공간이자, 자신의 사상이 구체화된 응축된 장소로 볼 수 있는데, 중요한 것은 이 장소가 매우 참혹한 모습으로 표현되고 있다는 점이다. 이것은 인간의 존엄에 대한 과학의 도전이 얼마나 허구적인 것인가에 대하여 인류에게 경고한다는 것만을 의미하지는 않는다.

이 가상의 섬의 존재는 유토피아를 설계하는 모로의 강한 정치적 무의식을 반영한다. 정치 관계들의 실패를 목격하면서 새로운 의미를 설계하는 모로의 섬은 그야말로 장소(대지)에 대한 작가의 정치적 무의식이 투영, 삼투되어 있다는 것이 자명해 보인다. 이러한 장소와 주체들 간의 정치성을 논리적으로 증명한 이가 칼 슈미트이다. 그는 대지를 법과 결부시켜, 자연으로서의 대지를 분할하고 관리하고, 그 대지를 분배와 취득하는 바로 그것을 노모스(체계, 법)로 보고 그것의 통치 대상으로 가져가는 권력, 힘들에 대해 사고하였다. 그는 "모든 종류의 권력보유자와 권력구성체의 공존이라는 새로운 시간과 새로운 시대는 모두가 대지에 대한 새로운 공간적 분할, 새로운 제한과 새로운 공간 질서 수립의 기초"가 된다는 것을 간파해낸다. 따라서 대지의 노모스는 "언제나 토지와 관련된 하나의 장소확정과 질서를 포함하고 있다."[8] 모로가 설계한 이 섬은 결국 작가 웰스의 정치적 무의식이 강하게 투영되어 있으며, 이후 살피게 될 동물-인간들과의 끊임없는 갈등에서 무엇이 우위를 점하게 되는지에 대한 웰스 자신의 정치적인 견해를 확인시켜준다.

모로의 섬은 하나의 예외 상태이다. 슈미트가 말하듯 예외는 정상보다 흥미로우며 정상의 자명함과 질서라는 가상에 의문을 던질 수 있는 바탕이 된다. 영국이라는 대지에서 자신의 이상을 억압당한 과학자의 한 사람인 모로는 바로 이 섬(실은 웰스가 설정한 가상)에서 영국이라는 대지의 정상적인 것들과 그 자명함의 질서에 의문을 던지고 있다. 당연히 섬이라는 장소성은 그야말로 유토피아적인 어떤 요소가 가능한지에 대한 문제 설정의 공간이 된다. 하지만 문제는 여기에서 그치지 않는다. 역설적이게도 모로의 섬 또한 모로가 생각하는 유토피아와는 거리가 멀었다. 바로 통치와 저항이 서로 맞물리면서 이 대지, 이 섬은 디스토피아적인 물화들이 넘쳐나게 된다.

유토피아라는 용어의 사용에는 'topos-place, u-no, utopia-nowhere' 즉, 어디에도 없는 곳이라는 장소적인 의미 용법으로 사용된다. 이 용어의 역사는 시간적 요소들을 지닌 진화되는 풍요로움을 암시하는 설명 속에서 사용되어왔다. 어떤 장소의 발견은 인간의 상상력을 자극

---

8) 칼 슈미트, 최재훈 옮김, 『대지의 노모스』, 민음사, 1995, 64-65쪽.

시킨다. 디스토피아적 현실이 드러날수록 어디에도 없는 곳이라는 섬에 대한 희구는 강력해진다. 작품의 초반부터 이런 가상이 펼쳐지고 있다. 조난을 당한 프레딕(이야기 전달자)이 우여 곡절 끝에 구출이 되고 사소한 갈등에 밀려 모로의 섬에 오게 된다. 사실 프레딕은 결과적으로 두 번째 조난을 당하는 셈이다. 모로의 섬에서 그는 모로의 반인류적인 행태의 실험에 경악하면서도 끝없이 자신의 안전을 희구한다. 결국 동물-인간들에 의해 모로는 처참히 살해당하고, 그의 동료 몽고메리마저도 죽임을 당한다. 이때 프레딕에게는 안과 바깥에도 자신에게 안전한 공간은 없음을 직감하게 되고, 결국 모로가 행한 통치 방식인 채찍으로 삶을 저당 잡힌 채로 지내다 구출된다는 내용이다. 마르크스에 따르면 죽음은 종(種)이 개체에게 거두는 냉혹한 승리라고 생각했다.[9] 마르크스는 결코 죽음이 없는 사회를 꿈꾸지 않았다. 가난과 질병으로 제명에 따라 살지 못하고 죽음을 맞이하는 것을 문제로 삼았지, 고통 자체가 없는 사회를 꿈꾸지는 않았다. 그러나 모로는 고통과 죽음이 없는 그런 사회를 꿈꾼다. 그리고 그는 동물과 인간의 결합만이 그런 사회를 열어줄 것임을 믿는다. 결국 웰스의 무의식에는 모로의 실패가 당연시되는 결과이다.

요컨대, 모로와 같은 급작스런 사회 체제의 변동, 인류라 불리는 인간들에게 인간들이 만든 제도와 사회에서는 결코 일어나서는 안 되는 것임을 모로를 통해 작가 웰스는 말하려 하고 있다. 그리고 섬이라는 공간은 낯선 이방인의 등장(이 글에서는 프레딕), 진화론에서 피생된 혼종의 상상력, 그 결과 위험한 이질적인 것들의 종(種)들(괴물―이 글

---

9) 프레드릭 제임슨, 앞의 책, 85쪽.

에서는 동물 인간), 그리고 이 이질적인 종들에 대한 태도에서 비롯되는 휴머니즘적 사고, 그것에 이르는 윤리적인 인물 설정(몽고메리)이 매우 혼란스런 과정을 내포하게 된다. 동물-인간의 혼종은 19세기에 발생한 '진화론'에 대한 엄중한 경고로 읽힌다. 1859년 다윈의『종의 기원』에서 촉발된 진화론에 관한 논쟁은 당시 영국의 지적 장(場)에 상당한 파급효과를 낳았다. 이 진화론은 비단 생물의 종(種)만을 대상화하지 않았다. 진화론의 세계를 좀 더 확장시키면서 사회, 문화, 정치 영역으로 확대되는 결과, 식민지 확장과 경영에 과학적이면서 정치적인 정당성을 부여하게 된다. 칼 슈미트가 지적한 내용과 일치하는 부분인데, 말하자면 진화론이라는 과학적 믿음의 유토피아는 월러스틴이 말한 "유토피아는 끔찍스러운 잘못들을 정당화하는 데 이용될 수도 있고, 실제로 이용되기도 했다."[10]는 지적을 상기한다. 논의를 더 이어나가면 진화론의 핵심은 '시간의 손(the hand of time)'에 의해 행해진 자연의 선택이다. 하지만 이 시간의 손이 자연스럽게 구현되지는 않는다. 때론 시간을 앞당겨 조작되고 도구화될 수 있다. 물론 어떤 종(種)의 희생이 뒤따른다는 가정하에서. 모로의 저 섬은 따라서 예외적인 가상(섬)이자, 디스토피아의 현실이다.

4.

나는 웰스에게 모로 박사는 어떤 이와의 유비관계가 설정되어 있다

---

10) 이매뉴얼 월러스틴, 백영경 옮김,『유토피스틱스』, 창비, 1999, 11쪽.

고 인식한다. 이 작품이 페이비언 사상과 유비관계로 읽고 이것을 유추해보면 모로 박사는 혁명의 실패자, 그 대변자가 된다. 파리코뮌의 실패, 그리고 그 책임으로의 사상. 그것을 어떤 식으로든 풀어야 했을 것이다. 그 이유는 깨어 있으면서 꿈을 꾸기 위해서이다. 아마도 웰스에게는 혁명의 실패를 책임을 부과해줄 어떤 사상과 사람이 필요한 것이다. 한편으론 꿈은 결코 폐기될 수 없고, 폐기되지도 못한다. 그렇다면 이 꿈을 실현하기 위해 누군가는 혁명의 실패를 책임지고 봉합해야만 한다. 엄격히 말해 나는 문학이 실패를 대체하기에 적합한 장르라고 생각이 든다. 실패를 문학으로 애도하면서 삶의 정상화를 꿈꾼다는 것이 가능하다면 이 텍스트는 퍽 들어맞는 구석이 많다. 모로 박사는 허구적인 인물이자 섬의 주제자이다. 실패한 과학자의 유토피아의 허구성을 웰스는 비판하면서 웰스 그가 생각하는 유토피아적인 기획들이 간접적으로 응축되어 있는 곳도 섬이기에. 그리고 책임은 이중적이다. 언술행위의 측면에서는 과학적인 혁명을 옹호하면서(동물의 인간화되기의 가능성) 언술내용의 층위에서는 동물-인간의 실패, 이질적인 것에 대한 두려움과 공포심을 완화하려는 웰스의 환상-시나리오가 그 섬에서 펼쳐진다. 당시 영국 사회를 가로지르는 적대심을 웰스는 『모로 박사의 섬』에서 온전히 나타내고는 있지만 그 이면에는 계급혁명을 가차 없이 기각시키고, (웰스가 과연 의도했을까 하는 의문은 들지만) 공교롭게도 문학은 결코 기존의 사회제도를 벗어날 수 없으며, 문학자들 곧 상부구조들이 이 사회의 변화를 추동해야 함을 승인하는 구조를 정치적 무의식을 자가 증명하고 있다.

모로 박사의 '고통의 방'(연구실)에서 울리는 비명이 그 단적인 예이다. 이야기의 전달자인 프레딕에게 이 비명은 이 섬을 분할하고 배분하는 매우 섬뜩한 소리들이다. 이 비명은 곧 권력의 다른 이름이다. 프레딕에게 비명은 모로의 또 다른 목소리이자 정치이다. 지극히 인간의 목숨과 결부된 비명으로 인식한 프레딕은 뭔가 이질적인 존재(괴물)들이 섬 안에 가득한 것을 직감하나, 문제는 자신도 실험용 쥐로 변신할까라는 두려움과 불안이 밀려든다. 그런 그에게 모로는 설명을 한다.

> "하지만 아직도 이해되지 않습니다. 박사님은 무슨 명분으로 이 모든 고통을 강요하시는지요? 제가 보기에 생체실험을 변호하는 유일한 논리는 어떤 용도에 응용……."
> "그렇소. 하지만 나는 체질이 다르오. 우리는 주의가 다르오. 당신은 유물론자요."
> "난 유물론자가 아닙니다."
> (…)
> "내가 보기에…… 내가 보기에 그렇단 말이지. 고통의 문제가 우리를 갈라놓고 있잖소. 고통이 눈에 보이고 귀에 들려서 당신이 불편해지니까. 당신 자신이 고통에 시달리니까, 고통이 당신의 죄책감을 불러일으키니까, 당신이 말하자면 동물이니까, 그러니까 동물들이 느끼는 것을 좀 더 뚜렷하게 추측하는 거요. 그 고통이란 건……."(106쪽)

모로 박사의 설명은 이런 식이다. 고통을 느낀다는 것은 정신적인 것이다. 이성적이고 합리적인 사고, 모로 박사의 귀에는 이 고통이 들리지 않는다. 계급 혁명에 유보적인 것은, 다름 아닌 웰스 스스로가 자신의 계급적 인식이 상부구조에 포함되기 때문이다. 나아가 모든 대상들에게 이 고통을 끝내는 유일한 길은 인간의 동물적 본능을 상쇄시켜

나가야 한다는 것. 다른 말로 보다 높은 차원의 지능, 모든 것을 계산 가능한 것으로 여길 수 있는 것으로 여기고, 그 외의 것들은 철저히 밀어낸다는 것이 모로 박사의 정치적 의식이다. 따라서 하부구조, 달리 말하면 프롤레타리아의 고통의 원인은 사회적 관계에서 비롯되는 모순에 대한 계급적 자각이 아니라, 제 이성의 마비에서 고통의 원인을 찾고 있는 셈이 된다. 모순이다. 지독한 모순을 그려내는 부분인데, 이 부분이 왜 유토피아적인 사고와 맞물릴 수 있는가에 대해서 좀 더 부연 설명이 필요하다. 모로 박사에게 있어서 그의 행위는 매우 특수한 행위들이다. 그럼에도 불구하고 이 특수한 행위들은 웰스가 생각하는 보편적인 세계, 즉 이성적이고 합리적이라는 점진성에 대한 변화를 뒷받침하고 있다. 따라서 모로 박사의 실험은 진화의 과정에서가 아니라, 각 단계를 생략하고 축약하여 개체의 성장을 촉진시킴으로써 그저 시각적으로 인간인 형상만을 도출해내는 급진적이며 혁명적인 방법이다. 웰스의 정치적 무의식은 점진적 진화에 있지 결코 급진적 혁명에 있지는 않다. 급진적 혁명, 그 책임의 실패, 그것을 누구에게 물을 것인가는 자명해 보인다. 마르크스주의에 대한 지나친 오해, 의도적인 곡해는 혁명 실패의 책임 소재를 문학을 통해 공공연하게 요구하고, 그 현실을 자연스럽게 디스토피아의 이미지들로 채우게 된다.

결국 모로 박사의 유토피아는 그 섬에 있었던 것은 아니다. 그 섬은 동물들에게 사람의 인격을 부여하는 것은, 프롤레타리아트들에게 이성적 사유를 부여하는 것은, 도무지 불가능하고 위험하다는 인식의 차원에서 발생한다. 이런 차원에서 모로 박사는 과학의 손(hand)에서 신의 손(hand)을 훔치려는 자로 보인다. 이 엄청난 유비를 이끌어내는 것은 공상적인 차원이 아닌 정치적인 차원에서 풀어 설명해볼 수 있었다. 모로 박사의 실험은 동물적 본능이 사라지고 이성적인 화해에 도달하는 곳이 그의 유토피아임은 분명해 보인다. 그러나 작가의 무의식은 그보다 훨씬 문제적인 부분을 도출해내고 있다. 그것은 19세기 말의 정치적 상황과 관련된 하나의 사태, 유비적인 관계들이다. 모로 박사는 이성적 유토피아에 대한 과학적 디스토피아의 치환의 인물이며, 역사적으로 있어서는 안 될 시간의 응축을 책임져야 할 사람이다. 적어도 웰스에게는.

5.

통치와 관리의 방식. 하나의 공통 장소를 구성하는 원리를 앞서 살펴보았다면 인간과 동물의 불가능한 동일시를 보여주는 것이 동물-인간이다. 이 동물-인간들에게 동물적 욕구를 억제하고 억압하는 가장 강력한 요소가 바로 법의 존재이다. 페이비언 사회주의자들에게 법은 중요한 것이다. 이 법은 권력과 결부될 때 강력한 욕망 제어의 방식이된다. 이때 페이비언들에게 법은 저 권력의 소유자를 비판할 문제이지, 그 법 자체는 문제가 없다는 식이다. 단순화하자면 법을 긍정하느냐부정하느냐의 문제는 별로 중요하지 않고, 법을 이용하는 주체와 대상에 따라 법은 긍정될 수도 부정될 수도 있다는 말이다. 모로 박사가 권력을 유지하기 위한 물리적인 방법으로 "채찍"이 있다.(1996년작 『닥터 모로의 DNA』에서는 사이렌, 즉 소음 주파수를 이용한다. 소음도 권력이다.) 이 채찍은 단순히 육체적인 동물적인 본능을 제어하기 위한 방편이 아니다. 더 절대적인 자발적 복종을 이끄는 방법상의 의미를 동시에 지닌다. 동물-인간들은 다음과 같은 법을 노래한다.

"네 발로 걷지 않는다. 그게 법이다. 우리는 사람 아닌가?"
"물을 핥아먹지 않는다. 그게 법이다. 우리는 사람 아닌가?"
"물고기나 고기를 먹지 않는다. 그게 법이다. 우리는 사람 아닌가?"
"나무 껍질을 할퀴지 않는다. 그게 법이다. 우리는 사람 아닌가?"
"같은 인간을 뒤쫓지 않는다. 그게 법이다. 우리는 사람 아닌가?"

그들에게 사람이라는 인식, 나아가 우리라는 인식이 있을까. 저 법을 외치는 것은 정치적인 목소리인가, 아니면 그저 비명에 불과한 것인가. 엄밀히 말해 저 소리는 치안을 복창하는 소리이다. 그러나 저 법을 외치는 목소리가 중요한 것이 아니다. 법을 주문하는 자와 외치는 자 사이의 간극은 이 텍스트에서 불안하게 유지된다. 그러나 그 불안을 없애주는 가장 강력한 동기는 '채찍을 든 자'에 있다. 동물-인간들에게는 채찍이 주어지지 않았다는 사실이다. 이 채찍이 의미하는 것은 뭘까. 모로 박사와 동물인간들의 근본적인 차이점은 바로 본성상의 차이점의 증표, 채찍이 있고 없고의 차이, 다른 말로 정치의식이 '있고 없고'의 차이다. 동물적 본능을 억누르고 동물-인간들이 내뱉는 저 목소리가 마술사의 주문처럼 들리는 것은 어쩌면 채찍을 들지 못했다는 것, 인간과 동물, 나아가 주인과 노예의 관계를 승인하는 구체적인 증표의 차이에 있다.

그들이 말하는 '우리는' 과연 누구인가. 저 마술 같은 주문들은 동물-인간 스스로가 자신의 동물적 정체성을 교란시키고 어지럽게 만드는 것, 다시 말해 스스로를 오물, 쓰레기임을 인정하는 것이다. 웰스가 제국주의 시선에 복무한다는 사실은 잘 알려진 사실이다. 『모로 박사의 섬』에 나타나는 여성에 대한 비하, 섬의 원주민에 대한 토인이라는 칭호, 유대인에 대한 부정적 시선이 바로 그것이다. 문제는 이러한 인종주의적 시각의 한 켠에 극대화된 동물-인간에 대한 조롱이 담겨 있다는 사실이다. 모로 박사가 통치하는 이 법의 사용은 자신의 방어막이자 보호책인 셈인데, 이것은 괴물과의 차이화라는 오래된 신화적 관습에서 기인한다. "그러한 방식으로 우리는 괴물을 길들일 수 있으며, 그로부터 덜 추동당할 수 있다."[11] 실패한 과학자 모로 박사의 두려움의 기저를 동물-인간들에게 투사함으로써 그는 공포를 현실화하는데 자유를 얻는다. 법은 이미 또 다른 창조주에 대한 신비화로 나타난다.

> "그분의 집은 고통의 집이요." "그분의 손은 창조의 손이요." "그분의 손은 상처를 주는 손이요." "그분의 손은 낫게 하는 손이요."
> (85-86쪽)

최후의 신의 모습으로 모로는 인식된다. 그러나 동물성과 인간성의 충돌은 파멸을 미리 예감한다. 고통의 집을 지은 이 또한 모로이자 그 고통을 잊게 만드는 것도 모로이다. 그럼에도 불구하고 다섯 개의 손을 가진 모로와 그렇지 않은 동물인간이 있다. 모로는 그들의 본능이 들어 나는 점에 대해 실망을 하였지만, 그는 결코 자신의 신놀음을 포기하지 않는다. 디스토피아에 대해 묻고 또 묻는다. 알튀세르에 따르

---

11) 리차드 커니, 이지영 옮김, 『이방인 신 괴물』, 개마고원, 2010, 21쪽.

면 "인간들이 이데올로기 안에서 '표상하는' 것은 인간들의 현실적인 실존조건들, 그들의 현실 세계가 아니며, 이데올로기에서 그들에게 표상되는 것은 그들이 이 실존조건들과 맺고 있는 관계다."[12]

저 관계들 속에 동물-인간이 있다. 동물-인간들은 동일한 하나의 용어가 구성적인 정치적 주체를 가리키는 동시에, 권리상은 아니더라도 사실상 정치로부터 배제된 계급도 가리키는 것이다.[13] 즉 포함하는 배제이다. 이성과 합리성이 주춤거리고 환상 속에서 환멸과 희망이 교차하는 그런 변경지대에 빠지지 않고 등장하는 것, 그것은 바로 이질적인 것, 비정상적인 것들의 출현, 바로 괴물들의 등장이다. 프랑켄슈타인이 그러하듯 유전자 복제 기술을 동원한 인류의 희망 메시지들은 인간들을 위한 인간의 육체 한계를 넘어서려는 의지에서 비롯된다.

이 괴물은 오늘날에도 여전히 출현하는 그것이다. '괴물'의 출현은 비단 『모로 박사의 섬』에서만 출현한 것은 아니다. 사실 괴물은 끊임없이 우리 주위를 어슬렁거렸고 괴물들의 모습은 지식의 역사적 과정화에 따라 끊임없이 변해왔다. 사람이건 동물이건, 그 잡종이건 간에. 할리우드 영화 속에서 그런 징후들은 여전히 강력한 상상력의 원천의 한 요소로 작동한다. 국가를 넘어선, 혹은 인류를 넘어서는 바깥의 존재들의 침입이라든지, 아니면 지상에 돌연 출몰하는 에어리언들이 바로 그러한 충돌의 징후이자 상징들이다. 문제는, 할리우드 영화에 작동하는 그런 요소들을 스펙터클하게 즐기면서도 씁쓸하게 익기는 이유는 스크린에 선보인 이런 새로운 기술적 장치가 기존의 낡은 지식

---

12) 루이 알튀세르, 김동수 옮김, 『아미엥에서의 주장』, 솔, 1991, 109쪽.

13) 조르조 아감벤, 김상운·양창렬 옮김, 『목적 없는 수단』, 난장, 2009, 38쪽.

생산 패러다임을 매개로 부와 권력으로 강고하게 결합할 경우 오히려 유례 없는 억압적인 '과학적 디스토피아'가 등장한다는 바로 그 사실 때문이다. 테크놀로지의 이상향과 거대 자본과의 결합으로 인한 그 엄청난 스펙터클에 환호하다가도 스크린 밖의 세상에 던져졌을 땐, 유토피아에 대한 상상력에 대한 희망은 사라지고, 디스토피아적인 두려움과 불안이 엄습하는 이유가 바로 그 때문은 아닌지.

인간 사회에서 미지의 섬으로 자발적으로 추방당한 모로는 종과 종의 결합을 통해 동물의 인간화되기를 실험한다. 이 동물 인간의 형상은 주인공 프레딕에게는 두려운 존재이자, 비윤리적인 대상이다. 반면 모로 박사에게 그들은 낙관적이고 희망적인 존재들이다. 모로 박사의 이상은 동물의 완전한 인간화에 있지만, 사실 동물-인간들은 그들의 기원은 결국 동물성이라는 데 있다. 괴물은 끊임없이 모로 박사의 의지를 위반한다.

> 하지만 내가 이 섬에 머물던 초기에는 놈들이 법을 어겨도 몰래, 그것도 어두워진 다음에나 어겼다. 낮시간에는 자신들의 갖가지 금기를 존중하는 전반적인 분위기가 있었다.(118쪽)

낮/밤의 이분법적 인식. 이것이 의미하는 바는 동물과 인간의 결합이 유리한 점을 말하는 것은 아니다. 바로 모순을 부각시키고 있는데, 인간화가 진행될수록 점점 더 비인간화되어가는 역설적 상황이 그것이다. 가시적으로 인간의 형상에 가까울수록 그들은 도덕적으로 더 낮은 수준으로 퇴행한다. 이것은 어떤 유비를 이끈다. 웰스가 바라보는 대상에 대한 인식, 그것은 다름 아닌 프롤레타리아에 대한 이중적

인 인식에서 비롯한다. 이유는 동물이 인간으로 변형된 그 실험 자체
가 바로 혁명인 셈이다. 그것은 자연의 법을 파괴시키고 진화적 사슬
을 완전히 붕괴시켜버리는 엄청난 재앙적 행위이다. 웰스의 사상 어느
곳엔가 프롤레타리아에 대한 혐오감을 가지고 있는 것은 분명해 보인
다. 프레딕마저 이런 비유를 한다. "기계적 노동을 마치고 터덜터덜 귀
가하는 영국 어느 시골 남자와 과연 무엇이 다른가" 하고. 유물론적 사
고, 그 혁명의 사고는 어쩌면 웰스에게는 실패한 사회적 실험의 장이
고, 모로 박사의 수술만큼이나 비자연적이고 급진적인 부정적 의미의
메타포일 것이다.

　적극적으로 이를 해석하면 채찍과 동물-인간과의 관계는 대화의 당
사자들의 동등한 이해의 능력이 아닌 불평등한 지위를 승인하는 것이
며, 이러한 불평등은 모로 박사와 동물-인간들과의 이해 능력의 차이,
정치적 차이를 표현한다고 볼 수 있다. 결국 동물-인간들이 외치는 저
목소리는 생사여탈권을 쥔 사람에 대한 권력의 복종이자, 정치 의식
없음을 이야기하는 구조이다. 이로써 페이비언들의 한계는 자명해진
다. 애초부터 그들은 마르크스주의와 출발점이 달랐다. 프롤레타리아
트를 인정하되 그들의 손이 아닌 상부구조의 손으로 유토피아를 이끌
어야 한다는 것이 이 작품에서 발견된다.

　6.

　어떤 이는 이런 질문을 이 글에 대고 할 것이다. "왜 19세기 텍스트인
가?" 그러면 나는 그 질문에 이런 대답으로 응할 것이다. 19세기의 상

황과 지금의 상황, 19세기의 인식과 지금의 인식, 19세기의 민중의 무의식과 현재 민중의 무의식, 일상생활의 물질적인 부분은 인과관계로 예측 가능한 것으로 많은 부분 변모되었지만, 그럼에도 불구하고 유토피아가 과연 이루어졌는가, 다른 말로 19세기 후반의 상황과 지금의 정치 상황은 지역을 떠나 세계 일반으로 보편성 있는 질서에 구획되고 그것이 상례화되고 있지는 않은지를 반문할 것이다.

분명해 보이는 것은 이데올로기는 유토피아[14]에 복무한다는 사실이다. 유토피아가 가닿을 수 없는, 미래의 어떤 것이라면 이데올로기는 정확히 유토피아를 매개하는 중심축이다. 19세기가 변화를 모색하는 시기였고, 근대의 여러 문제들이 착종되어 있는 시기였다는 것은 부인할 수 없는 사실이다. 그리고 나는 그곳에서 단순히 공상과학소설이라고 치부될 성질의 것이 아닌, '모로의 섬'을 적극적으로 해석해보았다. 페이비언 사회주의의 모습이 디스토피아의 현실을 기반으로 정립되고 있다는 사실의 발견은 오늘날 우리에게 적잖은 환기를 줄 것이다.

오늘날 인간에게 중요한 것이 무엇일까. 유토피아를 말하는 차원에서 물론 대답은 간단하다. 누구나 평등에 접근할 수 있는 길이 열리고 똑같은 분배가 일어나야 하는 사회가 인간에게 중요하다고. 그러나

---

14) 임철규는 "유토피아는 현실의 경험적인 환경에서 떠나 있는 '상상적'인 곳이며, 정치적으로나 사회적으로나 완전한 곳", 그러니까 현실에서 불가능한 곳, 그것이 유토피아라 말한다. 유토피아에 대한 일반적인 논법이 그러할 것인데, 흥미롭게도 임철규는 유토피아에 대한 견해를 좀 더 끌고 가고 있다. 그는 추상적인 유토피아의 개념을 규범적이고 당위적인 개념으로 어떤 실체로 구체화시킨다. 유토피아에 대한 의지가 규범적이고 당위적인 것으로 우리가 인식하게 될 경우 규범에 대한 제안과 비판이 가능할 것이라는 것이 그의 견해이다. 따라서 유토피아는 도피가 아니며, 디스토피아를 경유하여 보다 나은 세계의 비전으로 나아가기 위한 희망이라고 역설한다. 임철규, 『왜 유토피아인가』, 민음사, 1997.

우리는 결코 그런 일은 일어나지 않는다는 사실도 잘 안다. 어디까지나 인간을 위해서이다. 인간의 유토피아를 다시 생각하는 이유는 그런 일이 일어나지 않는다는 우리의 믿음 때문이기도 하다.

유토피아, 충돌의 공간

- 한센인 집단 거주 용호농장에 대하여

1. 유토피아의 충돌

인간은 고대에서 현대까지 끊임없이 자신이 살아가는 현실의 공간을 좋은 곳, 안락한 곳, 조화로운 곳으로 만들기 위해서 부단한 노력을 해왔다. 그 노력에 대해서 굳이 유토피아라는 단어를 붙이지 않더라도 각 개인, 집단, 도시, 국가, 또는 세계 전체는 그들이 꿈꾸고 만들고 싶어 하는 장소를 끊임없이 서로 다른 방식으로 창조해왔다. 역설적으로 좋은 곳에 대한 인간의 욕망은 많은 경우, 평화적이나 자연스럽게 이루어지기보다는 권력자의 소수자에 대한 강제나 억압을 통해서 달성되었다. 즉, 유토피아는 합리적 형상으로 드러나기도 하지만 합리성이 가로막히거나 유토피아를 주도하는 세력이나 반대 세력의 의도적인 개입 때문에 내면화되거나 다른 방식으로 욕망이 분출되기도 한다.[1]

---

1) 카를 만하임, 임석진 옮김, 『이데올로기와 유토피아』, 김영사, 2012, 449쪽.

그래서 유토피아는 아름답지만 항상 불화의 위험이 내재된 욕망 표출의 산물이다.

유토피아는 인간이 살아왔던, 살아가는, 살아갈 공간 속에 존재한다. 즉, 고대부터 현재까지 인간과 함께 존재하고 있다. 고대 그리스에서 좋은 곳을 뜻하는 '에우토피아'나 어디에도 있을 수 없는 곳을 뜻하는 '오우토피아'[2]도 역시 마찬가지로 유토피아적 의식에서 나온 산물이다. 좋은 곳이든, 어디에도 없는 곳이든 간에 유토피아는 인간의 의식 속에서 탄생하고 존재하면서 부활의 기회를 항상 노리고 있다.

'에우토피아' 표면에 드러나는 '좋은'이라는 말은 다양한 의미를 내포하고 있다. '에우토피아'는 누군가에게는 유토피아가, 다른 누군가에게는 디스토피아가 될 수 있는 양면성을 가지고 있다. 달리 말해, 나에게 좋은 것은 꼭 너에게 좋은 것일 수 없고, 오히려 최악의 경우일 수도 있다는 것이다. 그러기에 유토피아는 서로의 관점에서 융합되지 못하고 충돌을 겪을 수밖에 없다.

한 사회에 적용되는 어떠한 질서의 밖에 놓인 사람들은 그 질서가 낳은 굴욕과 억압과 타락에 반감을 가지지만 그 질서를 타파할 능력을 가지고 있지 못한 경우가 대부분이라서 자신이 처한 비참한 현실을 어찌할 수 없다.[3] 이것이 첫 번째 유토피아의 충돌 원인이다.

토머스 모어의 『유토피아』가 발간되기 이전인 중세 시기는 기독교 유토피아로 대표되는 도피 유토피아가 신의 왕국을 공고히 구축하고 있었다.[4] 사람들은 신이 허락해야만 신의 왕국에 들어갈 수 있는 자격

---

2) 루이스 멈퍼드, 박홍규 옮김, 『유토피아 이야기』, 텍스트, 2010, 12쪽.

3) 루이스 멈퍼드, 앞의 책, 129쪽.

4) 루이스 멈퍼드, 앞의 책, 77쪽.

이 주어질 뿐 인간은 천국의 세계를 창조할 수 있는 능력도 권한도 없는 것으로 인식되었다. 세계에 던져진 인간은 신의 탈을 쓴 기독교 왕국의 제도와 강제 아래서 유토피아에 대한 통제된 인식을 강요당했다. 이를 벗어난 첫 저서가 토마스 모어의 『유토피아』이다. 천국의 유토피아에서 지상의 유토피아로 전환은 사람들을 정체된 일상에서 벗어나도록 하는 의식을 일깨웠다. 기독교 유토피아에 순응하며 비판적 사고 없이 살아가던 민중들은 의식의 각성을 통해 저항의 의지를 가지게 되었고, 현실의 문제를 극복할 수 있는 대안적 유토피아를 상상하기 시작했다. 이것이 유토피아 충돌의 두 번째 원인이다.

모어는 유토피아에는 모든 물품이 풍족하고 원하면 언제나 가질 수 있어서 부족함이 없는데 누가 욕심을 부리겠냐고 반문한다. 결핍의 염려가 없다면 어떤 생물도 당연히 탐욕과 약탈심을 갖지 않기 때문에 타인의 권리에 대한 침해나 자유에 대한 억압은 없다. 즉, 인간에게는 허영이라는 심리가 있지만 유토피아와 같이 결핍 없는 사회가 존재할 수 있다면 탐욕으로 인한 문제가 발생할 여지는 없다.[5] 이 점을 반대로 생각해보면, 결국 개인의 결핍, 사회의 결핍은 사회지도자들이 결국 그들이 살아가는 현재보다 더 나은 세계를 위해서 다른 세계를 침해할 수 있다고 합리화하는 데 유토피아를 동원해버리는 부정적 여지를 남겼다. 인간 세계에서 결핍은 현실적, 필연적으로 발생할 수밖에 없다. 그러므로 결핍은 유토피아 충돌의 또 다른 원인이다.

대부분의 유토피아 의식은 일반적으로 현재 문명에 대한 비판을 내재하고 있으며, 기존 제도를 무시하거나 관습과 습관의 낡은 껍질로

---

5) 루이스 멈퍼드, 앞의 책, 86쪽.

치부해 세계 밖으로 묻어버릴 가능성이 높은 시도[6]를 품고 있다. 근대로 접어들면서 유토피아에 대한 갈구는 새로운 기계와 기술의 개발로 이어졌다. 하지만 공동체 삶 전체를 유토피아로 이끌어줄 것 같았던 신세계는 열리지 않았다. 이전부터 그랬듯 유토피아는 토지나 자본을 가지지 못한 대다수의 사람들에게 희망의 신기루만 보여줄 뿐이었다. 또한 유토피아는 그들이 살아가던 암울한 현실과 같거나 그보다 더한 억압과 통제의 시공간 속에서 인내와 순응의 작동기체로 사람들의 의식을 지배했다.

역사적으로 볼 때 인간은 일반적으로 유토피아를 현실 세계와는 다른 이상적 공간으로만 인식해왔다. 이러한 인식은 대다수의 사람들이 유토피아를 현실로부터 분리된 또 다른 세계로 이해하도록 고정관념을 심어주었다. 예를 들면 전체주의나 국가주의는 현재의 삶의 공간에서 그들 체제에 맞지 않는 부정적 요소가 있음을 지목한다. 국가는 그러한 부정을 체제 내에서 소멸시키기 위해 강제적인 규제와 억압적 방법으로 대상을 완벽하게 '부정'으로 낙인찍고 제거하는 것에 몰두했다. 지배자는 중세시대 마녀사냥과 같이 '낙인-제거'의 방법이 그 사회가 새로운 유토피아적 세계로 나아가는 최상의 방법임을 사람들의 머릿속에 각인시켰다. 사람들은 자기 아닌 '타인'에 대한 반인륜적 강제와 억압을 통한 폭력성에 점차 무덤덤해지고 급기야 그것을 광분하여 추종하기까지 했다. 2차 세계대전 중에 나치에 의한 유대인 집단학살 '홀로코스트'는 그 단적인 예가 된다. 600만 명 이상의 유대인이 유대인이라는 단 하나의 이유로 '부정'으로 지목되어 제거되었다. 나치는

---

6) 루이스 멈퍼드, 앞의 책, 13쪽.

집단학살을 정당화하는 인종주의, 민족주의, 전체주의적 근거를 들어서 대중을 선동했고 결국 '부정'으로 낙인찍힌 유대인들에 대한 소탕은 일반 대중들의 호응을 받기까지 했다.

이처럼 '부정'에 대한 사회적 제거나, 배제는 우리 사회에도 항상 발생해왔고 잠재되어 있는 문제이다. 다수자는 사회적 소수자를 제거, 또는 분리시킴으로써 자신들의 지위와 신분을 유지할 수 있다고 믿었다. 다수와 소수의 충돌은 다수자가 만들어놓은 공고한 사회적 질서 유지와 소수자의 생존의 유토피아 사이에서 갈등이 반복, 증폭되고 있다. 부산 용호농장은 다수로부터 배제된 소수, 소수로부터도 배제된 극소수의 공간이다. 다수는 그들의 도시로부터 한센인을 완전히 배제, 망각함으로써 질병으로부터 안전하다는 인식을 가지게 되었다. 또한 지배자는 한센병이라는 '부정'을 더욱 부각함으로써 그들의 권력을 영위할 수 있었다.

이 글에서 논의할 용호농장은 도시민들이 한센인 집단을 반세기 이상 도시 공간으로부터 소외시키고 존재를 부정했던 배제의 공간이었다. 현대에 들어서면서부터 전근대처럼 무조건적인 제거나 학살, 강제 억압 등의 방법을 사용할 수 없었기 때문에 그나마 인권적인 차원에서 집단 거주 공간을 한센인들에게 제공한 것이다. 하지만 그 속에는 여전히 배제와 억압의 논리가 그대로 모습만 바꿔서 존재하였다. 용호농장은 행정구역상 부산시에는 속해 있지만 한센인들은 시민, 국민으로서 그들의 목소리를 드러낼 수도 없었고 그들 목소리에 관심기지는 사람도 없었다. 반세기 넘게 한센인들은 용호농장 안에서 바깥사람들과의 접촉이 금지된 채 침묵의 시간을 보내고 있었다. 즉, 그들은 도시민들이 도시 유토피아적 의식을 실현하는 과정 속에서 체제 바깥으로 몰아낸 사회적 소수자이다. 용호동은 도시민들에게는 그들의 생활 터전 안으로 한센인 수용을 거부하는 '바깥'의 공간이었고, 한센인들에게는 사회로부터 추방당하여 떠돌 수밖에 없는 상황에서 다른 대안이 없는 최후의 생존을 위한 내적 공간이었다. 이 글에서 필자는 도시화 과정 속에서 다수자인 도시민들이 유토피아적 도시 구축에 방해되는 소수자이자 주변인 집단인 한센인들을 어떤 논리로 배제하였고, 배제당한 이들은 그 공간에서 어떻게 대항해왔는지에 대해 고찰하려고 한다.

2. 공간의 장소화가 가지는 유토피아적 의미

공간은 인간 삶의 원천이자 삶을 영위할 수 있도록 준비하는 곳, 공동체를 이루고 인간 본연의 의식을 실현할 수 있는 요소이다. 그래서 고대부터 현대까지 영토에 대한 야욕은 어느 누구를 막론하고 모든 민족, 국가가 가지고 있는 공통점이었다. 공간을 정복하고 차지하는 쪽은 공간 정복을 그들 최고의 목표로 삼고 성공하게 되면 유토피아를 획득했다는 환상에 사로잡히게 되는 착각에 빠지게 된다. 그 이유는 공간 확보는 단순히 비어 있는 것을 취하고 자신의 영역을 넓혀나가는 것이 아니기 때문이다. 근대의 발전은 야생의 공간을 극복하고, 정복하는 것에 의해 이루어졌다. 정복하게 되면 상상도 못할 경제적 이익과 함께 자신의 정체성을 확립할 수 있는 터전을 마련할 수 있다. 반대로 공간을 빼앗긴 자들은 지속가능한 생존의 토대가 없어서 항상 불안정함 속에 살아가게 되고 공간의 변두리에서 한(恨)의 역사가 반복될 수 있다는 두려움을 버릴 수가 없게 된다. 그리고 그들은 자신들이 처절하게 착취당하고 무시당한 경험을 떠올리며 공간의 주변에서 조차 착취당할 것을 미리 준비하고 지금의 상황을 위안 삼는다.

용호농장이 형성되기 이전 부산, 경남 지역 한센인들은 마땅한 거처를 찾지 못해 거리의 부랑자로 살아가고 있었다. 소록도에 수용되어 있다가 해방 이후 그곳에서 빠져나온 한센인들은 생존을 위해서 도시로 몰려들었다.[7] 그들은 도시가 그나마 식량을 구하기 쉽고 생존을 위해 몸을 보호할 수 있는 공간이라고 생각했다. 하지만 이미 도시는 광복 이후 해외 이주자들의 귀환, 도시화로 인한 농촌 인구의 유입, 전쟁 피난민 등으로 인해 포화 상태였기 때문에 한센인들을 위해 배려해줄 만한 공간도, 여지도 없었다. 공간의 부족은 표면적으로 드러나는 도시 인구의 급속한 증가뿐만 아니라 한센인에 대한 도시민들의 거부의식이 큰 영향을 주었다. 당시 한센인에 대한 도시민들의 시선은 한센인 박수원씨의 수기를 보면 잘 드러난다.

부산에 온 수원이는 여관과 여인숙을 찾았다. 문둥이가 무슨 돈이 있고 호화판으로 여관을 찾은 것이 아니다. 여관에서 편안히 쉬려고 찾은 것도 아니다. 오늘 밤은 너무도 춥고 견딜 수가 없었다. 추위에 견디다 못하여 살길은 여관밖에 없는 것인 줄 알고 하룻밤 살기 위하여 여관과 여인숙을 찾아들어 갔던 것이다. "방이 있습니까?" 하고 대문에 들어섰다. "예! 방이 있습니다. 어서 오십시오." 하며 일하는 청년이 나온다. 수원이 벌벌 떨면서 대문으로 들어서자 반가이 맞이하던 청년이 조심스럽게 쳐다보다가 "잠깐만 기다리세요." 하고는 주인에게 들어간다. 얼

---

7) 「나병환자가 가두에 진출」, 〈경향신문〉, 1947년 11월 1일자 2면.

마 후에 나와서 "방이 없습니다. 다른 집으로 가보세요." 불친절하고 냉정한 한마디를 하고는 문을 닫아 버린다. 그러면 또 다른 여관을 찾아야 한다. 상처 난 곳은 추위에 견딜 수가 없도록 아프고 쓰리다. 웬만하면 누구네 처마 밑에서나 쓰레기통 옆에서 잤으면 이런 괄세와 천대는 받지 아니랄 터인데 워낙 추운 날씨에 상처에서 흘러내린 고름과 진물이 추위에 얼어버리니 도저히 밖에서 잘 수는 없다. 그래서 여관을 찾아가 자기의 사정을 이야기하고 자려고 하는 것이다. "주인 계십니까?" 하고 다른 여관에 들어가면 "어서 오십시오" 하고 주인이 친절하게 맞아준다. 그러다가 문둥이 인 것을 확인한 다음에는 "방이 없습니다." 냉정한 표정으로 나가라는 것이다. "나는 한국 사람이 아닌가? 나는 이 겨울에도 얼어 죽어야 한다는 말인가? 나도 사람인데 이렇게까지 가는 곳마다 버림을 받고 쫓겨나야 하는가?" 수원이는 흐르는 눈물을 막을 수 없어 사람으로 태어난 것을 저주하고 하루속히 온몸이 썩고 썩어서 죽어지기를 원하는 절규의 한탄이 나왔다.[8]

한센인들은 부산의 감천동, 영도 등지에 자리를 잡으려 했지만 지역주민들의 거센 반대에 정착촌 형성은 불가능했다. 몇 차례의 이동 끝에 용호동 바닷가와 접해 있는 지금의 용호농장에 터를 잡게 되었다. 한센인들에게 이 공간은 척박하지만 선택의 여지가 없는 공간인 것이다. 그들은 이미 수차례 정착의 어려움을 겪었고 도시민들의 배제와 거부를 경험했다. 앞서 언급한 것처럼 한센인들은 이러한 경험을 통해 용호농장 이외에 더 이상의 대안은 없다고 판단하고 그들 스스로 현

8) 박용규, 『罪라면 문둥병』, 일맥사, 1973, 172-174쪽.

재의 상황을 인정할 수밖에 없었다. 즉, 용호농장이라는 공간은 도시민에 의해 완전히 배제된 공간이면서 도시민들이 한센인에게 제공한 공간이다. 한센인의 측면에서 용호농장은 도시민들의 시선을 벗어남과 동시에 배제당한 공간이기도 하다. 즉, 강제적 자유이자 자유의 속박이 공존하는 곳이 용호농장이었다.

　도시민, 한센인 양쪽 모두에게 공간 확보와 배제는 그들이 희망하는 세계, 유토피아적 의식을 실현하는 방법적 측면에서 항상 고려되어야 한다. 인간에게 공간에 대한 양보란 곧 그들 세계의 붕괴로 이어질 수 있다는 불안감으로 이어진다. 그래서 양쪽 모두 서로 조금씩 양보하여 살아갈 공존의 공간이란 상상도 하지 않는다. 공간에 대한 투쟁이 어느 정도 종식되고 나면 의미부여가 안된 그들만의 공간은 점차 유의미한 장소로 재탄생을 경험하게 된다. '장소'는 '공간'에 대비되는 개념으로서 의식적으로 인식되고 창출되어 특정한 위치와 의미가 있는 공간[9]으로 채워지는 것을 의미한다. 즉, 텅 비어 있는 공간이 의미를 부여 받아서 장소로서의 의미성을 가지게 되는 것이다. 장소로서 공간이 확보되면 사람들은 그때부터 장소성의 강화를 위해서 그곳에 정체성을 부여하고 어느 누구도 침범할 수 없도록 자신들만의 세계를 구축해나간다. 공간이 장소로 변화하는 과정은 사람들이 생각했던 그들만의 유토피아를 건설하는 하나의 방편임을 알 수 있다.

　이처럼 장소는 인간이 세계에 존재하는 데 근본적인 영향을 주는 속성으로 개인이나 집단에게 있어 안정과 정체성의 원천이 된다. 그러므로 인간은 의미 있는 장소를 경험하고 창조하고 유지하는 방법을 망

---

9) 임경욱, 「지역적 특성을 고려한 친수 공간 계획에 관한 연구-부산시 남구 용호동 (구)용호농장 지역을 중심으로」, 경희대학교 석사논문, 2007, 8쪽.

각해서는 안 된다.[10] 공동체가 장소의 정체성을 강화시킴에 따라 장소는 집단의 공통된 믿음과 가치의 표출이자, 개인 상호간의 관계맺음의 표현을 의미하게 되었다.[11] 장소는 공동체를 표상하게 되고 공동체는 장소를 통해서 그들의 존재를 부각시키는 구조를 형성한다.

현대로 오면서 근대 이전까지 세계가 구축해 놓은 장소성에 균열이 가기 시작했다. 장소성은 동시대가 아닌 이전 시기에 구축된 산물인 까닭에 시간이 지나면서 그 의미나 정체성이 약화, 망각되었다. 일부에서는 장소성에 대한 부정을 통해서 이익을 취할 목적으로 장소의 정체성을 붕괴하려는 움직임도 일어났다. 또는 이전에 부여된 의미가 현재 변형, 상실되어 무의미해지거나 오히려 새로운 의미를 부여받기도 했다. 앞서 말한 것처럼 장소 상실은 그 장소를 공유해왔던 개인이나 집단의 안정과 정체성을 흔드는 사회혼란의 촉발이다. 그러므로 사회구성원들은 이런 문제가 발생하기 전에 무장소성의 빈자리를 채울 새로운 장소성을 대안의 유토피아로 제시하고 나선다. 그러한 장소성이 등장하지 않으면 공간의 공백으로 인해 사회적 연대나 결합의 약화마저 초래할 수 있기 때문에 그들은 항상 그곳의 주인공이 되기 위해서 유토피아의 끈을 놓지 않는다.

지금도 우리 사회 곳곳에서 타자의 장소성을 무시하거나 파괴하는 폭력성이 여과 없이 분출되고 있다. 무차별적으로 공격당해 장소성이 사라진 그곳에 새로운 장소 정체성이 제대로 주입된다면 다행인데 우리 사회는 안타깝게도 장소성의 형성과 발전에 대한 방법과 방향을 잃고 표류하는 경우가 많다. 그 대표적인 곳이 용호농장이다. 도시민들

---

10) 에드워드 렐프, 김덕현 · 김현주 · 심승희 옮김,『장소와 장소상실』, 논형, 2005, 34쪽.
11) 에드워드 렐프, 앞의 책, 86쪽.

의 눈에 비치는 용호농장은 회색의 가치 없는, 혹은 가치를 잃어버린 공간으로 인식되거나 그도 아니면 수십 년 동안 망각된 채로 버려진 공간일 뿐이다. 그런데 90년대부터 용호동에 대한 관심이 갑자기 불붙기 시작했다. 도시가 더 이상 팽창할 곳이 없어지자 권력자들은 그동안에 일부러 기억 속에서 지워두었던 용호농장을 기억의 밖으로 끌고 나왔다. 그토록 외면했던 그곳을 오륙도라는 부산의 장소성에 바다와 자연이라는 최근에 중시되는 의미까지 부여해가며 도시적 유토피아를 만들어가는 중요한 지점임을 부각시켰다. 그런 와중에 용호농장 주민들에 대한 관심이나 배려, 인식은 부재했다. 결국 다수자의 장소성 논리에 의해 또 다시 강제와 배제, 폭압이 용호농장을 덮어버렸다. 물론 과거와는 달리 경제적 보상과 소통이라는 아주 민주적인 방법이 표면을 위장하고 있지만 여전히 용호농장이라는 장소에는 뺏는 자와 빼앗기는 자의 대결만이 존재한다.

3. 나환자에서 한센인으로

용호동은 '장소 상실'을 경험한 한센인의 입장에서 더 이상 원래의 장소성을 회복할 수 없는 공간이다. 해방 이후 용호동 본동에서 오륙도가 내려다보이는 언덕을 넘어서면 도시적 공간과는 완전히 단절된 공간인 나환자 마을이 존재했다. 대다수의 한센인 집단 거주농장은 도시나 비한센인의 주거지로부터 단절된 곳에 위치하는 경우가 많다. 그것은 외부에 의한 차단이기도 하지만 내부에 의한 차단이기도 하다.

나환자에서 한센인으로 그들을 지칭하는 용어는 변화되었지만, 그들의 삶도 변화를 했는지는 의문이다. 나병, 문둥병, 천형, 한센병 등 과거 한센인들은 수많은 이름으로 멸시당하고 사회에서 외부자로 취급당해왔다. 이 용어들은 시간을 달리하여 통용되어왔는데 특히 '문둥이', '나환자'와 같은 용어는 지배 권력이 생산해낸 '담론들'이 내포되어 있다.[12] 즉, 나균에 감염된 환자를 지칭하는 위의 용어에서 이미 그들에 대한 사회의 인식이 명확하게 드러난다. 시간이 흐름에 따라 그들의 처우에 대한 문제 인식과 한센병에 대한 연구가 진행되면서 용어의 변화를 시도했지만 그와는 별개로 아직도 비한센인들의 한센인에 대한 인식은 크게 변화하지 않았다. 오히려 최근 한센인은 사회적 소수자로도 언급이 되지 않고, 기억의 잠재 속으로 묻혀가고 있다. 하지만 사람들의 기억에서 완전히 삭제된 것이 아니라 잠시 내려놓은 것이기 때문에 언제든 다시 한센인에 대한 의식은 그대로 살아날 수 있다.

천형(天刑)은 말 그대로 하늘이 내린 형벌이다. 동서양을 막론하고 중세시대 한센병은 공포의 대상이었다. 제대로 된 치료제 없이 전염성이 강하고 치유가 불가능하다는 인식으로 한센인들에 대한 최선의 치료는 사회로부터의 격리, 학살의 방법이 사용되었다. 그것은 치료가 아니라 잠재적 살인이었다. 사회는 사회 보호의 명분으로, 한센인은 자신이 한센인이라는 사회적 억압과 이로 인해 장기간에 걸쳐 형성된 죄의식의 내면화 때문에 한센인에 대한 모든 조치는 사회적 묵인을 허용했다. 하늘이 내린 벌이라는 의미에서도 알 수 있듯이 한센인들은 아주 오랜 과거부터 현대까지 죄인처럼 숨어 살아야 했다 .

---

12) 오정수, 「일본 식민주의 시기 '나병 담론'을 통한 소록도의 사회적 생산」, 전남대학교 박사논문, 2013, 50쪽.

문둥병, 문둥이라는 용어는 주로 공식적인 용어를 사용하는 자리 이외에 사용되었던 용어였다. 그런데 신문 매체 등에서 나병, 나환자, 한센인, 한센병 이외에도 문둥병, 문둥이라는 용어로 혼재되어 사용되었다. 일제시대와 한국전쟁 이후 1950년대 중반까지는 '문둥'이라는 용어가 자주 나타난다. 특히 1930년대 일제의 전쟁 준비와 한센인 격리정책에 따라 정치적 맥락에서 이들을 활용했다. 정상인과 비정상인을 나누고 그들과의 거리두기를 통해서 사회적 타자를 길들이고 사회구성원들에게는 공포감을 주어 한센인에 대한 차별을 정당화했다.[13]

　한센인에 대한 의도적 악압이 결과적으로 언론 매체의 용어 선택과 기사 내용에도 영향을 주었다고 볼 수 있다. '문둥'이라는 용어는 1930년대 동아일보에 71건의 기사 보도에 사용되었다. 반면 1920년대는 23건, 40년 이후부터는 그 이전보다 현저하게 사용이 줄었다. 70년대 이후에는 '문둥'이라는 용어가 직접적으로 한센인을 지칭하기 위해 쓴 경우는 거의 없고 이전에 사용되었던 문헌이나 문학작품 인용시에 들어가는 경우가 있었다. '나병'이라는 용어는 일제시기부터 90년대 후반까지도 꾸준하게 언급되었고 '한센'의 경우에는 50년대 후반부터 나타나기 시작해서 90년대까지 '나병'이라는 용어와 함께 비슷한 비율로 사용되었다.[14] 현재는 2000년 전염병 예방법의 개정으로 인해서 공식적인 용어는 나병이 아닌 한센병으로 이름을 바꾸고 법정 제3군 전염병으로 규정하고 있다.

---

13) 정근식, 「식민지적 근대와 신체의 정치-일제하 나(癩)요양원을 중심으로」, 『사회와역사』 제51집, 한국사회사학회, 1997, 213쪽.
14) 네이버 뉴스 라이브러리(http://newslibrary.naver.com)의 동아일보, 경향신문 기사 통계를 키워드 검색하여 참고하였음.

근대 이후 나환자에서 한센인으로 살아가기까지 100여 년의 시간이 걸렸다. 근대 이후 병의 원인을 찾고 치료제를 개발하고 치료 가능한 전염병으로 밝혀지는 동안 그들은 '환자'로서 배제의 대상이기만 했다. 치료 가능한 병임이 밝혀진 이후에도 누군가의 필요에 의해 그들은 여전히 멸시와 기피의 대상이었다. 인간이 환자(患者)에서 인(人) 자를 붙여서 인간으로 인정받기까지 너무나도 큰 희생과 시간이 걸렸다.

그들은 여전히 침묵하고 있다. 일제시대부터 집단수용 정책으로 인해 가족, 사회로부터 분리되어 인간 이하의 대우를 받으며 강제 노동과 학살의 희생자가 되었다. 그때마다 그들의 목소리는 들리지 않았다. 그들의 침묵은 사회적 구조적으로 강제된 것이기도 하지만 그들의 생존 방편이기도 했다.[15] 자발적 침묵은 사회로의 복귀를 염원하는 한센인들의 노력이 지속적으로 차단당하고 오히려 그들에 대한 사회적 관심이 그들의 행동반경을 더욱 좁혀감에 따라 선택한 불가피한 수단이었다. 특히 한센인 본인뿐 아니라 가족, 자녀에게까지 한센인의 낙인이 찍히는 것을 막기 위해서 침묵을 선택했다. 사람들의 기억에서 망각되는 만큼, 사회에서 잊혀진 존재가 되는 만큼 고립되지만 역설적으로 그들은 자유로워졌다. 사회성원으로서의 유토피아 형성에 참여하지 못한다면 차라리 사회 외부에 놓여진 주변적 존재가 되는 것이 그들이 생각하기에 그들이 생존해갈 수 있는 대안이라 느꼈을 것이다.

나환자든 한센인이든 그들은 지금도 여전히 도시의 외곽이나 사회로부터 멀리 떨어진 곳에 집단거주지를 형성해 살아가고 있다. 눈에

---

15) 국사편찬위원회, 『한센병, 고통의 기억과 질병 정책』, 천세, 2005, 7쪽.

보이지 않는 장막이 그들의 주위를 감싸고 있다. 그곳을 벗어날 생각도 하지만 한센인 이름표를 숨기고 살아가기가 쉽지 않다. 한센인 스스로 그들이 공동체를 이루고 살아온 집단농장을 벗어나지 못하고 있다. 집단농장은 그들에게 강제된 유토피아이자 그들이 선택할 수밖에 없는 유토피아였다.

4. 용호농장의 장소성 변화와 유토피아의 대립

해방 이후 국립나환자 병원을 개원하면서 부산, 경남지역 한센병 환자들을 용호동에 수용하였다.[16] 1945년 10월, 기독교 단체에서 사하구 감천동에 나환자 수용을 위해서 박애원을 개원하였지만 주민들의 반대로 인해 영도구 동삼동으로 이전하였다. 하지만 또다시 주민들의 반대로 용호동 '분께'로 옮겨 1947년 6월에야 경상남도 도립나요양소를 개소했다. 이후 1958년 도립 상애원으로 개칭하였다가 국가 한센인 정책에 의해 1961년 1월에 국립용호병원으로 개편하여 나환자 수용 및 치료가 국가적 차원에서 이루어졌다. 국립용호병원은 1975년 3월에 한센병 환자 정착촌인 용호농장으로 바뀌면서 폐쇄되었다. 이후 용호농장은 전국 '한센인 정착촌' 중 최대의 규모로 발전하였고 한센인 주민 자활 시범 정착지로서 성공적 사례로 알려졌다.

광복 이후 떠돌이, 부랑자 신세로 살아가던 수많은 한센인들을 사회단체(특히 종교단체)가 나서서 여러 차례 공동체를 형성하도록 시도하

---

16) 정규환, 『부산지역 의료사 130년사』, 연문씨앤피, 2008, 119쪽.

였지만 번번이 지역주민들의 반대로 장소를 옮길 수밖에 없었다. 광복 직후 혼란한 시대 상황 속에서 국가는 즉각적인 한센인 수용 및 치료 대책을 세우지 못했고 60년대 들어서야 한센인을 효과적으로 통제하기 위한 국립병원 체제를 구축했다. 용호 병원뿐 아니라 다른 지역의 병원들 역시 열악한 환경 속에서 지역 주민의 반대가 최대한 적은 곳을 찾아서 자리를 잡았다.

용호동 용호농장이 자리 잡은 지역은 부산 시내에서 용호동을 거쳐 백운포로 넘어가는 고개 때문에 부산에서 고립된 지역이다. 그리고 한쪽은 바다를 두고 있는 만의 형태를 띠고 있어서 그곳의 존재를 모르는 사람들은 용호농장 외부에서 용호농장을 확인하기 어렵다. 이런 지형은 타지역에서 박해 받던 한센인들을 이주시키기에 적합한 곳이었다. 게다가 "분께" 지역은 조선시대부터도 척박한 환경 탓에 원주민들이 거주하지 않는 땅이라서 지역민들의 큰 반대 없이 한센인 공동체가 형성될 수 있었다. 당시 용호동은 버려진 땅이었고 도시 속 오지였다. 용호동이라는 공간이 문둥이 마을로 인식되는 장소로 바뀐 것은 이때부터였다. 오류도를 마주하고 있는 한센인 정착지는 점차 사람들의 관심에서 벗어나버린 망각의 공간이 되었다. 용호농장이 이렇게 오랜 기간 유지될 수 있었던 또 하나의 원인은 용호동과 이기대를 포함한 지역이 군사지역이라서 90년대까지 외부인들의 출입이 제한되었다. 이런 점들이 용호농장을 한센인 거주지역으로 만들기에 충분한 조건이 되었다.

국립용호병원이 1975년 한센병 환자 정착촌으로 바뀌면서 국가는 한센인 스스로 자활을 통해 사회에 복귀할 수 있는 기회를 준 것이라고 평가한다. 정근식은 질병공동체의 이주 현상을 관찰하면서 한센인

공동체의 형성을 완전한 사회복귀가 아닌 반(半)사회복귀체제이자 상대적 격리체제[17]라고 평가했다. 즉, 국가는 전근대적 국가통제의 일환으로 일제시대 격리체제를 유지하는 기조를 그대로 답습하면서도 한센인의 자유를 보장하겠다는 아름다운 포장으로 한센인 공동체를 제시했다. 국립병원 체제를 유지하는 것보다 국가는 부담을 줄이면서 인권 침해의 논란도 피했다. 도시민의 도시에 대한 경제적 문화적 욕구를 충족하고 도시의 미관을 유지하고 한센인의 자활을 보장하여 저항사태를 막는 등, 도시적 유토피아 구축이 이루어졌다.

하지만 반(半)사회 복귀라는 용어는 맞지 않다. 정착농장이나 농원은 이전 일제시대의 폐쇄적 집단 수용소와는 다르지만 여전히 사회로부터 분리되어 있고 한센인들도 스스로 벗어나지 않으려는 의식을 가지고 있기도 하는 공간이다. 한센인들은 집단농장 체제의 폐쇄성을 부정하면서도 한편으로는 그 공간이 그대로 유지되기를 바라기도 하는 이중적 공간 지향성을 가진다. 기존 사회에 편입될 수 있는 유토피아적 상상을 하지만 반면에 그들만의 공간을 구축할 수 있는 농장체제에서 벗어나기 어렵다는 인식도 가지고 있다. 그러한 이중성 사이에서 그 공간의 의미에 균열이 가해지게 되면 공간 해체의 과정에서도 또다른 그들만의 공간을 구축하기를 희망하는 유토피아적 세계관을 드러낸다.

한센인의 입장에서는 국립용호병원 체제에서 용호농장 체제로 바뀌면서 자활공동체를 통해서 자신들 내부에서지만 의사결정이 권리를 누리게 되었다. 그들은 항상 차별 없는 대우와 기존 사회로의 편입을

---

17) 정근식, 「질병공동체의 해체와 이주의 네트워크」, 『사회와역사』 제69집, 2006, 43쪽.

희망하지만 적극적으로 그 움직임을 드러내지 않았다. 같은 인간이지만 비한센인들과는 다르게 대우받아온 이전 핍박의 역사를 그들 스스로의 눈으로 보아왔기 때문이다. 한센인으로서의 삶이 반복적으로 그들 자의식을 가두어두게 되자 스스로 사회로 나아감을 포기해버렸다. 그리고 그런 오래된 두려움이 그들의 유토피아적 의식 표출을 내부에 머물게 했다. 하지만 외부의 지원 없이 자활공동체가 축산업만으로 용호농장을 한센인 마을을 유지하기는 어려움이 많았다.

외부와의 접촉을 항상 갈구하면서도 두려움을 느끼는 그들에게 사회는 정당한 노동의 대가조차도 인정하지 않으려 했다. 한센인이 생산한 축산물, 상품은 헐값에 팔리거나 판매되지 않는 경우도 많았다. 그리고 용호농장에 대한 지원은 도시민들이 사는 지역과는 너무도 큰 격차를 보였다. 한 예로 용호동 공동체에 외부와 연락할 수 있는 공중전화가 가설된 것이 1967년이다. 이는 1,300명 이상이 거주하던 용호농장에 외부와 연락할 수 있는 수단이 그때까지 전혀 없었음을 의미한다.[18] 폐쇄된 공간은 힘없는 자들이 침묵할 수밖에 없고, 목소리를 내더라도 전달이 안 되는 소통불능의 공간이다.

용호농장은 70년대까지 도시민들에게는 버려진 공간이었고 한센인들에게는 자신들을 보호해줄 수 있는 대안적 유토피아가 없는 장소였다. 축산업의 성장은 정착촌 경제의 안정화에 밑받침이 되었을 뿐 아니라 1980년 전후에는 일반 벼 재배 위주의 농가보다 우월한 경제력을 확보하기에 이르렀다. 어쩔 수 없이 선택했던 용호동의 삶이 한센인들에게 어느 정도의 경제적 자립을 시도하였던 시기였다.

---

18) 「동떨어진 나환자론 오륙도에 공중전화」, 〈매일경제〉, 1967년 5월 11일자 3면.

하지만 80년대 중후반 서울 올림픽을 앞두고 도심인접지역의 정착농원들이 악취와 폐수 등으로 축산을 할 수 없는 지역으로 분류되었다.[19] 결국 태생적으로 도시 근교에 있는 정착촌은 도시의 확장과 함께 공존할 수 없는 존재이다. 도시가 발전하고 사회적 가치가 이전 경제발전에서 자연, 경관 등으로 옮겨감에 따라 잊고 도시민들은 정착촌이 환경오염, 도시발전계획, 도시미관 등을 해친다는 이유로 이주를 원하였다. 망각의 복귀이다. 끊임없이 있는 자는 자신들의 꿈꾸는 가치 확보를 위해서 용호농장을 언급한다. 부산 변두리에 위치하여 쓸모없던 땅에서 도시의 여가를 즐길 수 있는 장소로 변모를 원하는 것이다. 또다시 한센인들에게 그들이 원하든 원하지 않든 간에 강제적 유토피아가 강요된다.

80년대 이후의 상황은 용호농장이 가지는 장소성의 붕괴가 발생하기 시작한 시점이다. 이 과정에서 한센인의 대응은 과거처럼 단순히 무지와 무능의 존재로만 볼 수 없었다. 정착촌 형성 후 몇십 년이 지나 노후화된 시설과 축산업의 쇠퇴로 인해 그들은 또 다른 생존의 방식을 찾아야 했다. 도시민의 요구와 정착민의 생존 전략이 합치되면서 그들의 이주는 이루어졌다. 하지만 이주에는 많은 돈이 필요했다. 정착민들은 그에 앞서 정부로부터 정착마을의 토지 불하를 요구하였고 불하된 토지는 정착농장 전체의 이주를 위해서 개개인이 직접 소유권을 처분한 것이 아니라 농장 전체로 이루어졌다.

1990년대에 이르면, 고령화, 축산업의 피폐화, 인구감소 등이 요인이 작용히여 한센인늘에게 '가능하다면' 보상을 받고 이주하는 것이 경제

---

19) 정근식, 앞의 글, 48쪽.

적으로 유리하다는 '합리주의적' 인식이 형성되었다.[20] 농장 이주자 1세대는 이미 고령으로 더 이상의 노동이나 생업은 어려운 상황이므로 다른 농장 이주의 과정을 보면서 토지 불하를 통한 자금을 마련하여 그들이 살아갈 수 있는 또 다른 공동체를 찾으려고 했다. 여기서 특이한 점은 한센인들이 공동체를 벗어서나 자립하려는 의지가 거의 없고 자신이 속해 있는 기존 공동체가 해체되면 또 다른 공동체를 찾으려고 한다는 점이다.[21] 즉, 개개인이 사회 속으로 편입하여 살아가는 것에 대해 그들 스스로가 거부감을 가지고 있다. 폐쇄된 공동체의 경험이 그들 스스로 최고의 유토피아는 아니지만 최선의 유토피아로 인식하는 것이다.

이주의 방법은 크게 보상이주와 매각이주를 들 수 있다. 90년대 이후 대부분의 농장은 매각이주를 추진하게 된다. 그 이유는 한센인들이 자발적으로 자신들의 정착지를 옮길 필요가 그들에게 없다. 옮겨야 할 상황이 생기거나 좀 더 나은 환경으로 가기 위해서 그들은 이주를 택한다. 90년대 이후 용호농장은 외곽으로 도시의 발달에 따라 그들의 공간이 도시에 필요하게 된다. 이로 인해 그들은 이주를 할 수밖에 없는 상황에 놓인다. 그렇지만 그들은 예전처럼 강제이주의 대상이 되는 것이 아니라 토지와 돈이라는 가치를 맞바꾼다.

용호농장 지역은 자연적 요소가 아직도 그대로 남아 있는 곳이다. 용호농장, 엄밀히 말하면 오륙도가 바로 앞에 보이는 버려진 땅이 몇십 년 후 오히려 개발 안 된 자연 때문에 다시 그곳 주민들을 이주시키고 도시 계획에 따라 개발하고 있다. 정부는 자본주의의 논리 개입으

---

20) 정근식, 앞의 글, 55쪽.
21) 정근식, 앞의 글, 44쪽.

로 이기대, 신선대 공원 일대를 '남해안 관광 벨트'의 주요거점 지역으로 선정하였다.22) 방문할 관광객들을 위한 편의 시설이 필요하다고 판단하고 기존 주민들과 오륙도SK뷰아파트 주민들을 위한 공간도 필요하다.

2013년 현재 용호농장은 사라지고 없으며 고층아파트만이 남아 있다. 한센인들은 떠났다. 이전의 도피의 유토피아 형성 경험은 그들의 결속을 다지게 했으며 이전과는 전혀 다른 방식으로 그들의 권리이자 대안적 유토피아를 마련하겠다는 의식을 표출했다.

용호농장 전체가 모두 국유지였다. 아무런 기반도 없는 한센인이 농장을 벗어나 일반적으로 사회로 진출하여 경제활동을 하는 것은 쉽지 않다. 그들 공동체 내부에서 어쨌든 이윤을 창출하여 삶을 영위해야 했다. 축산업의 쇠퇴와 함께 그들이 토지를 정부로부터 불하받고 생존의 방법으로 찾은 것이 임대업이다.23) 그리고 용호농장 주민들은 1989년부터 국유지로 되어 있던 농장의 토지를 불하해줄 것을 부산시장에게 요구하였다. 불하받은 토지는 용호농장 총유재산으로 규정하고 공동분배를 원칙으로 했다. 이것이 그들이 느슨하지만 공동체를 유지해야 한다는 의식에서 나온 산물이다. 공동체가 붕괴되면 그들은 홀로 살 수 없다는 강박관념으로 인해 어쨌든 용호농장 체제를 선호했다.

가치가 부여된 장소성이 변화하는 것은 시간의 흐름에 따라 당연한 과정이다. 하지만 아무런 맥락이나 사회구성들에 대한 동의 확보 없이 이미 부여된 가치를 파괴하면서 다른 장소성을 주입하려는 것은

---

22) 임경욱, 앞의 논문, 49, 55쪽.

23) 정근식, 앞의 글, 69쪽.

문제가 있다. 우리 사회는 특히 개발에 민감한 의식을 가지고 있다. 용호농장은 도시민들의 욕구 해소를 위해서, 한센인들의 또 다른 대안적 장소 확보를 위해서 장소성에 부여된 의미를 2000년대 넘어서 종식시켜버렸다. 그곳은 이제 '옛날에 한센인들이 살았던' 곳으로 기억될 뿐이다.

5. 회색 유토피아의 소멸[24]

들머리에서 바라보는 용호농장의 풍경은 스산하기 그지없지만 아름답다. 무채색인 회색의 시멘트벽과 슬라브 지붕은 세상의 수많은 색을 자기 품으로 흡수해버리고 만다. 곳곳은 허물어져 있고 몇 십 년 동안 수리하지 못한 집들은 과거를 부여잡고 놓지 못한다. 용호농장 에 서면 시계를 붙잡고 놓지 않는 그들을 만날 수 있다.

그곳 회색 마을을 지키며 살아온 이들은 과거 가장 인간다운 대접을 받지 못한 한센인들이다. 가까이는 60년대 중반부터 90년대까지 그들은 생존을 위해서 양계장을 시작으로 돼지, 개 등을 사육하며 회색의 정착촌 축산업의 형성기에는 중소상인들이 한센인들의 축산 생산물조차 스티그마화시켜 한센인들은 자신의 생산물들을 낮은 가격으로 팔지 않을 수 없는 처지였다. 사회적 편견과 차별은 한센인 개인들뿐 아

---

24) 이 글에 수록된 사진은 필자가 2001년부터 2008년까지 직접 용호농장을 취재하면서 흑백 필름으로 촬영한 사진이다. 2001년 용호 농장이 재개발되기 시작하면서부터 2008년 용호농장의 본 모습이 완전히 사라지는 도시 개발과 공간의 변모 과정을 그대로 카메라에 담았다. 흑백 필름을 사용한 이유는 5장의 서두에서도 밝히고 있듯 용호농장의 건물들을 가장 사실감 있게 전달해주는 색이 흑과 백이기 때문이다.

니라 그들의 생산물에까지 적용되었다.[25]

언덕 위에까지 용호농장 의 건물들은 빽빽하게 자리 잡고 있다. 무채색의 도시 는 한센인들의 심리와 맞아 떨어진다. 자신을 표출하지 않고 자신들의 공동체 속에  서 존재하는 그들이다. 이들에게 회색은 개별적인 색을 가졌을 때 오 는 심리적 두려움을 대신하고 있다. 그들은 한센인이 된 이후로 개별 성이 스티그마화되어 심리 속에 내재되었다. 그들에게 한센병은 타인 들로부터 주목받는 요소였다. 오랜 기간 동안 단 하나의 이유만으로 그들은 사회로부터 낙인찍혔다. 그들에게 특별하다는 것은 근원적인 두려움이 있는 것이다.

타다 남은 줄이 위태롭게 철골에 걸려 있다. 타다가 타다가 결국 마지 막 자기 몸뚱이까지는 태우지 못하고 남아서 삶의 끝을 부여잡고 있다. 한 센인들도 그들이 꿈꾸는 세상이 존재 한다. 하지만 앞서 말한 바와 같이 그 들의 꿈은 표출되지 않는다. 용호농

25) 정근식, 앞의 글, 48쪽.

장의 마지막 현장에서 한센인들이 가졌던 말하지 못한 말들을 떠올려본다. 소멸의 과정에서도 결국 심중에 가졌던 것들은 남는다. 한센인들은 비록 그들 스스로 원해서 만든 용호농장은 아니었지만 공동체를 형성하며 비한센인의 시선을 신경 쓸 필요가 없었던 용호농장은 그들에게 불완전한 유토피아로서의 기능은 할 수 있었다. 대안을 구축할 능력도 상황도 없었기 때문에 주어진 공간을 인정하고 부여받은 장소성도 감수할 수밖에 없었다.

2000년대 초반부터 용호농장은 변화를 겪기 시작한다. 이기대 생태공원과 오륙도SK뷰아파트 건설이 확정되면서 반백 년을 유지해 온 회색의 마을은 우리 기억 속으로 소멸해버렸다. 용호농장은 V자 비탈 모양으로 마을이 형성되어 있어서 반대쪽 비탈에서 바라보면 공사로 인해 철거되는 건물의 모습이 그대로 한눈에 들어온다. 한센인들은 예전 이웃의 집, 친구의 집, 동생의 집이 허물어져가는 모습을 창문 너머로 바라보면서 용호농장의 소멸을 어떻게 생각을 했을까? 그들이 지켜왔던 공간의 경계가 무너져 내리는 것은 그들과 외부의 경계가 제거되는 것을 의미하지는 않았다. 여전히 외부와 그들 간에는 보이지 않는 경계가 남아 있었다. 용호농장이 재개발되면서 한센인들은 다시 소규모의 집단을 이루어 다른 곳으로 떠나갔다. 여전히 일반 사회로의 진입은 그들 스스로도 부담스러워하는

장벽으로 존재하고 있다.

용호농장은 바다와 바로 접하고 있다. 용호농장 가장 높은 언덕에서 바닷가를 바라보면 바위섬이 눈앞에 드러난다. 바로 오륙도이다. 한센인들은 바닷가로 난 창문으로 집 안, 골목, 언덕 등 용호농장 어디서 언제나 오륙도를 바라보면서 살아왔다. 그들은 언덕 너머 그들과는 다른 세계에 살고 있는 도시민들을  동경하면서도 바다로 향하도록 집을 지었다. 한센인들에게 용호농장은 바다 수평선까지 풍경은 펼쳐져 있지만 결코 자유로운 공간이 아닌 결박의 공간으로 존재하고 있었다. 폐쇄된 공간 속에서 폐쇄성을 조금이나마 상쇄시키기 위해서 그들은 오륙도를 수십 년 동안 눈앞에 두고 살아왔다.

도시민들에게 용호동의 공간적 의미는 한센인들을 도시로부터 격리시킨 저주의 땅에서 천혜의 자연적 아름다움을 지닌 곳으로 변모했다. 용호농장은 과거부터 그대로 있지만 그곳에 부여된 장소 정체성은 도시민들의 욕구가 투영되면서 도시로 수용된 공간이 되었다. 즉, 도시의 변두리에서 도시 안으로 편입이 된 경우이다. 이러한 현상은 한센인들에게는 생존의 위협이었고 수십 년 전 용호농장에 터를 마련하기 위해 희생을 치른 투쟁의 연속에 놓여 있었다. 그들은 이전처럼 막무

가내로 쫓겨나고 희생당하지는 않았지만 다수자, 가진 자들의 유토피아적 세계 구축을 위해서 한센인들은 또다시 떠날 수밖에 없었다. 결국 용호농장에 남은 것은 재개발 딱지가 붙어 있는 빈집뿐이었다.

용호농장은 색을 가지고 있지 않았다. 한센인들이 그들의 색을 드러낼 수 없었듯이 수십 년 동안 용호동 안동네는 도시민들에게 전혀 존재감 없는 무색의 공간이었다. 그곳의 존재를 알면서도 인지하기를 거부했던 도시민들의 이기적 유토피아 의식이 발로했던 곳이다. 폐쇄적 공간에서 열린 공간으로의 변모는 한센인들을 제외하고 이루어졌다. 한센인들에게 용호농장은 여전히 닫힌 공간이고 도시 계획에 의해 변화한 용호농장은 그들이 접근할 수 없는 잃어버린 공간이 되어버렸다.

6. 기억의 소멸

현재 한센인들의 자활 공동체 용호농장은 흔적도 남아 있지 않다. 200년대 이후 대규모 아파트 단지가 건설되고 그 옆으로는 이기대 생태공원과 용호동 자연 체험 학습장까지 계획되면서 불과 10년 전의 회색 마을은 전혀 다른 옷을 입고 있다. 그러한 변화를 반기는 도시민들은 아무도 옛 기억을 더듬어내려고 하지 않는다. 마치 원래부터 이곳은 친환경 적이고 자연 생태적인 공간인 것처럼 부산의 아름다운 해안 자연환경의 일부로만 기억되려고 하고 있다. 50년 이상의 역사를 가진 한센인 집단농장의 이름표를 완벽하게 떼버린 셈이다.

과거 한센인과 비한센인은 서로 다른 지향점을 가지고 절충안을 만들어낸 곳이 용호농장이다. 지향점이 다른 유토피아는 필연적으로 그 사이에 충돌을 일으킨다. 충돌로 인한 충격은 고스란히 약자에게로 돌아간다. 한센인은 수세기에 걸쳐 핍박받으며 마녀사냥의 희생자처럼 사회로부터 낙인찍혀 인간으로서의 권리를 주장하지도, 인정받지도 못했다. 그들은 사회 내에서 사회 구성원으로 수용되지 못한 채 변두리를 떠돌 수밖에 없는 존재였다. 아무도 그들에게 관심을 가지지 않았고 일반인과는 다르다는 인식하에 인간 사회에서 분리되었다.

국가는 한센인 관리에 있어서 20세기 중반이 되어서야 그동안의 격리, 감금, 단종 등의 비인간적인 방법을 통해서 손쉽게 한센인을 관리해오던 태도를 조금 바꾸기 시작했다. 하지만 여전히 그들에 대한 대다수의 인식은 변화하지 않고 있다. 그것이 두 집단 사이에 관계를 더욱 접합할 수 없는 지점으로 몰고 갔다. 짧은 기간이 아니라 과거부터 연속적으로 쌓여온 한센인에 대한 인식은 쉽사리 바꿀 수 없었다. 용호농장이 형성되는 데 있어서도 이러한 사회적 인식은 큰 영향을 미쳤다. 한센인의 역사는 단순히 소수자의 역사가 아니다. 사회적 소수자의 영역에도 들지 못할 만큼 인간적 대우를 받지 못했던 그들에게 정착은 중요한 의미를 가졌다. 그들만의 공간이 생긴 것은 외부와 단절되어 있다 하더라도 생존과 정체성 형성의 기회가 된 것이다. 그전까지는 한센인들에게 공간조차도 허락되지 않았었기 때문에 용호농장의 척박한 환경하에서도 그들은 생존의 의지를 다졌다.

유토피아의 충돌은 물리적, 정신적 요소 모두 제어가 쉽지 않다. 사회적 소수자는 그 충격을 벗어나지 못하고 평생을 안고 간다. 그들이 착취당하고 억압당한 경험은 몇십 년이 지난 뒤에도 똑같은 상황이 오면 다시 살아난다. 그것은 그들의 생존과 관련되어 있기 때문에 생존의 기억인 것이다. 지금 그들의 장소는 사라졌다. 한센인들은 그들이 지켜온 용호농장에서 다시금 옮겨졌다. 정착의 꿈은 여전히 그들에게 어려운 것이다. 용호농장은 이제 다수에게 주어졌다. 용호농장은 그들 다수에게는 자연적 공간일 뿐이다. 도시의 복잡함을 도시 안에서 탈피할 수 있는 휴식의 공간으로 변모했다. 그곳에 들어서는 에코 생태 학습장은 한센인들의 기억마저도 바꾸어놓을 수 있을지 다수자의 소수자에 대한 고민이 필요한 시점이다.

과거에도, 현재에도 여전히 어려운 문제이다. 다수가 배려하는 소수자의 유토피아가 만들어지기는 쉽지 않다. 그리고 그것을 다수 안으로 온전히 수용해줄 수 있는 포용의 태도도 중요하다. 아니면 독립적으로 존재를 인정해줄 수 있는 시각만이라도 가질 필요가 있다. 한센인들은 지금까지 우리 사회에서 동화될 수 없는 존재들이었고 지금은 다수에게 망각의 대상이 되었다. 존재 없는 삶을 살 수밖에 없었던 한센인 1세대의 삶은 처절한 인간적 유토피아 구축의 노력이었고 희생이었다.

이희원

불/가능성으로 실현하는 유토피아

1. 이데올로기의 유토피아

토머스 모어가 만들어낸 유토피아(utopia)라는 말 속에는 이 세상에 없는 장소를 의미하는 아우토피아(outopia)의 의미와 모두가 살기 좋은 세상을 뜻하는 단어 에우토피아(eutopia)의 뜻이 섞여 있다. 즉 현실화 되지는 않았지만, 사람들이 가장 행복하게 살 수 있는 이상적 공간이 유토피아인 것이다. 이 단어가 만들어진 것은 16세기이지만 그것이 가리키는 대상은 훨씬 그 이전부터 종교적 이상향이나 철학적 사유의 대상이자 정치적 지향점 등의 형태로 존재해왔다. 좋은 세상을 향한 사람들의 희구는 언제나 있어왔던 것이다.

그러나 이 누리는 그것이 출현하게 되는 현실을 모대로 하기에 시의적인 것인데, 그것이 마치 영원한 실체인 것으로 오인되어 변화하는 현실을 따라잡지 못한 채 본질을 잃기가 쉽다. 그리고 '누구'에게 '어떤 방식으로' 좋은 세상을 유토피아라고 할 것인지 등에 대한 입장에 따라서도 그것은 다른 누군가에게 또는 다른 관점에서는 좋지 않은 세상을 가져오기도 한다. 루이스 멈퍼드가 유토피아를 도피 유토피아와 재건 유토피아로 나누어 전자는 자아가 고통스러운 현실을 외면하고 숨어들어가는 관념이며 후자는 현실의 곤란과 억압에서 해방될 수 있는 조건에 대한 탐색으로 보고, 의미 있는 유토피아론은 후자에 해당함을 지적[1]하는 문제의식도 유토피아가 가진 복잡 다단한 면모에 대한 숙고의 결과이다. 카를 만하임의 경우에도 이러한 지점을 논하는데, 그의 경우에는 이데올로기와 유토피아를 구분하여 이 둘의 상관관계에 천착하고, 유토피아론이 작동하는 방식을 더욱 정교하게 관찰한다. 이렇게 볼 때 좋은 세상에 대한 요청은 체제의 전복을 꿈꾸는 유토피아론으로 나타날 수도 있고 체제의 영속을 추구하는 이데올로기론으로 드러날 수도 있다. 왜냐하면 이 둘이 공통적으로 현실의 어떤 부분을 은폐하면서 목적하는 바를 향해 나아가는데, 그 과정에서 유토피아는 곧잘 이데올로기화하고, 이데올로기는 유토피아의 탈을 쓰고 나타나기 때문이다. 즉 유토피아가 현실에 내려앉을 때에는 권력이 필연적으로 작동하기에 그것이 세력가들의 권력에 복무하는 형태로 만들어질 가능성이 많고, 이데올로기는 유토피아라는 이름을 빌려 현실에 산재한 문제들을 은폐하려 하기 쉽다는 것이다.[2] 역사상 유토피아를 실현하기 위해 있었던 많은 저작과 실천들이 결과적으로 독재적·중앙집권적 규칙으로 드러나거나 권력자들만의 체제로 변질되는 모습들은 사회주의 국가가 몰락해가는 양상을 통해서 가장 근접하게 목도한 바 있다. 우리에게 필요한 것이 결코 또 다른 유토피아적 전망이 아니

---

1) 루이스 멈퍼드, 박홍규 옮김, 『유토피아 이야기』, 텍스트, 2010, 31쪽.

2) 카를 만하임, 임석진 옮김, 『이데올로기와 유토피아』, 김영사, 2012 참조.

라 역사적 대안들에 대한 진지한 평가이자 가능한 대안적 역사체제의
실질적 합리성에 대한 판단 행위라고 이매뉴얼 월러스틴이 말하는 것[3]
도 유토피아가 개념적이나 실천적으로 너무 넓은 외연을 가지고 있으
며 사회 변혁의 힘이 되기도 하고 그것을 무력화시키기도 하는 연약한
개념이기 때문이다.

　오늘날 우리가 가지고 있는 유토피아적 믿음 역시 이러한 위험 속에
놓여 있다. 자본주의적 전망에 의하면 우리는 각자가 가진 돈만큼 삶
에서 누릴 수 있는 것들이 생기고, 노력하면 그것들을 확장할 수 있다.
그러나 현실 속에서 우리는 자본주의가 호언장담하는 이 유토피아가
불균등 분배구조 속에서 하나의 이데올로기에 그치는 것을 목도하고
있고, 그 효용성에 대한 의심을 키워가고 있음에도 불구하고, 이것이
보여주는 환상에서 벗어나는 것이 쉽지는 않다.

　김사과의 최근작 『천국에서』에는 바로 이러한 미망에 쌓여 있는 우
리들의 모습이 핍진하게 드러나고 있다. K의 부모님은 80년대 한국의
경제적 부흥기 속에서 경제적 호황을 누리는 삶을 살다가 IMF체제 이
후 몰락했고, 다시 얼마간 삶의 여건을 회복했지만 미래를 계획할 여
력 없이 경제적으로 점점 나빠지고 있다. 그리고 이들의 사정에 따라
K의 삶도 그 희비가 교차한다. 경제적 여건에 의해 천국과 지옥을 오
간 일련의 경험은 그녀에게 트라우마가 되었고, K는 체제 내 상위 계
층에 속하는 것만이 멋있는 삶이라는 가치를 내재화하게 된다. 그런
점에서 K는 바로 지금 우리 사회에서 신자유주의적 자본주의가 가리
키는 나침반을 따라가면 천국을, 유토피아를 만날 수 있을 것이라는

---

3) 이매뉴얼 월러스틴, 백영경 옮김, 『유토피스틱스-또는 21세기의 역사적 선택들』, 창작과
비평사, 1999, 12쪽.

미망에 갇혀 있는 대부분의 사람들의 삶을 반영하고 있다. 작품 속 인물들 중에는 그 누구도 특별히 욕심이 과하다거나 나쁜 사람들은 없다. 다만 현실을 가득 메우고 있는 이상적인 삶에 대한 이미지, 물질적 풍요로움이나 특별함에 대한 찬양 메시지, 평범하거나 물질적으로 가난한 삶에 대한 부정적 평가들이 이들 앞에 등장하는 사람들이나 펼쳐진 사건에 대한 판단의 기준이 되고 있을 뿐이다. 그런데 그 기준들이 서서히 이들의 삶을 고통 속에 몰아넣고 있다. 인간의 삶 속에는 결코 돈으로 환산되지 않는 가치들이 산재해 있고 계산할 수 없는 우연과 충돌이 발생한다. 이 복잡다단한 삶을 경제적 가치로 치환해버린다는 것 자체가 이미 비극이다. 그런데 여기에 더해 경제적 윤택함으로 향유할 수 있는 것들은 끊임없이 더 향락해야 유지되기에 사람들이 가진 것에 만족하도록 놔두지 않는다. 그래서 비극은 더 극단으로 치닫는다. 작품 속 인물들은 이와 같은 방식으로 끊임없이 자기 현실 밖의 이상향을 욕망하고, 그것을 내재화한 인물들은 욕망하는 것들이 제대로 실현되지 않는 삶에 대해 고통스러워 할 수밖에 없다. K는 분명 이상적인 세상과 그 세상을 움직이는 가치들을 좇아가는데 그녀가 맞닥뜨리는 현실은 점점 혹독해질 뿐이다. 자본이 말하는 유토피아는 신자유주의 이데올로기를 지속시키는 수사로 전유되고, 가진 돈 만큼의 풍요로운 유토피아는 곧바로 없는 돈 만큼의 디스토피아이다. 그리고 유토피아에서 디스토피아로의 추락은 너무나도 손쉽다.『천국에서』가 보여주는 것은 신자유주의적 유토피아가 이미 현실을 좋은 쪽으로 나아가게 할 수 있는 힘을 상실한 하나의 이데올로기라는 점이다.

그럼에도 불구하고 우리가 다시 한 번 확인할 수 있는 것은 유토피아에 대한 믿음 그 자체가 사람들의 현실을 이끄는 중요한 추동력이라는 점이다. 따라서 우리는 신자유주의가 부채질하고 있는 욕망을 향해 무작정 돌진하고 있는 세상을 멈춰 세울 필요가 있다. 그것은 현재 통용되고 있는 유토피아가 멈퍼드식으로 말해서 도피 유토피아이자 만하임식으로 말해 하나의 이데올로기일 뿐임을 명확히 하는 시각을 통해 가능할 것이다. 그리고 유토피아적 의식이 사람들에게 필연적인 의지라면, 그것이 가진 위험 요소를 지속적으로 감각하면서도 그것을 현실에 안착시킬 새로운 유토피아적 의지를 탐색하는 것 역시 필연이다. 이제부터 여기에서 이야기하고자 하는 것은 우리가 새로이 지향해야 할 유토피아적 지향점, 혹은 새로운 총체성이 어떠해야 할지에 대한 하나의 질문이자 제안이다.

2. 사연들의 역사

유토피아적 전망은 현실화되지는 않았지만 현실 속에서 상상하고 가늠할 수 있는 수준의 생각들로 구성된다. 모어의 유토피아든, 소단위의 농촌공동체 사회이든, 사회주의적 전망이든, 그것도 아니면 신자유주의와 인터넷 매체에 의해 만들어지는 신인류의 새로운 제국이든 이 모든 것이 현실을 토대로 상상 가능한 영역의 문제이다. 그렇기에 유토피아적 전망을 찾기 위해 탐색해야 할 것은 현실을 벗어난 마술 같은 세계가 아니라, 이데올로기나 관습화된 의식을 벗어난 안목으로 현실 속에서 찾아내어야 할 세계의 새로움이다. 그리고 중요한 것은 찾아낸 그것이 얼마나 보편적이고 총체적으로 이 지상을 아우를 수 있을 것인가이다.

이 지점에서 유의미한 질문을 던져주는 작품이 윤성희의 2010년 작 장편소설 『구경꾼들』이다. 이 작품은 김사과의 『천국에서』가 직조한 세계와 같이 인물들의 삶을 역사적 연원과 국경을 넘나드는 활동 영역 속에서 형상화하고 있다. 그리고 작품에 등장하는 일가족은 분명 오늘날을 사는 사람들로 보인다. 그런데 이들은 『천국에서』의 인물들이 셈하는 방식으로는 도무지 사회적 위치가 파악되지 않는다.

『천국에서』에서 우리는 자본 논리에 따라 등급 매겨진 상품이나 문화들을 기준으로 인물들의 값어치가 매겨지는 양상을 살펴볼 수 있다. 이곳에서 사람의 연원은 자본주의의 잠언에 따라 획일화되어 있기에 인물들은 각자 삶의 색깔이나 자신을 둘러싼 존재들에 대해 스스로 느끼고 관조할 기회도, 필요성도 없다. 어느 수준 정도의 소비를 하고 어떤 최신의 문화적 코드를 신체적으로 구현하느냐에 따라 사람들은 쉽사리 평가되고, 그런 지표가 드러나지 않을 때 그 사람의 존재는 무가치해진다. K가 미국식 유토피아에서 소위 멋진 삶을 향유하고 열심히 사랑을 함에도 불구하고 그녀의 독특함은 쌓이지 않고 그녀가 있는 자리에 그 나이쯤 되는 다른 여자 아이를 끼워 넣어도 별반 문제될 것이 없어 보이는 대체 가능한 존재가 되는 것도 이러한 계산법에 따른 결과이다. '한경희'가 알파벳 K로 호명되는 것도 이러한 그녀의 익명적 상태를 드러낸다.

이에 비해 『구경꾼들』에 등장하는 일가족들이 만들어내는 시공간에는 그런 계산법이 존재하지 않는다. 작품의 서술자는 '나'로 고정되어 있고 일가족이 나를 중심으로 아버지나 어머니, 삼촌, 고모, 할머니, 할아버지로 호명된다는 점에서 볼 때는 이 작품 속 인물들도 익명적이다. 그런데 그것이 『천국에서』의 인물들이 '익명'화하는 것과는 다르다. 그 다름은 서술자가 가지는 독특한 위치에서부터 드러나는데, 서술인 '나'는 갓난아기 시절일 때부터, 혹은 아예 태어나기 전의 일들이나 보지 않은 가족들의 일들을 서술한다. 그래서 '나'는 꼬맹이인 아버지, 어머니, 삼촌을 역시 아버지나 어머니, 삼촌으로 부르며 그들의 삶을 서술한다. 예컨대 아버지는 '나'의 다정한 아버지이기도 하면서 동시에 이틀 동안이나 아이스박스에 갇히는 다섯 살짜리 꼬맹이이기도 하고, 새로 이사한 집에서 마음에 드는 방을 차지하기 위해 동생들과 신경전을 벌이는 학생이기도 하다. 이러한 형상화 과정을 통해 '아버지'라는 호칭은 단지 종적인 가부장 체제의 고정되고 획일적인 이미지가 부여된 호칭이 아니라 이 가족들 사이에서 통용되는 일종의 고유명사로, 즉 그 인물의 이름처럼 사용된다. '나'를 포함한 다른 모든 인물들도 이러한 식으로 호명되기에 이들은 구태여 이름을 가지지 않아도 이 세상에 유일한 아버지이자 어머니이고 할머니, 외할머니, 그리고 '나' 등이 된다. 각각의 존재에 대한 가치매김이 통용되는 이 공동체는 기존의 세상을 반복하는 듯 하면서도 전혀 다르다.

이들이 세상을 이해해고 어떤 존재나 상황에 의미를 두는 방식도 이와 같이 사회적 기준으로는 셈할 수 없는 독특한 의미를 갖는다. 이들은 각자가 사연을 만들어내고 그것은 바로 그 순간에만 획득되는 의미로 충만하며, 그것의 생성 여부는 당사자의 창조 의지에 전적으로 달려 있다. 그리고 한 번 생성된 이상 그 의미는 대체불가하다.

나는 큰삼촌의 책상 서랍에 엄지손톱만한 단추와 베지밀 병뚜껑을 넣어두었다. 그것은 큰삼촌이 사고를 당한 장소에서 주운 것들이었다. 장례식을 치르는 동안 나는 병원 공원 벤치에 앉아 병원을 오고

가는 사람들을 멍하니 바라보았다. (…) 나는 희미하게 남아 있는 핏자국 위에 단추가 하나 떨어져 있는 것을 보았다. 단추를 주워 주머니에 넣었다. 그 순간, 누군가의 발에 차인 병뚜껑이 내 앞으로 굴러왔다. 나는 그 병뚜껑도 주머니에 넣었다. 큰삼촌의 책상 서랍을 열 때마다 큰삼촌과는 전혀 상관없는 단추와 병뚜껑이 가장 먼저 눈에 들어왔다.[4]

'나'의 온 가족은 봉고를 타고 여행을 다녀오다가 39중 추돌사고로 모두 병원에 입원을 하였다. 가족들 모두 크게 다치지 않아 서로의 행운에 안도했다. 그런데 가족들이 입원한 병원에 전신 화상으로 입원한 여자가 자살을 하려 옥상에서 뛰어내리게 되는데 하필이면 자판기 커피를 마시고 있던 큰삼촌 위로 떨어지는 바람에 그가 어이 없이 죽고 만다. 인용문은 그 이후 '나'가 큰삼촌이 죽은 자리에서 그를 애도하고 그를 기억할 '나'만의 의미를 그곳에서 우연히 주운 단추와 병뚜껑에 담는 모습이다. 큰삼촌과 '나'는 각별한 애정을 주고 받아왔기에 '나'에게 그는 너무나 소중한 사람이다. 그런 삼촌이 어이없는 사고로 명을 달리했는데, '나'는 남들이 보면 한 움큼의 쓰레기로밖에 보이지 않는 단추와 병뚜껑으로 그를 애도하고 기억한다. 소중한 사람을 추모하기에는 너무나 하찮아 보이는 것들이지만 이 속에 '나'가 담는 의미는 한없이 크다. '나'로부터 이 사연을 듣지 않는다면 단추와 병뚜껑이 어떤 이유로 큰삼촌의 책상 서랍 속에 있는지, 그것을 바라보는 '나'가 무슨 생각을 하는지는 아무도 알 수 없다. 오직 '나'에 의해서만 그 의

4) 윤성희, 『구경꾼들』, 문학동네, 2010, 90-91쪽. 이하 작품 인용은 본문에 책제목과 페이지만 표기하기로 한다.

미는 담보된다. 당연히 이를 대체할 물건이나 의미는 이 세상 어디에도 없다. 작품 속 인물들이 삶에서 가지는 의미와 가치는 이런 식으로 구성된다.

상황이 이러하기에 만약 이들 삶의 궤적에서 중요한 것을 추려 이들의 역사를 기록해 본다면 그것은 사람들이 한 번 보고 이해할 수 있는 기록은 아닐 가능성이 크다. 바로 곁에 있는 가족이라 하더라도 이들 각자가 가진 삶의 기록은 쉽사리 알 수 없는 기록이다.

> 아버지가 쓰던 방에서는 하늘이 전혀 보이지 않았다. 방을 바꾼 후에야 고모는 지금까지 그 사실을 몰랐다는 것에 깜짝 놀랐다. 창밖으로 보이는 것은 앞집의 붉은 벽돌뿐이었다. 창틀에는 깡통 두 개가 매달려 있었는데, 하나에는 담배꽁초가 수북했고 다른 하나에는 빗물이 고여 있었다. 창틀에는 담배를 비벼 끈 흔적이 있었다. 담뱃불 자국이 난 창틀에는 담배를 비벼 끈 흔적이 있었다. 담뱃불 자국이 난 창틀을 만지면서 고모는 오빠가 좋아하는 음식은 뭐였지? 생각해보았다. 빨간색 티셔츠를 입은 적이 있던가? 어떤 노래를 즐겨 부르지? 생각하면 할수록 아는 게 하나도 없었다. 고모는 화가 났다. 하지만 누구에게 화가 난 것인지 알 수가 없어서 고모는 다섯 번씩 밑줄을 그어가며 읽은 국사교과서를 창밖으로 던져버렸다.
> 고모는 큰삼촌과 작은삼촌의 방을 몰래 드나들며 책상 서랍을 뒤지기 시작했다.(『구경꾼들』, 34-35쪽)

거대서사로서의 역사, 그리고 그것을 기록한 역사책은 막강한 권력을 가진 영웅이 어떤 질곡을 헤쳐서 자신의 지위와 영토를 확립해갔는지를 담고 있다. 만약 오늘날의 역사가 기록된 역사책을 후대의 누군가가 본다면 대기업 기업가가 어떤 식으로 부를 세습하였고 그것을 얼마나 전 세계적으로 확산시켜왔는지를 확인하게 될 것 같다. 그러나 세상의 태반을 이루는 사람들은 이런 영웅이 아니라 영웅의 움직임에 삶의 터전이 휘둘리거나 그것과 무관한 삶을 사는 자들이다. 이러한 사람들의 역사는 흔히 말하는 역사를 기록하는 방식으로는 담을 수가 없다. 인용문에서 보듯 고모가 역사책을 던지고 형제들의 책상서랍을 뒤지기 시작한다는 것은 그런 점에서 상징적이다. 다섯 번이나 읽어도 역사책은 자신에게 소중한 형제에 대해 말해주는 것이 없다는 것을 깨달은 것이다.

결국 이들의 역사는 자신이 이해할 수 있는 창의적인 의미화로 만들어진 사물이나 사람들이 모인 사연이다. 이러한 사연들이 모인 것이 역사라면 이는 단순히 암기한다고 해서 이해 가능한 것이 아닌 무수한 질문과 실천들로 구성된 것이 되고, 이를 공부하는 것은 타인의 이야기를 듣는 일종의 상호 작용이 될 것이다.

월러스틴은 "체제가 정상적으로 작동할 때, 구조적 결정력은 개인과 집단의 자유의지를 능가한다. 그러나 위기와 이행의 시기에는 자유의지의 요소가 중심적이 된다"[5]고 말한 바 있다. 일개 개인이 체제의 힘에서 자유로운 것은 불가능한 일일지 모른다. 그러나 그런 것들을 내재화하는 방향이 아니라 그것을 자신들의 가치 속으로 전유하는 것은 가능하다. 특히 체제가 그 허위성을 은폐하는 것이 역부족인 상황하에서는 이러한 전유가 훨씬 강력한 힘을 가지게 될 것임은 당연하다. 작

---

5) 이매뉴얼 월러스틴, 앞의 책, 93쪽.

품 속 인물들이 의미를 만들어내고 그 의미가 그들 삶의 행보를 이끌어내는 이 사연들의 역사는 그들에게 자신들만의 가치를 만들어내어 그 어떤 허위에도 쉽게 자신을 내어줄 필요가 없는 그런 삶의 양태를 보여준다. 월러스틴이 말하는 이 자유의지의 요소가 어떤 식으로 자신과 타인을 이해할 것인가는 신자유주의가 위태롭게 폭주하고 있는 이 시점에 분명하고 명확하게 해놓을 필요가 있다. 그리고 그것이 유토피아적 가능성으로 사회를 변혁하기 위해서는 이데올로기적 가치 속에 자신의 고유함과 창의성을 저당 잡힌 채 익명화되고 있는 현대인 각자가 자신의 본모습을 회복하는 것이 급선무이다. 윤성희가 『구경꾼들』을 통해 보여주는 사연으로서의 역사는 그런 점에서 의미가 크다. 앞서 살펴본 『천국에서』도 그렇고 『구경꾼들』에서도 확인할 수 있듯 세상 속에서 사람들이 만들어내는 사건과 사람들 사이의 관계는 간단치 않다. 어떤 하나의 기준으로 간단하게 이해할 수 없는 것은 물론이고 한 인간이 자신의 힘으로 제어할 수 있는 범위라는 것은 미미하기 짝이 없다. 세상은 분명 온갖 우연과 불행, 다름들이 만들어내는 공간이다. 이러한 것들은 그곳이 아무리 토마스 모어의 유토피아가 실행된 곳이라 하더라도 결코 어찌할 수 없는 영역이다. 중요한 것은 인간이 의지만으로 어찌할 수 없는 것들을 자기 삶 속에 갈무리하는 방식에 얼마만큼의 자유를 확보할 수 있는가 하는 점이다. 이런 점에서 『구경꾼들』의 인물은 그 무엇에도 구애받지 않고 각자가 각자의 속도대로 자신과 세상을 이해하고 받아들일 수 있는 자유를 누리고 있다.

그런데 여기서 우리는 또 하나의 질문을 제출할 수 있다. 이처럼 각자의 의미로만 가득 찬 세상에서 우리는 어떤 유토피아적 공동체를 만들 수 있을까 하는 것이다. 일견 이들이 만드는 공동체는 각자가 각자의 의미에만 골몰한 나머지 너무나 조용하고 개별적이어서 각개 독특함만이 흩어진 사회가 되는 것은 아닐까 하는 질문 말이다. 이에 대해 윤성희의 구경꾼들은 다시 한 번 익숙하지만 새로운 그들의 세상을 보여준다.

3. 바깥으로 향하는 의지들의 공동체

유토피아는 신에 대한 귀의로서 천국이나 낙원이라 불리기도 하고, 혁명을 통해 달성해야 할 정치·사회적 구조이기도 하다. 이러한 경향성의 기본적 의지는 현실의 문제들을 직시하고 인간의 삶을 그 근본에서부터 행복하게 해줄 수 있는 새로운 '바깥'에 대한 상상이자 창조적 실천의지이다. 한때 유토피아에 대한 생각이 곧 독재나 나치즘과 직결되면서 유토피아 사상을 추구하는 것이 결국 사회를 전체주의로 만들 것이라는 악몽이 회자된 적이 있다. 이는 역사적 경험상 일리 있을 수 있지만 근본적으로 문제의 핵심을 흐리는 오류이기도 하다. 유토피아에 대한 그와 같은 부정적인 관점들은 진짜 바깥을 보려 하지 않거나 보지 못하는 대중들과, 그 바깥을 보여주지 않고자 하거나 보여줄 수 없는 권력자들의 상호작용 속에서 만들어진 이데올로기의 유토피아이기 때문이다. 그런 폐쇄 회로와 같은 사회 체제에 의해 퇴색되어버린 유토피아의 악몽이 지금까지 유토피아를 실패로 이끈 것은 아닐까.

앞서 말했듯 유토피아는 원래 바깥에 대한 상상이다. 이 말은 구체적 형상 안에 갇힌 유토피아는 어쩌면 이미 유토피아가 아닐 수 있다는 말이다. 유토피아가 생명력을 가지는 순간은 바깥을 향해 열려 있으면서 지속적으로 현실에 개입하고 현실을 균열내고 변화시키려 하는 작용 그 자체이어야 한다는 뜻이다. 만하임이 유토피아를 사유하면서 현실을 통해 확보할 수 있는 진리, 혹은 총체성이라는 것을 다음과 같이 정의한 것은 이런 지점에서 중요하다.

> 총체성은 여러 개별적 관점들을 자기의 내면으로 끌어들이는 동시에 전체를 지향하는 뜻에서 여러 관점을 끊임없이 타파해나가려는 의욕이라고도 할 수 있으니 이와 같은 의욕은 인식 행위의 순리적인 전개 과정 속에서 스스로를 점진적으로 확장해나가면서도 결코 어떤 종국적 귀결을 얻어내려는 데 목적을 둔 것이 아니라 단지 가능한 한 최대한으로 우리의 시야를 넓혀나가려는 데 뜻을 둔 것이라고 하겠다.[6]

이데올로기에 잠식당한 유토피아 개념을 지금 우리가 다시 가져오려 한다면 그것은 만하임이 말한 이 총체성의 의미를 전유할 필요가 있다. 그가 말하는 총체성이란 내면으로 향하면서 동시에 그 바깥으로서의 전체를 지향하며 종국적 귀결이 아닌 최대한 확장시켜야 할 시야로서의 동태적 경향성이다. 과거의 실패한 유토피아는 이와 같은 개방성을 거부하여, 현실의 견고한 억압적 틀을 타파할 수 있는 원천이 아니라 실재와 무관하게 현실을 제단하려는 동일성의 논리로 고정되었다. 그것이 곧 이데올로기이며, 세상을 디스토피아로 만들었던 것이나.
『천국에서』의 K는 미국 뉴욕에서 어학연수를 받고 귀국한 뒤 뉴욕

---

6) 카를 만하임, 앞의 책, 248-249쪽.

에 대한 향수병을 앓는다. 서울의 모든 것은 뉴욕과 비슷하긴 하지만 그 수준에는 미치지 못하는 덜떨어진 것일 뿐이다. 그녀에게 중요한 것은 뉴욕 바로 그것이다.

> 케이가 말하고 싶은 건 물론 자신이 뉴욕에서 굉장한 걸 경험했다는 것이었다. 그녀는 자신의 그 소중한 경험을 사람들과 나누고 싶었다. 자신이 아니라 사람들을 위해서 말이다. 하지만 듣는 사람들에게 그것은 비슷비슷한 이야기의 끝없는 이어짐에 불과했다. 그나마 뉴욕에 갔다 온 사람들과는 말이 조금 통했다. 하지만 그럴 때에도 케이는 상대보다 자신이 훨씬 더, 진짜인 뉴욕을 경험했다고 확신했다. 확신은 갈수록 높아져갔고, 급기야 한국 전체가 우습게 느껴지기 시작했다. 주위의 사람들이 어느 때보다 하찮게 보였다. 케이의 태도는 눈에 띄게 거만해졌고, 친했던 사람들도 그녀를 점점 멀리하기 시작했다. 그리고 그럴수록 케이는 자신이 이해받지 못하고 있다고 느꼈고, 외로워졌다.[7]

K의 입장에서 볼 때 천국이자 이상향인 뉴욕을 알지 못하는 자는 세상에 대해 이야기할 자격이 없다. 뉴욕은 K가 가진 모든 가치관의 절대적 기준이고, 세상 사람은 뉴욕을 진짜 아는 사람과 그렇지 않은 사람으로 나뉜다. 이런 식이라면 K는 아무리 더 멀리 떨어진 세계로 나간다 해도, 혹은 아무리 자기 내면으로 파고든다 해도 미국적 가치에 갇힌 채 한 발자국도 나갈 수가 없다. 그 기준은 K가 몸담고 있는

---

7) 김사과, 『천국에서』, 창비, 2013, 120쪽.

실재 현실이 아니기 때문이다. 결국 작품 속 모든 인물들이 '너는 나를 모른다'는 말을 끝으로 관계가 파탄 나버리고 마는 것도 이러한 자기 동일적 기준을 내재화하고 그것과 다른 바깥을 인정하지 않는 것이 세상을 디스토피아로 만들 수 있음을 보여준다. 유토피아가 현실과 무관하게 물신적으로 이상화될 때 그것은 파국적이 되는 것이다. K의 삶이 보여주듯 세상은 미국을 기준으로 점차 비슷한 외장을 가지게 되었는데, 그 속에서 사는 사람들은 사랑하는 사이에서도 하나의 공동체를 이루지 못한 채 조각조각 깨어지고 있는 것이다. 하나의 총체성으로서 유토피아가 지향해야 할 바는 이러한 형태는 아니다.

그런데 앞서 살펴보았듯이 『구경꾼들』의 인물들은 각자만이 알 수 있는 의미를 만드는 일견 파편화되어 보이는 삶을 살면서도 의외로 세상 사람들과 매우 긴밀하게 조우하며 스스로를 확장하고 있다. 실제로 우리의 삶은 '나'를 중심으로 너무나 많은 바깥으로 구성되어 있으며, 바깥이 나를 만드는 바가 크다. 외부에서 나를 규정하는 방식이 곧 내가 되고, 내가 세상을 보는 방식으로 세상은 존재하는 것이기도 하다. 그런 점에서 '나'라는 존재는 바깥과 관계하는 방식 그 자체이다. 따라서 현실을 있는 그대로 본다는 것은 바깥으로 최대한 시야를 확장하기에 능동적일 것을 의미한다. 『구경꾼들』의 인물들이 관계를 형성해가는 모습과 그들의 공동체 속에서 유토피아를 끌어올 수 있는 가능성이 보이는 것도 이들이 가지고 있는 바깥을 향한 지속적인 열림의 자세에 의한다. 어떤 삶의 형태를 이상적인 것으로 고착화시키고 그것을 사람들에게 주입하는 방식은 결과적으로 디스토피아를 가져올 수밖에 없다. 이는 현실의 총체가 고정된 것이 아니라 지속적인 열림이기 때문일 것이다. 따라서 윤성희가 작품을 통해 보여주는 관계 형성의 방식에서 유토피아를 엿볼 수 있는 것은 이들이 열림을 살아내는 방식을 보여주기 때문이다.

『구경꾼들』속 인물들이 바깥을 향해 열린 삶을 산다는 것을 보여주는 핵심적 코드는 '여행'과 '이야기'이다. '나'의 부모님은 해외토픽에서 큰삼촌과 같은 사고를 당하고 살아남은 한 남자의 기사를 읽고 무작정 그를 만나러 여행길에 오른다. 이것은 큰삼촌의 죽음을 애도하고 그를 잃은 슬픔을 감당하기 위한 부모님들만의 방식이다. 그곳에서 부모님은 사고 이후 우울증으로 은둔하고 있던 그 남자를 만나 이야기를 나눈다.

"당신은 살았지만 내 동생은 그러지 못했어요."
남자는 지구 저편에서 자신과 똑같은 일을 당한 사람이 있다는 아버지의 이야기를 듣고 놀랐다. 남자는 아버지에게 큰삼촌이 사고를 당한 날짜와 시간을 물으려다가 참았다. 그런 식으로 세상의 균형이 유지된 것이라면 자신은 평생 누군가를 사랑하며 살 수 없을 것만 같았다. 평생 누구를 미워하며 살 수도 없을 것만 같았다. 착하게 사는 것이, 그렇게 단순한 일이, 자신에겐 세상에서 가장 힘든 일이 될 것만 같았다. 남자는 아버지의 손을 잡고 고백했다. "지금도 저 나무의 가지를 잘라보고 싶은 생각이 들어요." 퇴원 후 내내 우울증에 시달린 남자는 나뭇가지를 잘라 자신의 운명을 다시 한번 시험해보고 싶은 충동에 사로잡히곤 했다. 아버지는 남자에게 아이스박스에 갇혔던 다섯 살 때의 이야기를 해주었고, 남자는 아버지에게 트럭이 발등 위로 지나간 적이 있었는데 멍도 들지 않았다는 이야기를 해주었다. 말없이 팔짱을 끼고 이야기를 듣던 식당 주인이 손마디가 잘린 가운뎃

손가락을 보여주었다. "이 손가락으로 욕을 하면 사람들이 화를 내지 않아요."(『구경꾼들』, 111-112쪽)

이들이 나누는 이야기에는 자신들의 아픔이 담겨 있다. 부모님이 이 남자와 대면하는 것은 큰삼촌의 일을 다시 한 번 애도하고 좀 더 넓은 세상 속에 놓아보는 기회이자 큰삼촌이 사고를 당한 이후 펼쳐질 수도 있었을 다른 가능성을 눈으로 확인하는 경험이다. 너무나 우연적이고 논리적으로 납득하기 어려운 사건으로 형제를 잃은 비통한 부모님의 마음은, 비슷한 사건이 지구상 어딘가에는 일어나고 있다는 사실을 확인하는 것만으로도 그 일을 이해할 수 있는 여유를 가질 수 있게 된다. 그 남자의 입장도 마찬가지이다. 전혀 무관한 사람의 자살 시도로 자신이 죽음 직전까지 갔던 경험은 그에게 신체적 정신적으로 큰 상처를 남기게 되고 그는 죽음의 그림자에서 벗어나지 못한 채 은둔해 있었다. 그러나 그는 부모님의 이야기를 듣고 세상에는 그런 일을 더욱 안 좋은 결과로 경험하는 사람들이 있음을 알게 된다. 이들은 각자의 삶의 무게를 전달하면서 자신과 상대를 확인하고 이해하며, 이 과정 속에서 각자의 무거운 삶의 경험은 절대적인 무게로 고착되지 않고 세상 속으로 열리게 된다.

한편 아버지와 어머니가 여행을 계속하는 동안 '나'는 부모님에 대한 그리움을 마음 한 켠에 품고서, 부모님이 보내주시는 사진 엽서에 담긴 세계 곳곳을 꿈꾸고 학교생활에는 심드렁한 학생으로 자란나. 그렇다고 '나'가 이 상태에 빠져 허우적대지는 않는다. '나' 역시 '나'만의 방법으로 바깥과 조우한다. 그것은 한 편의점에서 산 빵의 봉지에 적힌 빵 제조자 이름이 '나'의 이름과 같다는 사소한 우연을 발견하고는 그 이름이 적힌 빵 봉지를 모으는 것에서 시작한다. 그 봉지를 800개가 넘도록 모으다가 '나'는 급기야 그 빵 제조자를 찾아나서는 혼자만의 여행을 한다. 초등학교 졸업반인 꼬마가 어디인지도 모르는 빵 공장을 향해 혼자서 길을 떠난다는 것은 여간 큰 용기가 필요한 일이 아니다. 목적지까지 고속버스를 제대로 타는 것에서부터 혼자 몇 시간이고 버스에 앉아 있는 것, 넓은 공장에서 만나야 할 사람을 찾아 만나는 것, 그리고 다시 돌아오는 것까지 생각하면 이 일은 상당히 아득한 일이다. 이는 아버지와 어머니가 직장도 포기한 채 어린 아들은 놔두고 먼 길을 떠나는 것만큼이나 큰 결심이 아닐 수 없다. 우여곡절 끝에 '나'가 만난 빵 제조자는 '나'의 생각과 달리 한 중년의 아주머니였다.

> "여자일 거라고는 생각도 못했어요." 나는 고개를 숙였다. 큰삼촌의 모자가 눈을 가렸다. 아주머니가 내게 손을 내밀며 악수나 할까, 말했다. "나는 멋진 청년인 줄 알았어요." 아주머니는 나를 직원식당으로 데리고 갔다. 가출을 하려면 식구들 몰래 집을 나와야 했을 테고, 그러면 밥은 당연히 못 먹었을 거라고, 아주머니는 추측을 했다. "어떻게 알아요?" "나도 많이 해봤으니까. 내 말이 맞죠?" 아주머니는 식권 두 장을 식권함에 넣었다.(『구경꾼들』, 152쪽)

'나'에게 '나'의 이름은 '나'를 대표하는 상징이다. 특히 초등학생 정도의 어린 나이에 '나'와 다른 사람이 '나'와 같은 상징 기호 속에 포함될 수 있다고 상상하는 것은 쉬운 일이 아니다. 적어도 '나'가 컸을 때 되어 있을지도 모르는 미래의 모습 정도를 상상할 수 있을 것이다.

그래서 '나'가 자신과 이름이 같은 중년의 아주머니를 만났을 때 당황할 수밖에 없다. 아주머니 앞에서 '나'가 고개를 숙이는 것은 내가 너무나도 당연하게 생각했던 것이 현실에서는 전혀 다른 상황임을 확인했기 때문이다. 그리고 이는 '나'의 이름이 상징하는 자기동일적인 세계의 벽을 내가 무너뜨리는 작업을 시작했다는 것, 그리고 세상 속에서 '나'가 만들어야 할 삶은 오직 나의 손에 달렸음을 인식하기 시작했음을 의미하기도 한다. 만약 '나'가 자신의 이야기를 세상의 유일한 이야기로 생각하고 그 속에 자신을 가둬버렸다면 이러한 시도는 없었을 것이다. 이 날은 '나'가 태어나면서 가지고 있던 좁은 세상을 넘어 더 넓은 바깥에 스스로를 위치시켜본 성숙의 한 마디를 지나온 날이다.

이러한 방식으로 작품 속 인물들은 그들의 세계를 점점 넓힌다. 그리고 그것을 가능하게 해주는 것은 자신들의 이야기와 타인의 이야기가 지속적으로 새로운 이야기를 만들어내는 과정이다. 지극히 자신만의 가치에 집중하는 것이 자신의 역사를 만들어가는 방식이라면, 바로 그와 같은 방식으로 타인에게 집중하여 서로의 이야기를 나누는 것은 자신의 역사를 다른 역사 속에 놓아봄으로써 자기 동일적인 절대적 의미들을 확장하는 능동적 작용이다. 이를 통해 이들은 삶을 이해하는 폭을 넓히고 있다. 만하임이 요청하는 새로운 총체성이나 윌러스틴이 지향하는 '새로운 질서'를 가능하게 할 새로운 인류는 바로 이러한 삶의 형태를 살아야 하는 것 아닐까.

이런 점에서 이들의 여행은 결국 이야기와 만나기 위한 것이었다고 할 만하다. 여행에서 돌아온 이후 외할머니의 족발집에서 일하게 된 어머니가 오랜 세월 이 가게에 앉아 족발을 팔면서 외할머니가 들었을 손님들의 이야기가 얼마나 방대했을까를 생각하고 놀라워하는 장면은 이러한 맥락에서 중요하다.

> 어머니는 여행지에서 만난 수많은 사람들의 이야기를 누구에게든 들려주고 싶었다. 하지만 외할머니의 가게에 오는 손님들은 이야기를 듣고 싶어하지 않았다. 모두들 제 이야기를 하고 싶어 했다. 혼자 온 사람들은 벽을 보고 이야기를 했고, 둘셋씩 온 사람들은 서로의 잔을 보고 이야기를 했다. 주방의 간이의자에 앉아서 공중에 떠도는 말들을 듣다 보면 지구 저편의 낯선 언어처럼 들렸다. 눈을 감고 귀에 들려오는 단어들을 모아 어머니는 문장을 만들었다. 어떤 날은 손님들 모두 똑같은 이야기를 하는 날도 있었다. 서로 모르는 사람들이, 서로 다른 테이블에 앉아서, 같은 이야기를 하고 있다는 것을 알면 자신이 얼마나 시시하게 느껴질까. 어떤 날은 지구 저편을 헤맬 때 듣고 보았던 그런 기적 같은 이야기를 듣는 날도 있었다. 그럴 때면 어머니는 자리에서 일어나 손님의 자리에 합석을 하고 싶어졌다. 우리 엄마는 수십 년을 이곳에 앉아 있었구나. 어머니가 어깨에 멍이 들 정도로 무거운 배낭을 짊어지고 지구를 헤맬 동안 외할머니는 주방 간이의자에 앉아서 어머니가 보았던 이야기보다 더 많은 이야기를 듣고 있었다.(『구경꾼들』, 189쪽)

그전까지 어머니에게 있어 외할머니의 족발집은 그저 남루하고 조그마한 족발집, 하지만 자신의 어린 시절 추억이 서린 소중한 공간으로서의 의미 정도를 가지고 있었다. 그러나 족발집에서 일을 하면서 손님들의 이야기를 듣게 된 어머니는 이 조그마한 곳에서 오가는 이야기의 방대함에 놀란다. 그리고 자신을 포함하여 모든 사람들이 각자의 이야기를 가진 존재이며, 그 이야기가 각자에게 소중한 이야기이면서도 또한 모두 아는 이야기임을 확인한다. 이야기는 이와 같은 방식으로 유일하면서도 비슷하다. 그렇기에 이야기는 나의 것이면서 타인의 것이기에 하나의 이야기 조각은 전체 이야기를 포함하며 동시에 전체 이야기는 부분을 아우를 수 있다. 부모님이 나에게 보낸 엽서들을 모아 만든 책을 읽은 사람들이 만들어가는 공감대 역시 이야기의 이와 같은 작용들이 만들어낸 것이다. 이때 만들어지는 공통감각은 자기 동일성과 비슷하면서도 전혀 다를 것이다. 세상에서 유일한 하나의 이야기는 이제 모두의 이야기가 되며 그 속에서 사람들은 나와 세상을 이해하고 받아들이며 함께 살 수 있게 된다.

신자유주의 이데올로기의 유토피아적 환상이 인간이 서 있는 '여기'의 의미를 도외시한 채 그 허상을 주입하려 한다면, 이들 '구경꾼들'은 바깥으로 나아가고 바깥을 수용함으로 해서 '여기'를 이해한다. 유토피아가 추구해야 할 '시야를 넓혀가는 총체성'이라는 것이 있다면, 그리고 그러한 가치가 만들어낸 공동체란 이와 같은 모습이어야 할 것이다.

4. '유토피아하기'

현실에는 너무나 많은 사람과 사건들이 있다. 그리고 사람들은 필연적으로 다르기에 이들이 만들어내는 맥락은 같은 사건 같은 사람도 다른 의미를 만들어낸다. 그렇기에 유토피아는 하나의 사회구조 속에 모든 사람을 평준화한다 해도 그것이 모든 사람들에게 만족을 줄 수 없다. 이처럼 다양한 사람들이 살아가는 세상을 유토피아로 만들고 또 그것이 지속될 수 있게 하는 길은 어떤 특수한 방식을 절대화하는 것이 아니라 가장 느슨한 방식으로 사람들이 자신의 삶을 자신의 몫으로 꾸려나갈 수 있도록 해주는 것이어야 한다. 그 느슨한 방식은 사람들 모두에게 적정 수준의 의식주가 돌아가고 생존을 위협하는 사태를 해소하기 위해 마련되어야 할 것이며, 그 속에서 사람들은 자기의 삶을 자신의 맥락 속에서 역사화할 수 있어야 할 것이다. 그리고 그런 사람들이 서로 공감하고 불화하는 속에서 상호작용하여 어떤 창조를 이룰 수 있는 삶이 가능한 사회이어야 한다. 신자유주의 물결 속에서 모든 가치를 돈에 저당 잡힌 채 익명화되어가는 사람들의 사회가 만든 디스토피아적 현실에서 요청되는 유토피아적 대안은 이런 모습이어야 할 것이라 생각한다.

여기서 우리는 윤성희 소설의 제목에 대해 생각해볼 필요가 있다. '구경꾼들'. 통상적으로 우리가 구경꾼이라는 단어를 쓸 때에는 사건이나 사태의 주인공이라기보다는 주요 인물들의 빛나는 업적을, 혹은 문제적인 사태를 구경하는 존재를 일컫는다. 그래서 상황이 긍정적이든 부정적이든 구경꾼들은 주체적이고 창조적인 위치에 있는 것은 아니라고 보는 것이 이 단어를 사용하는 방식이다.

그러나 이 작품에서 형상화되고 있는 인물들을 보면 분명 구경꾼이긴 하나 쉽게 파악할 수 있는 구경꾼들은 아니다. 그들은 우연히 만난 작은 물건들에 집중하고 사람들의 이야기를 경청하지만, 그렇다고 그들이 주인공인 사물이나 사건, 사람을 선망하는 눈빛으로 구경하는 그런 구경꾼은 아니다. 그들은 그 순간 그 자리에서 자신만이 볼 수 있는 각도에서 사물도 사건도 사람도 열심히 구경을 한다. 이는 극히 자기 자신의 의미에 집중하는 것이자 동시에 자기의 바깥에 놓인 세상을 알기 위한 노력이기도 하다. 이 속에서 사람들은 개별적 의미를 만들면서 동시에 모든 사람과 깊은 공통감각을 가진 공동체의 구성원이 되는 것이다. 이들의 내부와 외부는 완전히 구분된 것이면서 동시에 그 반대이기도 한 것이다. 그리고 그 구경의 결과를 있는 그대로 받아들이지 어떤 다른 사회적 시각이나 이데올로기적 허위에 투사된 시각을 가지지는 않는다. 이들은 오직 열심히 구경하고 이야기하고 이야기를 들을 뿐이다. 누군가를 혹은 무엇인가에 위해나 폭력을 가하는 일이 아니라면 이들은 대상에 대해 어떤 식으로든 가치 판단을 하거나 좋고 나쁨의 잣대를 들이대지 않는다. 오직 구경꾼이라는 자신들의 입장에 충실한 구경꾼, 즉 구경의 '꾼'인 것이다. 구경의 달인 쯤으로 부를 수 있겠다. 구경을 하는 자는 필연적으로 구경의 대상이 필요하다. 이 과정에서 대상을 확인하는 자와 그에 의해 포착된 관찰 대상은 서로가 서로의 존재를 담보한다. 이러한 구경을 통해 결과적으로 구경꾼들은 각자가 만들어내는 삶을 스스로가 납득하고 타인의 삶도 존중할 수 있게 된다.

그리고 하나의 경험으로서의 그 구경의 행위는 그들의 과거 속에서 이해되고 삶의 다음 행로를 추동하는 자극이 된다. 구경을 통해 그들 삶이 열리고 확장되고 변화하기 때문이다. 마찬가지로 이는 타인의 삶을 열어젖히고 확장시키고 변화시킨다는 것과 같은 말이다. 이 구경꾼들이 구경의 '꾼'이 될 수 있는 것은 그들이 어떤 것을 구경하는 그 순간, 그 찰나가 바로 그것에 개입하는 순간인 것이고, 그 개입을 위해서 습관적으로 하고 있던 기존의 삶을 놓을 수 있는 자들이라는 점이다.

이들은 각자가 접한 순간순간을 가장 생동감 있고 문제적으로, 그래서 끊임없이 가치와 공감을 창출하면서 살아간다. 자신에게 가장 충실하게 살아가고 그것을 나누는 속에서 나와 타인은 서로를 존재 규정하는 중요한 기준이 된다. 신자유주의적 이데올로기가 외양적인 아름다움이나 부유함이 세상을 동일적인 기준으로 통일하려 하면서 결과적으로 세상을 파편화된 디스토피아로 만들었다면, 유토피아는 이 작품에서 보이는 구경으로서의 삶을 통해 가능할 것이고, 이런 개인들이 공존할 수 있는 공간이 유토피아이어야 할 것이다.

이와 같이 역사와 공동체에 대한 새로운 사용법을 만들어내는 것이 가혹한 신자유주의 세계 속에서 얼마만큼의 생명력을 가질 수 있을지는 미지수이다. 윤성희는 출구 없는 악순환의 고리가 견고하게 맞물려 있는 이 세상 속에 어떤 비약적 인물들을 그려 넣고 있다. 이는 자기가 손을 뻗어 볼 수 있는 곁의 사람과 사물들의 사소하고 비슷한 사연들에 집중하면서 우리 현실 속 욕망의 이데올로기를 멈추는 단절적 비약이다. 윤성희식 '구경꾼들'은 그런 점에서 결과적으로 체제에 저항적인 의지를 표출할 수밖에 없으며, 그 저항은 각자에게 가장 충실한 방식으로 사는 것이다.

유토피아라는 개념이 인간 삶을 지속시키는 중요한 추동력임을 인정한다면 우리는 유토피아에 대해 꿈꾸기를 멈추어서는 안 된다. 그리고 여기서 살펴보았듯이 유토피아에 대한 총체성이라는 것은 결국 어떤 지속적인 열림이기에 이에 대한 꿈을 꾼다는 것 자체가 유토피아가 내려앉은 자리일 것이다. 그렇게 볼 때 유토피아는 명사(名詞)가 아니라 동사(動詞)로서 어떤 활동을 지칭한다고 할 만하다. 이에 우리는 유토피아를 어떤 현실적 틀 속에 가둬 손쉽게 이데올로기화하는 우를 범하지 말고 바로 이 순간 이 자리에 유토피아를 실천하는 삶을 살아내어야 할 것이다. 이러한 삶을 사는 사람들이 사는 세상은, 있는 그대로의 모든 존재들이 살아갈 수 있는 세상일 것이다.

윤인로

아토포스로서의 "제4세"

─「선(線)에관한각서」 연작의 안팎

"삶을 지닌 모든 것은 모두 피를 말려 쓰러질 것이다. 이제
바야흐로."
─이상, 「산촌(山村)」

파국의 설계자

공학 속에서 '숫자'를 다루었던 이상은 자신의 시학 속에서도 숫자
를 다루었다. 그에게 시학은 공학을, 공학적 의지와 분류법을 부수는
힘이었다. 그런데 그 시학의 힘은 아이러니하게도(얄궂게도) 공학의 학
습과 체화 속에서 나왔다. 공학(工學)은 제작적·건축술적이라는 점에
서 모더니티와 서로를 북돋는 상승작용의 관계였고, 이상이 제작한 파
국의 시학은 그런 상호관계의 산물이면서도 그 관계를 끊고 절단하는
것이었다. 「선(線)에관한각서」 연작은 공학과 시학, 근대와 근대초극,
건축술적인 것과 파국적인 것 사이에서 후자의 것들을 선위에 배치하
고 있다. 이상의 그런 배치, 그런 의지가 비극적 운명을 한 치도 벗어
날 수 없었던 것이었음을 알아챘던 건 김기림이었다. 그 비극적 절망
을 꽉 붙잡고선 거듭 질문해야 한다고 생각한다. 포기로 끝나고 마는

절망이 아니라 끝내 포기하지 않는 절망 속에서 희망은 원리로 고양된 다고 믿기 때문이다. 앞질러 미리 말하건대,「선에관한각서 6」의 한 단 어 "제4세(第四世)"[1]는 그렇게 포기를 거부하면서, 혹은 완료를 거부 하면서 항구적으로 실험되고 있는 비극적 희망의 시공간이다. '제4세' 는 도래하는 장소, 그러므로 아직은 오지(來) 않은(未) 미-래의 장소, 그래서 아직은 없는(u-) 장소(topos), 줄여 말해 원리로서의 유토피아 다. "유토피아적이라고 하는 것은 스스로를 에워싸고 있는 '존재'와 **일 치하지 않는 상태에 있는 의식**을 뜻한다. (…) 따라서 우리로서는 행동 의 단계로 이행하면서부터 기존의 존재 질서를 부분적으로나 혹은 전 적으로 파괴해버리는 '현실 초월적' 방향 설정을 유토피아적이라고 말 하고자 한다."[2] 기존의 질서와 규준 안에서 그 바깥으로 나가려는 이 행적 행동의 순간에 예민하게 의식하게 되는 질서와의 불일치, 어긋

1) 이상,『정본 이상문학전집 1』, 김주현 편, 소명출판, 2009, 66쪽. 이하 '1: 쪽수'로 표시. 전 집 2, 3권도 같은 방식으로 인용함.

2) 카를 만하임,『이데올로기와 유토피아』, 임석진 옮김, 김영사, 2012, 403쪽. 유토피아와 이 데올로기에 대한 만하임의 확고한 분리를 문제시하면서 '모든 유토피아는 이데올로기적'이 라고 했던 건 월러스틴이었다. 그의 유토피아론에서 '제4세'와 관련된다고 생각되는 한 대 목을 앞질러 인용해놓기로 하자. "우리가 진보를 꾀하고자 한다면, 생각건대 우리는 사회현 실을 설명하는 열쇠로서의 모순을 인정해야 할 뿐만 아니라 정통 맑스주의에서는 용납되 지 않는 한 가정, 곧 그런 모순의 끈질긴 불가피성까지도 인정해야 할 것이다. 모순은 인간 의 조건이다. 우리의 유토피아는 일체의 모순을 몰아내는 것에서가 아니라 물질적 불평등 의 야비하고 잔인하며 거추장스러운 결과들을 뿌리 뽑는 것에서 추구되어야만 한다."(이매 뉴얼 월러스틴,「유토피아로서의 맑스주의들」,『사회과학으로부터의 탈피』, 성백용 옮김, 창 비, 1994, 241쪽) 인간의 조건으로서의 모순, 또는 이상이「12월 12일」에서 말하는 '진리의 장소로서의 모순'. 이 모순들 속에서만 유토피아에 대한 슈미트의 한 문장은 읽혀져야 한다. "**유토피아**라는 기술적 용어 속에서 의미심장한 방식으로, 그 위에 대지의 낡은 노모스가 입 각하고 있었던 그러한 모든 장소확정(Ortung)이 엄청난 규모로 폐기될 가능성이 나타나 있 다."(칼 슈미트,『대지의 노모스』, 최재훈 옮김, 민음사, 1995, 205쪽). 줄여 말해, 슈미트의 '아토포스(a-topos)'. 이는 조금 뒤, 다른 맥락과 다른 강도로 다시 인용되고 표현될 것이다.

남, 불화. 다시 말해, 합의된 질서와의 합치를 부결시키는 이반의 감각과 힘 속에서 기존의 질서 구조를 파국의 방향으로 몰아가는 생명의 벡터(방향/크기로서의 힘). 이상의 '제4세'는 그런 벡터의 궤적을 따르는 내재적 초월의 힘이다. '제4세'는 건축술적 근대의 구조가 안으로부터 붕괴되고 있는 곳곳의 장소이며, 그 구조를 붕괴시키는 폭력적 힘(Gewalt)의 편재하는 발생이자 그 지속이다. 이상은 「선에관한각서」 연작을 포괄하는 전체 제목을 '삼차각설계도(三次角設計圖)'로 정했던바, 그런 이상은 파국의 게발트의 설계자였다. 「선에관한각서 6」, 곧 게발트의 설계도면들 중 여섯 번째 장은 이렇게 시작한다. "숫자의 방위학/ 4 ㄷ ㅓ ㅏ / 숫자의 역학/ 시간성(통속사고에의한역사성)/ 속도와 좌표와 속도"(1: 65). 숫자가 관건이다. 시간과 좌표와 속도의 관계가 관건이다. 이렇게 물으면서 다시 시작하자. 이상에게 숫자란 무엇인가, 숫자로 된 좌표란 무엇인가.

노모스의 좌표, 광선의 사보타지

'삼차각설계도'에 들어 있는 숫자는 "인문의뇌수를마른풀과같이소각"(1: 61)하는 것이었다. 다시 말해 숫자는 "시적인정서의기각처(棄却處)"(1: 67)였으며, 인문주의적 삶 일반을 불태우고 폐기처분하는 폭력의 원천이었다. 이상은 수(數)로 인지되고 표상되는 것들 중 그 어느 것도 누리는 삶, 향유하는 삶을 위한 것은 없다고 생각한다. 그에게 숫자는 근대의 학(學)이자 근대를 위한 지(知)로 드러나는데 '숫자의 방위학'과 '숫자의 역학'이 그것이다. 방위학의 숫자는 동서남북의 방향을 지시하고 지향하며, 역학의 숫자는 그 방향들의 경계와 경로를 획정하고 조정하는 힘이다. 다시 말해 숫자는 힘의 방향이며, 방향의 힘이다. 숫자는 그러므로 또 하나의 벡터다. 사목적(司牧的) 통치의 벡터. 방향에 의해 가속화되는 힘과 그 힘에 의해 설정되는 방향은 길을 잃지 않도록, 늑대에게 잡아먹히지 않도록 양떼들(신도들)을 안전하게 돌보고 생장시키는 목자의 권능과 맞닿아 있다. 그 힘/방향 위에서 혹은 그 안에서 줄곧 만들어지고 있는 건 무엇인가. 시간이다. 시간이 만들어지는 중이다. 관리가능해진 시간, 단순한(blossen) 시간. (예컨대 내년의 국민소득 지수와 같이) 숫자가 커질수록 삶도 발전할 거라는, 내일의 숫자의 크기가 오늘 삶의 향유의 진보를 보증하리라는 통념적이므로 지배적인 직선의 시간성, 연대기적 인과의 역사성. 숫자라는 표상을 관리하는 것이 곧바로 삶을 통어하는 것이 되는 시간의 생산, 다시 말해 수와 삶이 오차 없이 합치되는 시간의 구축. 숫자의 방위학과 역학이 합작해 생산하고 구축한 그 시간은 이제 막대한 이윤을 창출할 것이었다. 그런 한에서 이상의 숫자, 그 사목적 벡터는 이윤이라는 절대목표를 향하는, 이윤이라는 신적 권능을 위하는, 줄여 말해 물신(物神)을 봉헌하고 봉합하는 근원적 법(nomos)을 정초한다. 숫자는 살기어린 '바둑판'으로서의 노모스 위에 삶 일반을 좌표화하는 것이다. 노모스의 좌표, 좌표의 노모스를 찢고 뚫는 것이 이상이 말하는 '속도'다. 이상에게 좌표와 속도의 관계는 그렇게 찢겨지고 찢는 관계다. 무슨 말인가. 지금 「선에관한각서 1」의 이미지, 곧 파국의 설계도면 첫 장을 들여다보자.

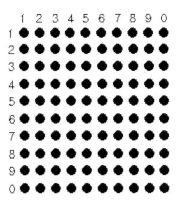

(우주는冪에의하는冪에의한다)

(사람은數字를버리라)

(고요하게나를電子의陽子로하라)

스펙트럼/ 축X 축Y 축Z/ 속도의etc통제예컨대광선(光線)은 (…) 또
끊임없이붕괴하는것이라하는가, (…) 방사(放射)는붕괴인가, 사람은
영겁(永劫)인영겁을살수있는것은생명은생(生)도아니고명(命)도아니
고광선인것이라는것이다.(1: 58)

　위의 바둑판 같은 이미지는 좌표인가. 좌표이다. 이상이 규명해야 할
'질환'으로 인식했던 가로줄의 '1234567890'과 세로줄의 그것은 「진단
0:1」과 「오감도 4호」에도 나오지만 그 두 텍스트처럼 '0'으로 수렴해가
는 수열의 형태가 아니라, X축 Y축 같은 축들의 세부적인 위치와 마
디를 지정하는 수들로 되어 있다. 가로축 수 하나와 세로축 수 하나의
조합은 100개의 점들 각각의 위치를 엄밀하고 정확하게 확정한다. 예
컨대 (3, 6), (9, 4), (5, 3) 등등과 같이 말이다. 하나의 점은 축의 숫자

의 조합으로 재현되고 표상되고 현시된다. 촘촘한 모눈종이 같은 가로축과 세로축의 포획망 위에서 점들/삶들은 세세히 계산가능해지고 오차 없이 추적가능해진다. 그렇게 삶은 곤궁과 비참에 찌든다. "이세기의곤비와살기가바둑판처럼넓니깔였다."(1: 113)는 한 문장의 이미지화, 그게 바로 저 좌표이다. 살기어린 바둑판, 노모스의 좌표. 이는 이상의 독창이 아니라 당대 일본의 모더니즘 잡지 『시와 시론』에 대한 이상의 참조에 이어진 것인바, 안자이 후유에의 한 줄짜리 시 「바둑판(枰)」―"식염의 소비량으로 불결한 인구를 산정한다는 사실을, 신들은 발설하지 않는다."[3]―에 보이는 '인구'와 '신'의 관련은 이상이 표현하고 있는 적그리스도적 대지로서의 바둑판에 직접적으로 관계된다. 양(量)와 율(率)의 조절적 관리 및 정비를 통한 통치 환경의 최적화 상태 속에서, 다시 말해 '안전 메커니즘' 속에서 스스로 알아서 자발적으로 자기를 내다버리게 되는 사람들, 이른바 인구. 안자이의 한 구절에 고개를 끄덕이고 있는 이상은 자신의 당대에 대해 말하는 중이다. 살 수 있도록 부양되고 북돋워지지만 끝내 그 삶의 상황은 괴롭고 고달픈 '곤비(困憊)'의 생을 벗어날 수 없는 것이라고, 죽게 내버려두고 죽도록 방임하기에 끝내 그 삶의 상황은 '살기'에 노출될 수밖에 없는 것이라고.

그렇게 넓게 깔린, 그러므로 편재하는 곤비와 살기의 좌표 안에서 이상은 선언한다. '사람은 숫자를 버리라.' 그 정언명령은 통계적 국세(國勢, census), 다시 말해 확장하는 원심적 통치의 핵심이라 할 '율(率)'

---

3) 安西冬衛, 「枰」, 『詩と詩論』 2冊, 1928, 송민호 · 김예리 옮김, 란명 외, 『이상(李箱)적 월경과 시의 생성』, 역락, 2010, 부록, 353쪽.

의 전면적 폐기와 소각에 대한 각성의 요청이다.[4] 그것은 좌표축에서 숫자들을 지우고 벗기는 것이며, 획정되고 분배된 점들/삶들을 구획 불가능하고 계산불가능하며 대체불가능한 것으로 재생시키고 되돌리는 것이고, 좌표를 붕괴시킴으로써 좌표를 좌표-바깥으로 형질전환시키는 것이다. 다시 말해 그것은 바둑판이 뒤엎어지는 실재의 발생이자 도래(Ereignis)이며, 살기(殺氣) 속으로의 생기(生起, Ereignis)의 번짐이자 퍼짐이고, 그 생기 속에서 도모되고 개시되는 "1234567890의질환의구명"(1: 67)이다. 기존 질서의 파쇄이자 새로운 노모스의 재정초인 것이다. '사람은 숫자를 버리라'는 이상의 선포는 그렇게 제헌(制憲)의 과제를 수행한다. 이것이 근대추구와 근대초극의 동시적 관철이라는 식민지적/비극적 운명 속에서의 일이었던 건, 저 발생적 생기가 생기

---

4) "조선은 일본제국에 속하는, 그리고 『조선총독부통계연보』에 따르면 부분적으로 '내지'나 다른 식민지와 구별되는, 한 개의 지역이다. 그곳에서는 총독부라는 일본제국주의의 '근대적' 통치기구가 효율적으로 작동하고 있으며, 투명하고 합법칙적인, 예측 가능한 그 통치의 성과는 매년 꽤 두터운 『통계연보』로 요약·공간(公刊)된다. (⋯) 통계, 통계표의 수치와 그래프가 양화(量化)·가시화하여 보여주는 것은 일차적으로 성장, 발전, 진보라는 근대적 방향성이다. 『통계연보』의 항목배열은 총독부의 근대적 통치가 한반도의 풍토(토지, 기상)와 인구를 자원으로 삼아 농업·상업·광업·제조업 같은 각종 산업을 일으키고, 그것을 위해 철도와 전신을 비롯한 교통·통신시설과 항만시설 등의 하부구조를 구축하였으며, 이 땅의 주민들의 삶을 경찰(警察)하고 그 위생을 돌보는 한편, 각종 교육기관과 사회복지시설로써 그들을 교화하고 있다는 것을 웅변하고 있다."(박명규·서호철, 『식민권력과 통계: 조선총독부의 통계체계와 센서스』, 서울대학교출판부, 2003, 59쪽) 이 한 단락은 『조선총독부통계연보』(1907~1944)의 항목분류가 어떤 맥락과 의지로 관통되고 있었는지를 알게 한다. 1909년 민적법(民籍法)을 보강한 1922년 「호구조사규정」 이래 '국세조사'에 경찰이 참여하면서 국세의 항목분류는 더욱 세부화되고 조밀해진다. 다음과 같다. 출생, 사망, 호주변경, 혼인, 이혼, 양자, 분가, 일가창립, 입가, 폐가, 부적(附籍), 이거(移居), 본적, 직업, 종두·등창 관계, 기타 경찰상 필요한 사항, 자산, 소득, 성행(性行)·사상, 당파, 사교, 독행(篤行), 곤궁자, 전병병·기타 병자 등등. 규율(律)이 숫자로 된 율(率)로 합성된다. 이상이 푸코의 분석적 논증 절차를 벌써 선취했다고 말하려는 게 아니다. 이상은 시적 영향관계 속에서 '율'의 통치력을 기미와 징후로서 직관했으며 그걸 표현했다.

의 자기철회라는 비생기 속에서만 가능한 것이었음과도 통한다. 과제(Aufgabe)의 수행은 동시에 그것의 포기(Aufgabe) 및 실패와 이미 언제나 결합해 있던 것이다. 다시, 꽉 붙잡아야 할 것은 그런 비극, 그런 역설, 그런 아이러니인 것이다.

'숫자를 버리라'는 이상의 선언은 이상의 또 하나의 정언명령과 결합해 있다. 앞에 인용한 「선에관한각서 1」을 다시 보자. 좌표의 숫자가 소거될 때, 좌표는 구획되지 않는 무경계적 장으로, 무한히 확장되는 장소로 되고, 100개의 점들/삶들은 계산과 추적을 거부하는 분류 불가능한 것으로, 막대한 것으로 된다. 숫자의 폐절은 거듭해서 '멱(冪, 거듭제곱)'의 멱을 재작동시키고, 그렇게 막대해지는 좌표와 점들은 공히 무한적인 것, 이른바 '세속화된' 우주가 된다. 그렇게 점들/사람들은 이제 무한한 '영겁'의 삶을, 불사(不死)의 생을 누리려 한다. 이는 자기가 통어하고 조절하는 '속도', 다시 말해 좌표에 의해 할당된 속도의 사명을 기각하는 자기구성적 속도 속에서만 향유될 수 있는 삶을 가리킨다. 자기가 정초하고 설립한 자기의 속도, 자기라는 속도. 이것이 바로 이상이 말하는 '광선'의 뜻이며 광속의 인간의 힘이다. '숫자를 버리라'와 결합하는 또 하나의 정언명령은 이런 것이었다. "광선을 즐기거라/ 광선을 가지라"(1: 68). 이상에게 있어 집중이 아니라 분산되는 빛, 다채로운 '스펙트럼'으로 방사되는 광선은 매번 좌표의 붕괴 및 제헌적 힘과 맞닿는 것이었다. 수수께끼 같은 시어 '전자'와 '양자'에 대해서는 함구해야 한다. 그럼에도 끝내 내재적으로 이해했을 때의 그 두 시어는 번개(電)와 태양(陽)이라는, 광선과 하나의 계열체를 이루는 무엇이라고 해야 한다. 이상의 수리력은 오늘의 대학 2학년 정도였다. 설사 심원한 물리의 세계를 통찰했다손 치더라도, 내게 저 두 시어는 세속과 결속된 이상의 정언명령들 안에 들어 있으며 그 안에서 힘을 갖는다. 거기까지이며, 거기까지여야 한다. 광속의 인간이 노모스의 좌표 안으로 파국과 신생의 등질성을 틈입시키고 관철시키듯, 그런 광속과 상관적인 번개 및 태양은 이윤이라는 목적으로 일괄 수렴하는 세계, 이윤이라는 제1목적으로 질주하는 벡터에 의해 환하게 밝혀지는 세계를 기각하고 불태우는 사보타지의 힘을 표현한다. 묵시적 전자 혹은 양자.

"요(凹)렌즈"에 관하여―방사하는 아토포스 혹은 로고스

여기 '숫자를 버리라'와 결합하는 또 하나의 정언명령이 있다. '사람은 사람의 객관을 버리라'가 그것이다. 숫자의 방위학과 역학으로 시작했던 「선에관한각서 6」의 중간 부분은 다음과 같다. "사람은정역학(靜力學)의현상하지아니하는것과동일하는것의영원한가설이다, 사람은사람의객관을버리라./ 주관의체계의수렴과수렴에의한요(凹)렌즈./ 4 第四世/ 一千九百三十一 年九月十二日生./ (…) 방위와구조식과질량으로서의숫자의성태(性態)성질에의한해답과해답의분류./ (숫자의일체의성태 숫자의일체의성질 이런것들에의한숫자의어미의활용에의한숫자의소멸)/ 수식은광선과광선보다도빠르게달아나는사람과에의하여운산(運算)될것."(1: 66) 숫자의 벡터에 의해 표상되거나 게산되지 않는 사람들, 다시 말해 사목적 통치의 벡터에 의한 계간과 비역을 뿌리치는 사람들. 그들은 숫자의 역학적 계산에 의해 도출되거나 방위학적 계간에 의해 출산되는 고착되고 도착된 불변의 해답이 아니라 '영원한 가설'이다. 계산된 선명한 정설이 아니라 계산의 완결된 해답을 거절하는 가설의 항구적 지속과 연장. 그런 한에서 견고하게 획정된 해답들의 구조로서의 '객관'이란, 숫자의 좌표와 먼 거리에 있지 않다. 그런 객관-좌표와의 어긋남, 이반, 소송. 그것이 '사람은 객관을 버리라'는 선언의 뜻이자 힘이다.

객관을 폐절하는 사람은 자기구성적 속도로 거듭 어떤 렌즈를 통과하고 있는 자이다. 요(凹)렌즈. 그걸 통과한 광선은 「선에관한각서 2」에 나오는 또 하나의 렌즈, 곧 인문적 삶의 관계들을 집중된 빛과 열로 불태우는 "철(凸)렌즈"(1: 62)를 깨트린다. 회집하는 볼록렌즈와는 달리 오목렌즈는 광선의 분산을 생산한다. 그런 한에서 凹렌즈는 광선의 산개이자 방사이다. 앞서 이상은 '방사(放射)는 붕괴인가'라고 적었다. 방사는 붕괴이다. 방사는 기왕의 존재 구조의 붕괴이자 그 파국이다. 凹렌즈를 통과한 광선, 광선들. 바퀴살 모양으로 내뻗쳐가는 그 방사의 에너지들은 분류불가능한 데모스(demos)의 봉기와 기립과 직립을 뜻한다. 바로 그들이 새로운 노모스의 대지를, 이른바 '제4세'의 터를 다진다. 계산된 해답들을 '분류'하고 게토화하는 숫자의 벡터 밑바닥으로 '숫자의 소멸'의 시공간으로서 매설되고 있는 것, 그게 바로 '제4세'다. 분리하고 분류하는 노모스를 작동정지시키는 유토포스로서의 '제4세'의 분류불가능한 게발트. 지금, 결코 완료되지 않는 그 힘을 다시 고안하고 다르게 배치하기 위해 연장 하나를 꺼내든다. '아토포스'라는 개념-칼이 그것이다.

사랑하는 사람은 사랑의 대상을 '아토포스'(소크라테스의 대화자들이 소크라테스에게 부여한 명칭)로 인지한다. 이 말은 예측할 수 없는,

끊임없는 독창성으로 인해 분류될 수 없다는 뜻이다. (…) 내가 사랑하고 또 나를 매혹시키는 그 사람은 아토포스이다. 나는 그를 분류할 수 없다. 왜냐하면 그는 내 욕망의 특이함에 기적적으로 부응하려고 온 **유일한**, 독특한 **이미지**이기 때문이다.[5]

아토포스, 그것은 좌표-바깥이며 텍스트-무한이다. 항구적인 독창성의 계발, 지속적인 발명의 실험으로 예측과 분류가 불가능하기 때문이다. 아토포스(atopos)의 'a-'는 부정, 결락, 틈새를 뜻한다. 아토포스는 분리, 분할, 분류라는 법-계의 통치론을 거듭 부결시키는 힘의 장소이다. 노모스의 대지라는 통치의 연장적 토포스를 절단하는(a-) 토포스(topos), 다시 말해 새로운 노모스의 정초로서 아토포스. 지금 위에 인용된 한 대목 속으로 '날끝'과도 같은 다음 문장들을 다시 한 번 조심스레 흘러들도록 하자. "유토피아라는 기술적 용어 속에서 의미심장한 방식으로, 그 위에 대지의 낡은 노모스가 입각하고 있었던 그러한 모든 장소확정(Ortung)이 엄청난 규모로 폐기될 가능성이 나타나 있다. (…) 실로 유토피아라는 말은 단순하게 일반적으로 어디에도 없는 곳을 의미하는 것이 아니라 토포스가 아닌 것(U-topos)을 의미하며, 그 부정(否定)과 비교해볼 때 토포스에 반하는 것(A-topos)이라는 말은 실로 하나의 더 강하며 부정적인 관계를 토포스에 관하여 가지고 있는 것이다."[6] 적재적소로 할당된 삶의 장소, 강철같이 확정되고 구획된 그 토포스들의 연락망이 거대한 규모로 폐절되고 있는 또 하나의 대지, 아-토포스로서의 유토피아. 그것은, 과감하게 말해, 슈미트가 정

---

5) 롤랑 바르트, 김희영 옮김, 『사랑의 단상』, 문학과지성사, 1991, 55쪽.
6) 칼 슈미트, 『대지의 노모스』, 205쪽.

의하는 이상의 '제4세'다. 그와 같은 슈미트의 대지, 법의 재정초 속에서 바르트의 아토포스는 '특이한 욕망'에 응해 도래하는 중이다. 다시 말해 좌표의 재생산을 절단하는 독창적인 마음의 운동이자, 그것에 응해 '기적적으로' 도래하고 있는 고유한 '이미지'가 바르트의 아토포스이다. 그 이미지란 날카롭게 찌르고 예리하게 베는 '푼크툼'의 공통적 정치화를 암시하며, 그런 한에서 이미지로서의 아토포스란 인식과 표현의 기계적인 자동성 일반을 중단시키는 폭력적 접촉의 유일무이한 상황이자 사건의 풍경이다. 무엇보다도 아토포스는 사랑의 대상이다. '내가 사랑하는 그'가 바로 아토포스이다. 사랑받는 사람, 받은 사랑을 목적 없이 증여함으로써 사랑의 밀도와 강도를 키우는 사람들. 그들 '연인들'이 바로 오늘의 공동지배를 부결시키는 'a-'의 인간, 파열하는 파국의 시공간이다. 법-계의 분류법에 대한 아토포스의 저항은 이렇게 표현되어 있다. "아토피아 역시 묘사나 정의, **이름(잘못)**의 분류이자 '마야maya'인 언어에 저항한다. 분류될 수 없는 그 사람은 언어를 흔들리게 한다. 어느 누구도 그 사람에 대해, 그 사람에 관해 말할 수 없다. (…) 그 사람은 무어라 특징지을 수 없다(아마도 이것이 아토포스의 진짜 의미일지 모른다)."[7] 이름을 부과하고, 부르고, 분할할 수 있다는 건 지배적 권능의 가졌다는 말이다. '이름'을 '이름(잘못)'으로, 이름과 잘못(죄)을 그렇게 붙여 씀으로써 이름의 분류는 죄의 분류와 다르지 않은 것으로 된다. 그때 지배의 권능은 판관의 심판을 그 주요 성분으로 갖는다. 이름(죄)의 분류는 가상적이되 실효적이며 환영적이되 물질적인 지배의 구조, 이른바 '마야'이며, 명명과 호명과 판결의 언어

---

7) 롤랑 바르트, 『사랑의 단상』, 57쪽.

는 그런 마야의 근간이다. 분류불가능한 그[the One], 도래중인 그, 판관을 심판하는 그가 합법적으로 합의된 언어를 흔들고 흩는다. 언어의 흩뿌림을 수행함으로써 새로운 로고스(logos, 언어)를 정초하는 그라는 아토포스. 누구도 그라는 아토포스, 그라는 로고스에 대해 특정의 이름을 붙일 수 없으며, 누구도 그를 고정된 특징으로 제한하거나 한정할 수 없다. 그는 자기원인적이며, 자기유래적이다. 그는 자기에게서 말미암는다. 항구적으로 거듭 말미암는다. 항구적이기에 절대적이다. 절대적이기에 법적이다. 요컨대, 그라는 아토포스는 오늘의 로고스이자 매번의 그리스도이다. 그의 로고스, 로고스의 그가 새로운 노모스로 기존의 좌표를 찢으면서 그 바깥을 창설한다.

전치된 이름들. 대나무 만장은 쇠파이프로, 시위대는 폭도로, 착취는 보호로, 죽임은 살림으로……. 이름의 분류에 대한 이상의 비판은 이렇게 표현되어 있다. 「선에관한각서 7」의 한 대목. "시각의이름을가지는것은계획의효시이다./ 시각의이름의통로를설치하라, 그리고그것에최대의속도를부여하라./ (…) 시각의이름은사람과같이살아야하는숫자적인어떤일점(一點)이다. 시각의이름은운동하지아니하면서운동의코오스를가실뿐이다./ 시각의이름들을건망(健忘)하라./ 시각의이름을절약하라."(1: 69) 시각이 근대적 인지의 중심이었음은 알려진 그대로이다. 시각의 이름을 갖는다는 건, 지배적 시각에 의한 이름의 분할과 분류의 권능을 갖는다는 말이다. 그 권능이 모든 통치계획을 출발시키는 원천이자 '효시'이다. 그렇게 분류된 이름 하나는 좌표의 한 짐, 이른바 '숫자적인 일점'으로 표상되고 한정된다. 구획된 이름은 자의적으로 변경될 수 없는 것이었다. 이름의 운동은 불허되고 금지되었으며 미리 할당된 운동의 '코스'만을 지닐 뿐이었다. 이상은 다시 한 번 정언명령을 발한다. '시각의 이름에 통로를 설치하라'고. 그 통로, 그 설치에 '최대의 속도를 부여하라'고. 이름의 분류법을 뚫고 흔들고 흩어버리는 통로의 굴착 및 설치. 광선이, 광속의 인간이 그 일을 행한다. 광선은 분류된 이름들, 이른바 정체성의 관리술을 폐한다. 그러기 위해 광선은 무엇보다 분류된 이름들을 까맣게 잊어버리도록 이끈다. 광선은 부과된 이름들의 거듭된 망각이자 '건망'이다('이름의 절약'이란 이름의 남발과 오발의 중단을 관철시키는 것이므로 절약은 절단의 다른 말이다). 이름의 영구적 망각은 묘사와 표상과 한정의 거절이며, 명명하고 호명하는 언어(마야)에 의한 '이름(죄)'의 분류 및 심판을 심판하는 힘이다. 그렇게 망각은 힘이다. 그 힘에 대해선 누구도 이름 붙일 수 없고, 누구도 그 힘을 특정한 특징으로 제한할 수 없다. 분류된 이름의 망각을 거듭 반복하는 그는 자기원인적이며 자기유래적이다. 그는 자기에게서 말미암는다. 거듭 말미암는다. 그는 항구적이기에 절대적이며 절대적이기에 법적이다. 요컨대, 그는 "불세출의 그리스도"(1: 208)이자 매번의 로고스이다. 그라는 로고스가 새로운 노모스로 기존의 좌표를 찢으면서 그 바깥을 정초한다.

메피스토펠레스, 악령 혹은 사도

이상은 이렇게 적었다. "건망이여, 영원한망각은망각을모두구(救)한다."(1: 64) 지금부턴 이 문장이 들어 있는 파국의 설계도 다섯 번째 장을 들여다볼 차례이다. '영원한 망각'은 이름의 분류법을, 할당된 죄의 연관을 거듭 지운다는 것이다. 그렇게 함으로써 한정되고 구속된, 대패질되고 못질된, 은폐되고 망각된 존재는 구원된다. 이상에게 이름의 망각은 심판하는 신의 도래이자 그 세속화이다. 그러므로 '건망이여'라는 부름은 폐지함과 동시에 구원하는 신의 소명과 사명에 대한 응대이다. '건망이여'는 '신이여'와 먼 거리에 있지 않다. 그 부름, 그 소명과 함께 "숫자의COMBINATION을망각하였던약간소량의뇌수"(1: 48)가 생기를 띤 채로 기립한다. 그런 한에서 숫자의 콤비내이션, 곧 사목적 벡터의 조합을 폭력적으로 삭제하고 송두리째 망각해버리는 인문적 뇌수의 회생과 함께 신의 폭력, 그 최후적 심판의 날은 매번 도래하는 중이다. 그 날을 두고 이상은 '속도를 조절하는 날'이라고 쓴다. "속도를조절하는날사람은나를모은다, 무수한나는말하지아니한다, 무수한과거를경청하는현재를과거로하는것은불원간이다, 자꾸만반복되는과거, 무수한과거를경청하는무수한과거, 현재는오직과거만을인쇄하고 과거는현재와일치하는것은그것들의반복의경우에있어서도구별될수 없는것이다."(1: 64) 무슨 뜻인가.

속도를 조절하는 날, 자기 구성적 속도를 통해 좌표의 숫자를 지워 버리는 바로 그 날, '나'를 모으는 '사람'은 누구이고, 그 사람이 모으는 나는 누구인가. 이상이 말하는 그 사람은 좌표의 붕괴에 공포를 느끼는 사람이었고, 나는 저 '요(凹)렌즈'를 통과한 방사의 에너지들로 좌 표를 붕괴시키는 광선이었다. 지금 좌표의 붕괴, 실재의 개시를 두려워 했던 그 사람은 나/광선이라는 파국의 힘을 맞이하고 상봉하는 중이 다. 그렇게 함으로써 그들은 "사람은광선보다도빠르게딜아나라[逃げ よ]."는 이상의 또 하나의 정언명령을 수행한다. 그때 그들에겐 "미래로 달아나는것은과거로달아나는것"(1: 63)이었다. 도주하는 속도의 현재

속에서 미래와 과거는 둘이 아니라 하나로 합수된다.[8] 속도를 조절하는 날, '무수한 과거'와 '현재'가 구별될 수 없이 일치하게 된다는 건 무슨 뜻인가. 이에 답하기 위해 다음 한 대목을 더 읽자. "파우스트를즐기거라, 메퓌스트는나에게있는것도아니고나이다."(1: 63)

나는 누구인가. 나는 악령 메피스토펠레스이다. 이상은 "악령나갈문이없다."(1: 218)라고 썼고, 그런 그를 '세속에 반항하는 한 악령'이라고 지칭했던 건 이상의 죽음에 맞서 그를 추억하던 김기림이었다. 저 '욥'이 변주되고 있는 『파우스트』의 한 장면을 보자. 파우스트의 변심을 놓고 '주님'과 내기를 하는 메피스토펠레스, 그와 같은 악령들을 단한 번도 미워한 적이 없다고 말하는 주님. 어째서 그럴 수 있었는가. 파우스트를 꾀기 위해 만났던 그 첫날, 메피스토펠레스는 파우스트에게 이렇게 말했다. "[저는] 언제나 악을 원하면서도,/ 언제나 선을 창조하는 힘의 일부분이지요./ (…) 나는 항상 부정(否定)하는 정령이외다!/ 그것도 당연한 일인즉, 생성하는 일체의 것은/ 필히 소멸하게 마련이기 때문이지요./ 그래서 아무것도 생성하지 않는 편이 더 낫다는 겁니다./ 그래서 당신네들이 죄라느니, 파괴라느니,/ 간단히 말해서 악(惡)이라고 부르는 모든 것이/ 내 본래의 특성이랍니다."[9] 메피스토펠레스는 항구적인 부정의 정령이다. 그는 생성을 소멸로 견인하는 필연의 법으로서, 불모와 절멸을 인입시키는 죄, 붕괴, 악을 수행한다. 그럼

---

8) 다시 한 번 크레인에 대해 말해야 한다. 과거에 써진 유서와 미래에 써질 유서를 둘이 아니라 하나로 인지했던 건 크레인을 점거중인 김진숙이었다. 그 현장의 고통, 그 현재의 고통 속으로 과거와 미래를 합수중인 김진숙의 '점거'는 이상이 말하는 '도주'와 먼 거리에 있질 않다. 현실이 텍스트를 이끈다. 모든 텍스트가 현실보다 덜 긴급한 건 아니지만, 모든 현실은 텍스트보다 조금 더 긴급하다.

9) J. W. 괴테, 『파우스트』, 이인웅 옮김, 문학동네, 2006, 41쪽.

에도, 아니 그렇게 때문에 신은 그 악령을 내치지 않는다. 왜냐하면 신은 쉽게 느슨해지고 무조건 휴식하려고만 하는 인간들을 각성시키려 했고, 그런 신의 의지를 받들어 대행하는 자가 메피스토펠레스였기 때문이다. 사도 메피스토펠레스. 그러므로 중요한 건 악령의 의지가 아니라 신의 의지였다. 악령은 신의 악역이었다. 그 악령은 신이라는 정(正), 이미 합(合)인 정으로 온통 수렴되는 반(反)이다. "영원히 창조한다는 게 대체 무슨 소용인가!/ 창조된 모든 것은 무(無) 속으로 끌려들어가게 마련이다!"[10]라는 악령의 말은 이미 언제나 신의 주권적 의지 속에서 발화중인 말이며, 그런 한에서 신의 말의 대언(代言)이다. 이상이 말하는 방사된 나/광선은 그렇게 붕괴와 파국이라는 악령 메피스토펠레스의 일을, 사도의 임무를 행하는 중이다.

그렇게 요(凹)렌즈를 통과한 악령 메피스토펠레스가 바로 '무수한 나'이다. 그들 수없는 나/악령은 말하지 않고 침묵한다. 그 침묵이 악령의 것인 한, 침묵은 신성의 일이다. 침묵하는 악령들은 축적이라는 목적의 구조 안에서 불-시(Un-Zeit)에 발생함으로써 그 목적의 흐름을 중절(中絶)시키고, 목적에 의해 합성되고 편성된 사람과 사물에 '성스러운 무효용성'(M. 피카르트)을 선물한다. 무목적적인 침묵, 그것은 목적을 산산이 흩어버리려는 신의 심판에의 의지를 관철시킨다. 그렇게 좌표의 노모스를 내리치는 신의 파국의 도래 속에서 좌표의 보존을 위해 통합되고 단일화된 과거는 '무수한 과거'로 되고, 무수한 과거의 사건들은 서로의 대화를 경청하며, 현재는 그 경청의 성황과 만남으로써, 다시 말해 과거의 유일무이성과 특유함을 보존함으로써 과거와 하

---

10) J. W. 괴테, 『파우스트』, 366쪽.

나로 합수한다. 그 합수의 상황이 최후의 날, 속도를 조절하는 날의 사건이다. 그 날을 발생시키는 자, 그가 바로 '래도(來到)할 나'이다.

> 래도할나[11])는그때문에무의식중에사람에일치하고사람보다도빠르게 나는달아난다, 새로운미래는새로움게있다, 사람은빠르게달아난다, 사람은광선을드디어선행하고미래에있어서과거를대기한다, 우선사람 은하나의나를맞이하라, 사람은전등형(全等形)에있어서나를죽이라./ 사람은전등형의체조의기술을습득하라(1: 64)

달아나고 도망치는 도주의 그 속도 속에서, 그 현장의 현재 속에서 미래와 과거가 하나로 합수했었던 것처럼, '도래중인 나'에 의해, 다시 말해 신의 사도, 신의 주권의 대행자로 발생중인 나/광선에 의해 미래와 과거와 현재는 분류불가능해지며 각각의 유일무이한 고유성의 지속과 보존 안에서 하나로 합수한다. 이제 좌표의 붕괴를 두려워하던 사람들은 "[광선보다도]빠르게달아나서영원에살고과거를애무(愛撫)" (1: 65)함으로써 현재 안으로 '새로운 미래'의 그 새로움을 착근, 유지, 온존시킨다. 그 모든 것은 최후의 날이 도래하고 있는 현재 속에서의 발생적 사건이다. 줄여 말해, 이상의 역사신학. 그것은 "모든 현재는

---

11) 원문은 "來るオレ"이다. 이를 임종국은 "來到할나"['나'에는 윗점으로 강조]로 번역했다. 원문엔 없는 '到'를 넣어 원문이 갖는 어떤 신성의 뉘앙스를 내재적으로 진전시킨 번역이라고 생각한다. 물론 그 '來到'라는 역어는 이상이 다음 한 구절에서 사용한 단어이기도 하다. "석존(釋尊)가튼 자비스러운얼굴을한사람이 래도(來到)하여도(…)"(3: 101). 이 문장에서도 '래도'는 신성과 이어져 있다. 이하 본문에서는 '도래중인 나'로 표기함으로써 '삼차각설계도'와 맞물려 있는 신성의 뜻과 힘을 조금은 더 강하게 표출하고자 한다.

하나의 종말론적 현재이며 역사와 종말은 동일시되었다는 점"[12]을 오늘 이곳의 좌표 안으로 고지한다. 이상에게 있어 도래중인 현재시간으로서 도주하고 있는 사람들은 '전등형(全等形)에 있어서 나를 죽이라'는 또 하나의 정언명령을 받든 자들이다. 전등형이란 무엇인가. 용례를 찾을 수 없는 그 조어는 일단 어떤 형상을, 어떤 모양, 모습, 이미지, 풍경 같은 것을 가리킨다. 억측이나 억지가 아니라 내재적으로 이해했을 때의 전등이란 시간적으로는 모든 시간의 동시성과 등치성을, 질적으로는 모든 것의 등질성과 동등성을 가리킨다. 전등은 그러므로 어떤 '일반화'의 힘이자 상황이다. 예컨대, 화폐라는 물신(物神)의 권능은 전등의 한 양태이다. 화폐는 모든 것을 교환가능한 것으로 '등가화'하는 '일반적' 등가물이기 때문이다. 전등이란 일반화의 권능, 신적인 힘과 상관적인 것이다. 분류되고 구획된 이름의 위계를 전면적으로 파쇄하는 신의 이미지, 그 구획된 경계가 전적으로 무너진 일반화된 어떤 제로(zero)의 풍경. 전등은 심판하는 신의 폭력적 힘이며 그 힘의 임재 이후의 풍경이다. 그런 전등의 관점에서 '도래하는 나를 죽이라'는 것은 신의 힘의 도래에 대한 사고와 맞닿아 있다.

도래하는 나를 죽이라는 것은, 나의 도래를 완료되고 완수된 것으로서가 아니라 늘 이미(already) 와 있었으면서도 아직 다 와버린 것은 아닌(not yet), 따라서 항구적으로 도래중인 것으로 나의 도래를 인지한다는 것이다. '늘 이미 와있었던'에 대한 매번의 각성 속에서 '아직 다 오지는(來) 않은(未)'을 매번 보존하고 지속시키는 일. '늘 이미'와 '아직 아닌'이 서로를 간섭하며 서로의 발생을 위한 매번의 조건으로 정위될

---

12) 루돌프 불트만, 서남동 옮김, 『역사와 종말론』, 한국기독교서회, 1968, 171쪽.

때, 그 사이시간은 파루시아의 거듭된 발생지로, 절멸의 제로의 거듭된 발상지로, 이른바 '제4세'로 된다. 전등형의 '체조기술'을 습득한 자, 다시 말해 심판하는 신의 게발트를 체화한 자들이 그 일을 행한다. 그들만이 도래의 흔적들로 흩어져 있는 '나의 파편들'을 수집할 수 있다. 그렇게 넝마로 수집된 것들은 파국의 설계도로 거듭 재구성된다. 그 설계도에 의해 누적적이고 누승적인 역사성의 거대한(太) 첫 시작(初)이, 곧 "조상(祖上)의조상의조상의성운(星雲)의성운의성운의태초(太初)"(1: 65)가 재정초됨과 동시에, 그 태초와 등질적인 다른 말씀, 다른 로고스/노모스가 매번 설립되고 기립한다. 이상의 역사신학이 그 일을 행한다. 이상의 역사신학은 그러므로 무기의 역사신학이다. 다시 말해 그것은 치켜든 무기들의 역사신학적 재정의를, 역사신학의 무기화를 요청하고 강제한다. 통치의 연속체를 뚫고 설립되는 신성의 '제4세'는 그렇게 무기의 일반화된 공장이며, 일반화된 무기화의 장소이다.

장래적인 것

이상이 말하는 '도래중인 나'의 역사신학은 '불원간(不遠間)' '미구(未久)에' '금시(今時)에' '바야흐로' '별안간[all of a sudden]' 등의 시간감 속에서 구성되고 있다. 장차 머지않아, 그리 오래지 않아, 지금 이 시각, 불시에 느닷없이 등과 같은 시간형식의 지속과 연장 위에서 '도래중인 나'의 그 도래란 결코 완수되거나 완료되지 않는다. 완료되지 않는 도래, 이른바 미-래는 곧 '장래(將來)'이며 장래의 항시적 보존이다. 장래와 역사를 서로 맞물려놓고 있는 무기화된 지혜 하나는 이렇게 표현되고 있다. "모든 현재는 그 현재의 장래를 통해서 설문되고 도전되고 있다. (…) 이 항시 장래적인 존재가 인간 존재의 역사성이다. 이 장래적인 존재는 항상 한 과거로부터 나온 '출현(Hervorkommen)'이다. 그리고 장래를 지향한 의지는 과거를 통해서 결정된 현재의 의지이다."[13] 지금 이 시각 '도래중인 나'는 항상 이미 한 과거로부터의 발생이자 출현이며, 그런 한에서 장래를 향한 지금 현재의 의지, 열망, 기다림, 봉헌은 이미 늘 과거로부터의 발생적 힘에 뿌리박은 것이다. '도래중인 나'는 모든 고착되고 정태적인 현재에 소송과 질문과 도전으로서 발생하는 중이다. 그런 한에서 '도래중인 나'는 장래를 기다리고 봉헌하는 현재(jetzt)로서, 좌표가 생산하는 통치의 시간과 불화하며, 관리하는 사목과 반목하고 이반한다. 좌표에 의해 생산되는 직선적 진보의 시간 속에서 현재는 과거의 총합적 힘의 발전으로서만, 집계되고 종합될 수 있는 힘들의 공동지배의 결과로서만 고정되고 결박된다. '도래중인 나', 이 항시적인 장래적 존재가 그런 결박을 풀고 그런 질곡을 깬다. 장래적 존재란 구속된 현재를 직선의 시간으로부터 폭력적으로 성별(聖別)하며 전면적으로 떼어내는 신적 소송의 현재다. '제4세'의 시간이 ⌐와 같다. '제4세'는 그렇게 떼어내는 파라클리트적 힘이 관철되고 있는 신성의 시간이다. 그렇다는 것은 장래적인 것이 직선의 인과적 시간을 역진(逆進)하고 거세게 거스르는 힘이라는 뜻이다. 이상은 이렇게 적었다. "나는불안을절망하였다./ 일력(日曆)을반역적으로나는 방향을분실하였다./ (…) (나의원후류[원숭이]에의진화)"(1: 78) 무슨 말인가.

---

13) 루돌프 불트만, 『역사와 종말론』, 179쪽.

이상의 불안 또는 우울은 병리이면서 병리를 넘어간다. 우울은 세계에 합승하는 감각이 아니라 세계의 원리를 관통하는 자신의 눈에 의해 세계에서 하차할 수밖에 없는 강제적 상황의 각성상태이다. 그것은 절망적이지만, 포기되지 않고 꽉 부여잡고 있는 절망이므로 통념적인 절망을 넘어간다. 그렇게 넘어가는 이상이 좌표의 재생산 원리로 주목한 것이 바로 달력의 시간, '일력'이다. 일력은 하루하루가 뜯겨져 나가는 통치의 시간, 기계적 진보의 시간을 가리킨다. 이상은 일력에 반역함으로써 직선이라는 방향과 속도, 그 사목적 벡터를 일거에 망실해버린다. 그럼으로써 내일이 오늘을 볼모잡고 그 피를 빠는 직선적 시간을 긁고 거스른다. 이상이 말하는 '13+1=12'에 앞서 '2×2=5'를 말했던 '지하생활자'는 그런 직선을 두고 '돌벽'이라고 적었다. "돌벽이란 무엇인가? 그것은 곧 자연의 법칙, 자연과학의 결론, 또는 수학이다. 예컨대, 인간은 원숭이에서 진화된 것이라고 증명된다면, 아무리 얼굴을 찌푸려도 소용없는 일이므로 그대로 받아들이는 수밖엔 없다."[14] 육중한 돌벽의 시간, 다시 말해 수학적/유혈적 합리성의 철옹성. 이는 발기한 직선을 일컫는 다른 말이다. 이상이 말하는 '원숭이로의 진화', 곧 긁고 거스르는 '역진화'의 감각을 가진 자, 지하생활자에 따르면 이익의 대차대조표를 거슬러 "역행하는 자"[15], 달리 말해 "포물선을역행하는역사의슾흔울음소리"(1: 97)를 경청하는 자에 의해 직선은 부러지고 돌벽은 부서진다. 그러한 역진화 혹은 역행은 '이상한 가역(可逆)'에 다름 아니다. 가역은 상태의 변화 이후 다시 본디 상태로 돌아갈 수 있음을 뜻하지만 직선적 시간의 관점, 그 돌벽 같은 시점에서는 원숭이로

---

14) 표도르 도스토예프스키, 이동현 옮김, 『지하생활자의 수기』, 문예출판사, 1998, 19쪽.

15) 표도르 도스토예프스키, 『지하생활자의 수기』, 31쪽.

의 역행은 이상한 것이거나 비상(非常)이 아닐 수 없는 것이다. 「이상한 가역반응」에서 이상은 인공적인 모든 것을 자연과 다름없이 현상시키는 '현미경'을 수학적 합리성의 메타포로 사용하면서 이렇게 적는다. "발달하지도아니하고발전하지도아니하고/ 이것은 분노이다. (…) 목적이있지아니하였더니만큼 냉정하였다."(1: 34) 직선적 진보의 관념에 뿌리박은 발달과 발전 일반을 거절하는 분노. 그것은 축적이라는 목적을 폐기시키는 분노이며 진보의 흥분과 발열을 차갑게 냉장(冷葬)시키는 냉정이었다.

이렇게 묻자. 역진하고 역행하는 그들은 무얼 하는가. 직선적 진보의 순간순간에 장래를 귀속시킨다. "모든 역사적 현상 하나 하나에 그 장래가 귀속되는 것인바, 그 장래에 비로소 그 진상이 나타날 그러한 장래다. 더 정확하게 말하자면, 그 장래에 그 진상이 점점 더 명확하게 나타날 그러한 장래다. 왜냐하면 역사가 그 종말에 도달했을 때, 비로소 그 참 본질이 결정적으로 나타나는 것이기 때문이다."[16) 장래란 무엇인가. 직선적 시간으로부터 떼어내질 수 있는 힘의 조건이다. 진정한 시간들의 구성 조건이 바로 장래이다. 장래는 '비로소(at last)'의 시간으로 직선적 좌표의 밑바닥에 매설된다. 장래라는 비로소의 시간에 의해 비로소 좌표의 원리와 진상과 실재는 전면적으로 폭로된다. 장래적 존재에 의해, '도래중인 나'에 의해, 달리 말해 '시방(時方)'의 시간—예리하게 모난(方) 무기의 시간, 모난 쪽으로 방향 설정된 파국적 벡터의 시간—에 의해 노모스의 맨얼굴이 결정적으로 개시되고 폭력적으로 세시된다. 지금 시방, 이상의 「파첩(破帖)」에서 파국의 풍경이 펼쳐지는

---

16) 루돌프 불트만, 『역사와 종말론』, 142쪽.

중이다. 훼멸된 도시를 함께 답파하자.

> 상장(喪章)을부친암호인가 전류우에올나앉아서 사멸(死滅)의 '가나
> 안'을 지시한다/ 도시의붕락(崩落)은 아— 풍설보다빠르다 (…) '콩크
> 리-트'전원에는 초근목피도없다 물체의 음영에생리가없다/ —고독한
> 기술사(奇術師) '카인'은도시관문에서인력거를내리고 항용 이거리를
> 완보(緩步)하리라.(1: 131)

이 한 대목은 1931년 이후 (소화)제국의 개전과 그 결과를 암시하는
어느 '수도의 폐허' 및 '시가전이 끝난 도시' 같은 구절들과 맞닿아 있
다. 제국의회의 입법과 그에 합성된 아카데미의 학지를 상징하는 '늙
은 의원과 늙은 교수'가 번갈아 연단에 올라 '무엇이 무엇과 와야만 되
느냐'고 일갈했고, 전쟁선전의 그 일갈은 전파에 올라 퍼져나간다. 이
상은 전승의 쾌거가 담긴 그 전파, 그 전화(戰火)의 미디어를 상징이라
는 최후의 표식을 붙인 암호로, 죽음과 끝으로 채워진 전류로 인지한
다. 이상에게 그 전파는 신성한 가나안으로서의 제국, 저 신성국가에
대한 열망과 기대가 아니라 광범위하고 거대한 규모의 사멸과 임박한
붕괴의 기미로 인지된다. 이상에게 제국의 전시판도는 잿빛 콘크리트
로 된 전원이었고, 풀 한포기 나지 않는 불모의 땅, 폐허의 그 거리에는
생기 없는 사물들의 그림자들만 어른거릴 뿐이었다. 그 그림자들, 그
사물들에게로 당도하고 도래하는 자, 그가 바로 카인이다. 절대적 신
성에 분노를 품음으로써, 그런 신성에 신실했던 이를 돌로 쳐 죽임으
로써 카인은 절대와의 계약적 관계를 찢고 파기했다. 신성으로부터 추
방당한 그가 신성제국의 회색 거리를 느리게 산보한다. 이상이 말하는

'절름발이' 또한 절며 완보하는 자였다. "메쓰를갖지아니하였으므로의
사일수없을것일까/ 천체(天體)를잡아찢는다면소리쯤은나겠지// 나의
보조(步調)는계속된다"(1: 42) 메스 없이도 의사일 수 있다는 것, 추방
됨으로써 신과 절연했음에도 신성을 보존할 수 있다는 것. 천체를 잡
아 찢는 카인, 제국의 권역과 권리를 보위하고 감싸고 있는 그 신성한
하늘을 철거하는 카인의 기술(奇術), 파국의 완보. 카인의 보조는 계속
되는 중이다. 카인이라는 카라반의 순례는 콘크리트 전원 여기저기에,
제국의 판도 시시각각에 하늘을 찢는 '철천(徹天)'의 게발트로 도래하
는 중이다. 이상은 열광과 갈채를 목표로 전파를 탔던 제국의 물음, 다
시 말해 제국의 장래를 봉헌하고 봉합하려는 물음, '무엇이 무엇과 와
야만 하느냐'라는 늙은 의원들의 그 물음에 답한다. 제국의 장래 안으
로 카인이라는 카라반이 순례의 게발트와 함께 도래하는 중이라고,
'제4세'가 도래하는 중이라고.

우울 이후, 안티-유토피아
-라스 폰 트리에의 영화 〈멜랑콜리아〉에
나타난 파국의 희망

1. 유토피아는 이미 실행되었다

한 번도 실현되지 못했지만, 잠시도 멈춰지지 않았던 꿈, 유토피아. 유토피아는 정말 아직 도래하지 않은 것인가. 지금은 인류 역사상 그 어느 때보다 풍족한 물질만능시대다. 개인이 누릴 수 있는 영역이 이처럼 광대하고, 그것을 이렇게 소수의 사람들이 누리는 시절은 역사상 없었다. 그들만은 유토피아를 향유하며 살고 있다고 할 수 있지 않을까. 이와 같은 그들만의 유토피아를 피에르 부르디외 등은 '프리바토피아(privatopia)'라고 일컫는다.[1]

루이스 멈퍼드가 무려 2000년에 걸친 유토피아 기획들을 검토하면서 짚어냈듯이,[2] 대부분의 유토피아 기획은 경제적, 사회적 제도의 개

---

1) 영어의 private와 utopia의 합성어로 사유화의 유토피아를 의미한다. 피에르 부르디외 외, 『프리바토피아를 넘어서』, 최연구 옮김, 백의, 2001.

2) 루이스 멈퍼드, 박홍규 옮김, 『유토피아 이야기』, 텍스트, 2010.

선을 통한 물질의 평등한 분배와 인간성의 실현을 바탕으로 한다. 즉 평균의 행복을 추구하는 길은 기본적으로 사유화의 거절 위에 있다고 보는 것이다. 그러나 사유화의 해체를 선언한 논의 안에서도 평등은 쉽사리 성립되지 않았다. 기원전 그리스 시대의 플라톤에서부터 근대화 초기 마르크스까지, 전 인류의 자유와 복지를 향한 유토피아적 기획 안에서, 모든 사람들이 행복한 100퍼센트의 유토피아는 없었다. 유토피아라는 용어를 널리 알린 토머스 모어조차 그의 상상 속에서 유토피아 내외부에 노예와 적, 용병 따위의 개념을 없앨 수 없었다. 자유시장경제주의가 극대화한 오늘날은 말할 것도 없고, 유토피아에 대한 그러한 사상적 기획을 꿈꾸던 때에도 늘 현실 속의 사유화를 통해 일부의 사람들은 언제나 유토피아를 누리고 있었다는 점을 아이러니하게도 인정하지 않을 수 없다.

유토피아란 무엇이고, 무엇을 위한 개념이고, 누구를 위한 기획인지 다시 정의하지 않는다면, 그것은 허황되고 불가능한 신기루 따위가 되어버린다. 유토피아의 개념에서 가장 중요한 것은 무엇인가. 모든 인류가 생존의 위협을 받지 않고 인간적 가치를 평등하게 실현할 수 있는 사회가 아닌가. 그러나 그것은 결국 물질적 토대, 물질적 평등 위에서 실현 가능한 것이 아닌가. 그러나 물질적 평등은 어디까지 가능한 것인가, 혹은 어디서부터 가능해지는 것인가. 혹은 풍족을 위해 평등과 자유를 희생할 것인가, 혹은 숭고한 인간적 가치의 실현을 위해 물질적 풍족이라는 보편적인 인간들의 꿈을 포기할 것인가. 어떤 혁명적 전환이 가능하냐의 문제 이전에, 경제적·신분적 차이를 가진 인류가 합의하고 함께 노력할 만한 유토피아적 기준을 갖는다는 것이 불가능할 만큼 평등과 풍족함의 관계가 삐뚤어져 있다는 것이 오늘날의 문제다. 평등과 풍족은 더없는 인류의 이상이지만 각각으로서도 실현하기 쉽지 않고, 공존하기란 거의 불가능한 가치로 인식될 때, 위에서는 그들만의 유토피아를 더 견고하게 하기 위해 탑을 쌓고, 아래에서는 최소한의 생존을 위해 투쟁할 수밖에 없는 극한의 괴리 상황에 다다른다.

인류가 함께 나눌 수 있는 가치란 과연 존재하는가라는 패배적인 물음 앞에서, 할 수 있는 것이란 무엇인가. 멜랑콜리(melancholy)의 인간은 아마도 이로부터 탄생한 것일 게다.

2. 유토피아 이후, 〈멜랑콜리아〉

라스 폰 트리에 감독의 영화 〈멜랑콜리아〉(2011)는 자본주의적 유토피아에서 사는 사람들의 불안을 다룬 작품이다. 무기력과 우울에 빠진 인물이 그 우울(멜랑콜리아라는 이름의 행성)에 의해 도래하는 파국을 받아들이는 과정은 시대정신의 중요한 반영이라 생각된다.

〈멜랑콜리아〉는 원인이 불분명한 불안과 우울증세로 자신의 결혼식을 엉망으로 만들어버리는 신부(저스틴)의 이야기인 1장('저스틴')과 멜랑콜리아라는 행성이 지구와 정면충돌해 인류 전체가 파멸할 것을 알게 되는 이야기를 담은 2장('클레어')으로 구성되어 있다. 그리고 1장이 시작되기 전, 영화적 서사의 시공간과 맥락적 연쇄에서 풀려난 독립적인 이미지인 16개의 슬로우 모션 쇼트가 프롤로그를 이루고 있다. 이들은 하나같이 몽환적이고 암시적이다. 고통스러워하는 저스틴의 얼굴에서 시작해 지구와 행성이 충돌하는 이미지로 끝나는 16개의 쇼트들은 기본적으로 모두 우울에서 비롯된 종말의 이미지이다. 종말론적 우울함을 담은 무한선율, 죽음을 통한 승리라는 불가능하고도 역설적인 주제가 담긴 바그너의 '트리스탄과 이졸데'의 서곡이 흐르는 가운데 선명하고 느린 회화적 이미지의 지속을 지켜보다 보면, 폰 트리에 영화의 주제들이 변주되고 있는 분산적 환유를 경험하게 된다.

프롤로그 첫 번째 쇼트(좌) 프롤로그 두 번째 쇼트(우)
- 우울은 시대의 변화가 필요한 때임을 알리는 거대한 나침반이다.

프롤로그 다섯 번째 쇼트(좌) 프롤로그 열두 번째 쇼트(우)
- 거짓된 유토피아적 비전은 파국을 내장하고,

프롤로그 열한 번째 쇼트(좌) 프롤로그 마지막 열여섯 번째 쇼트(우)
- 멜랑콜리는 파국을 노래한다.

2-1. 비전이 아니라 멜랑콜리

〈멜랑콜리아〉1장에서, 저스틴의 우울과 기괴한 행동은 겉으로 볼 때 이해하기가 쉽지 않다. 그녀는 자신의 결혼식 중인데도 불구하고, 뜬금없이 목욕을 하질 않나, 홀로 밖으로 나와 방황하거나 혼자 있기 일쑤다. 심지어는 처음 본 남자와 동침을 하기까지 한다. 그리고는 결국 결혼식을 무산시키고, 신랑을 떠나보낸다. 촉망받는 광고회사 카피라이터로 능력을 인정받고 있고, 예비 신랑에게 사랑받으며, 누구도 쉽게 누리지 못하는 어마어마한 규모의 결혼식을 올리는 아름다운 신부지만, 어떤 불길함이 그녀를 사로잡고 있는 것이다.

그녀를 둘러싼 매혹적인 환경은 성과우선주의, 자유시장경제체제와 같은 현대적 자본계급사회 위에 세워진 것이다. 그녀가 결혼식을 올리는 형부의 집은 가장 신분제도가 엄격했던 중세 시대 귀족의 성을 떠올리게 한다. 이 결혼식을 위해 엄청난 돈을 쏟아 부었으니, '무조건 행복하라'는 형부의 축하는 자본(가)의 명령에 다름 아니다. 자본의 욕망을 대변하는 광고회사 사장은 축하를 빙자하며 성과를 재촉하는 노골적이고 속물적인 자본의 앞잡이다. 넓은 과수원 사진을 보여주며 사랑을 맹세하는 신랑 또한 인간적 사랑의 마음을 물질로 환원하는 것처럼 보여 저스틴을 답답하게 한다.

사람들이 유토피아를 원하는 이유는 아마도 행복이라고 부를 만한 충만함을 기대하기 때문일 것이다. 행복하다고 말할 수 있는 자는 유토피아에 산다고 해도 좋다. 자본주의는 자본을 많이 가질수록 남늘보다 행복해진다고 생각하는 사람들을 이끈다. 하지만 많이 가진다는 것은 끝이 없는 것이 아닌가. 한계를 알 수 없는 욕망이란 유토피아 또는 행복과는 거리가 먼 개념이다. 만족하지 못한 곳에서 유토피아의 깃발이 머물 수는 없지 않은가. 저스틴은 자본을 행복의 척도로 받아들이지 못한 인물이고, 탈출구를 찾아 방황하는 인물이다. 아마도 그녀의 불안정함은 그들만의 유토피아 안에서 자신의 신념과 존재적 상황에 맞는 유토피아를 희망하지만 그것의 실현 가능성에 대해 회의하는 자의 우울일 것이다.

주체할 수 없는 답답함, 불안, 불만족, 벗어나고 싶은 충동으로 점점 결혼식을 엉망으로 몰고 가는 저스틴을 보다 못한 언니 클레어가 그녀를 힐책한 곳은 말레비치의 그림들이 전시된 형부의 서재였다. 프롤레타리아 혁명과 기술의 발전에 의한 생산성의 증대를 방법론으로 하고, 사적 소유의 끝을 목표로 했던 구소련의 위대한, 그러나 실패한 유토피아적 기획. 오늘날 그것은 자본의 축적과 기술 발전을 방법론으로 하고, 누구든 자본가가 될 수 있다는 희망을 심어주는 것으로 삐뚤어진 명맥을 유지하고 있다. 당시 소련의 그 기획을 옹호하며 자신의 우주적이고 신적인 비전(절대주의)으로 응답했던 말레비치의 불가능한 추상화는 구체성이나 현실성과는 동떨어진 비전만의 세계일 뿐이라는 듯, 저스틴은 그 그림들을 밀쳐내고 열정적으로 다른 화집들을 꺼내든다. 그런 그녀를 잡는 카메라의 동작은 〈멜랑콜리아〉 전체를 통틀어 가장 역동적이다. 무기력함으로 일관하던 저스틴이 처음으로 자신의 속내를 내비친 장면인 것이다.

피테르 브뢰헬의 〈눈 속의 사냥꾼〉(1565)-존 에버릿 밀레이의 〈오필리어〉(1852-브뢰헬의 〈환락경의 땅〉(1567)-한스 홀바인 2세의 〈상인 게오르크 기제의 초상〉(1534)-카라바조의 〈골리앗의 머리를 들고 있는 다윗〉(1610)-칼 프레드릭 힐의 '사슴나무' 스케치(1878). 우울증으로 고통받았거나, 불우한 죽음을 맞이했고, 삶과 죽음이 멀지 않다는 인식을 공유했던 화가들의 그림들. 멜랑콜리 증세가 그들의 미적 활동의 한 원천이었음을 의심할 여지는 없다. 저스틴 역시 뛰어난 미적 감각을 갖춘 카피라이터로 나온다. 그녀의 작업 방식이 천재적 영감에 의지해 즉흥적으로 이루어진다는 것은 광고회사 사장의 대사를 통해 확인할 수 있다. 그들의 작업은 현실 속에서 유의미한 것을 찾을 수 없는 이들이 상상 또는 예술적 작업 안에서 의미를 발견하려는, 현실 부적응의 한 방식이 아닐까.

의미의 중단은 희망 없는 밤의 사건이다. 그것은 사라진 전망, 대속의 불가능, 부활 없는 죽음 앞에 선 인간의 시간일 것이다. 자아와 이상을 분리할 수 없었던 나르시스가 그랬고, 이상적 사랑의 실패 앞에 좌절했던 오필리어가 그랬고, 사회적 편견과 창작의 욕망 사이에서 괴로워하던 버지니어 울프가 그랬듯이, 자본의 도구로 일하며 자본의 강령들 앞에서 회의했던 저스틴은 죽음을 꿈꾼다. 그들은 결국 모두 강물에 투신했다. 웨딩드레스를 입은 채 유난히 강건한 모습으로 강물에 몸을 맡긴 프롤로그 열네 번째 쇼트의 저스틴처럼 말이다. 이런 점에서 저스틴의 우울은 단순한 나태함, 게으름, 몽상 등과는 성격이 다르다. 그것은 잃어버린 어떤 것에 대한 애도와도 다르다. 그것은 일종의 '세계감(世界感)'으로서 "근대의 진보적 세계관의 필연적인 그림자"인 것이다.[3]

니체는 우울증의 계기에 대해 '모든 것이 죽고, 신도 죽고, 나도 죽는다'는 인식에서 시작된다고 말하기도 하지만, 반대로 우울은 죽음을 은밀한 기쁨 속에서 소망하는 자의 것이 아닐까. 죽음, 파국, 단절, 영

---

3) 김홍중, 「멜랑콜리와 모더니티」, 『마음의 사회학』, 문학동네, 2009, 214쪽.

원한 끝은 유토피아에 살고 있지 않은 자들이 꿈꿀 수 있는 가장 강력한 반항이자, 비전 없는 세상에 대한 복수다.

비치 그림을 보는 저스틴(좌)   프롤로그 열 네 번째 쇼트(우)

〈멜랑콜리아〉에서 결국 지구는 '멜랑콜리아'라는 이름의 행성과 충돌해 산산이 부서지기 시작한다. 이 유례없고, 예외 없는 완벽한 종말은 충격적이다. 흥미로운 것은 종말을 예감한 이후, 미각을 포함해 모든 생명의 능력이 병적인 우울 속에서 쇠락해가던 저스틴이 점차 안정을 찾기 시작한다는 점이다. 새들이 울부짖으며 도망치듯 날아가고, 여름인데도 눈이 내리는 이상기후가 있던 날이었다. 죽음충동으로 괴로워하던 그녀의 멜랑콜리는 행성 충돌이라는 현실적이고 완전한 죽음의 인지 앞에서 잠잠해진다. 파국이 가까움을 인지한 이후 그녀는 우울을 거두고, 잔여의 시간 앞에 담담해진다. 그녀는 더 이상 고민하지 않고, 두려워하지 않는다. 어쩌면 파국은 그녀가 원하던 결말이다. 혹은 그녀의 판결이다. 저스틴은 무섭도록 단호한 목소리로 말한다. "지구는 사악해."

2-2. 구원이 아니라 파국

라스 폰 트리에 감독의 영화들은 성경 속 '소돔과 고모라' 이야기의 또 다른 판본 같다. 그는 〈도그빌〉(2003)이나 〈안티크라이스트〉(2009)

와 같은 전작들에서도 세상의 타락함과 파국의 정당성을 탐색해왔다. 그의 영화에는 언제나 파국을 예고하는 하강 이미지가 불길하게 반복됐었다. 성경에서의 하나님은 '폭풍우 가운데서' 나타나 타락한 인간의 땅에 불을 떨어트려 도시를 파괴하고, 선한 자들을 구원하였다고 했던가. 폰 트리에의 영화에 나오는 하강 이미지, 마을을 불태우기에 앞서 뿌려지는 기름(〈도그빌〉)과 지붕 위로 우르르 쏟아지는 도토리(〈안티 크라이스트〉), 비처럼 퍼붓는 우박(〈멜랑콜리아〉) 등은 폭풍우라는 신-현현(Theophanic Angel)의 폰 트리에적 변환이다.

성경 속에서 '소돔과 고모라'에 대한 신의 판결을 알게 된 아브라함은 파국의 정당성을 고민하면서 욥과 같은 선한 자에게 내려진 고통의 부당함에 대해 물었다. 그리고 〈욥기〉에서는 고통받는 욥과 그를 찾아 온 세 친구가 신의 정의에 관한 흥미로운 토론을 하는 부분이 있다. 고통에는 뭔가 이유가 있을 것이라고 세 친구는 위로하지만 결국 모든 게 인간이 자초한 일이라는 결론으로 얼버무려진다. 그것은 곧 인간 세상의 전체적인 타락 앞에서 개인의 선량함은 인류 전체를 구원할 근거가 되지 못한다는 뜻이 아닐까. 그것은 또한 신 앞에서 평등하고, 개인이 가신 인간적 성실함과 믿음만으로 평가받는 유토피아는 인간 세상에서는 존재할 수 없다는 인식이 깔려 있는 것이 아닌가. 신의 마지막 재판을 기다려 천상에서의 나날을 기약할 수밖에 없다는 점에서, 아브라함은 탄식하고, 욥은 고통받고, 세상에는 파멸의 불이 떨어지는 것을 누구도 막을 수 없다.

〈멜랑콜리아〉에서 '아브라함'은 저스틴이 가장 좋아하는 말의 이름이다. 그들은 '붉은 별 안타레스'를 통해, 또 이상기후들을 통해 함께 신-현현의 예감에 휩싸인다. 잠시 프롤로그의 첫 쇼트로 돌아가 보자.

젖은 머리칼, 흙색의 낯빛, 움푹 팬 눈, 피폐한 모습의 저스틴이 눈을 뜬다. 순간 하늘에서는 날갯짓하기를 멈춘 작은 새들이 속절없이 떨어진다. 아마도 지구의 사악함을 선언하고, "그러니 그것을 위해 애통해할 필요가 없다."고 결론 내리기 전, 그녀는 이렇게 지독하게 비통함으로 앓았을 것이다. 파국은 정당한가. 누구를 위한 파국인가. 아니 파국 앞에서 우리는 어떻게 대처해야 하는가.

영화의 마지막이 다가오고, 믿기지 않았던 행성의 충돌이 사실화되자, 인물들이 조금씩 자신의 마지막을 준비한다. 그중, 파국이라는 임박한 현실 앞에서 가장 먼저 용기를 잃고 삶의 의미를 잃는 것은 아이러니하게도 자본가의 상징인 형부 '존'이다. 존과 같이 성공한 삶을 살고 있는 최상층의 인물에게 자신의 능력으로 막을 수 없는 죽음을 그저 기다리는 행위는 시간적으로나 감정적으로 효율적이지 않다. 그는 참을 수 없고, 비참해질 수 없기에 스스로 독을 찾아 가장 먼저 죽는(음이 확인된)다. 상업영화 속에서 지구가 멸망의 징조를 보일 때, 아버지들이 가족을 보호하며 끝까지 살아남으려 하는 것과는 전혀 다른 경우다. 존은 '아버지'와 '남편'이기보다 '자본의 대변자'이기 때문이다. 실제로 그는 부인이자, 저스틴의 언니인 클레어에게 약간은 경멸조로 '돈밖에 없는 사람' 취급을 당했다. 그렇다면 감독이 가장 경멸하고 가장 먼저 종말시키려 했던 건 존이라는 인물이 대변하는 자본주의가 아닐까? 문제는 그 종말(살인)의 성공을 위해 '지구 전체의 종말'이라는 결론이 필요했다는 점이다.

2-3. 지속이 아니라 종언

모든 인류를 위한 합당하고도 아름다운 유토피아는 결코 오지 않았지만, 쉽사리 포기된 것 또한 아니다. 여러 번의 혁명, 투쟁, 종교, 우울을 만들어가며 희망을 짜내어왔다. 그러나 "우주에 생명체는 우리뿐", 사악한 지구의 영원한 끝장을 예언하는 저스틴의 말은 세계의 파국 앞에서 어떤 희망도, 유토피아적 의지도 거부하는 선언이다.

이런 완벽한 파국을 감히 상상한다는 것은 인간으로서 같은 인간들에 대한 경솔하고도 주제넘은, 모욕적인 행위가 아닌가. 폰 트리에 감독이 2011년 칸영화제 기자회견장에서 "나는 히틀러를 많이 이해한다. 조금은 그에게 공감도 한다"고 말하며 파문을 일으켰을 때, 그의 이해와 공감은 기본적으로 이런 종언의식에 바탕한 것 같다. 사실 자기 자신마저 완벽한 절멸 앞에 공평하게 세웠다는 점에서 그는 히틀러보다 더 잔인하고, 그보다 더 공정하다. 그럼에도, 폭력을 승인하는 방식(《도그빌》), 주체의 활력을 용인하지 않고 주체의 의지를 폐기하는 듯한 표현들은 절멸의 아름다움 이면으로 숨어든 어떤 패배주의의 기미를 느끼지 않을 수 없게 한다.

하지만 비판에 앞서 이런 영화의 단호함에 압도당하고, 이런 완벽한 종말이 우리가 상상할 수 있는 가장 공평한 결론이 아닌가 하는 매혹의 감정을 조금이라도 느끼는 것을 부인할 수는 없다. 우리도 부당함으로 가득한 세상에서 조금은 우울증에 걸린 이들이기 때문이다. 아마도 영화 속에서 다시 한 번 자본이 승리하고, 비자본가들의 처절함이 반복·지속되었다면, 그것이 더욱 현실 가능한 결말이기 때문에, 관객들은 더 깊은 우울과 설움에 북받쳤을 것이다. 그러니 이것은 예술로 숨어든 우울한 자가 만든 유토피아적 종말이라는 희망사항이다.

폰 트리에가 신봉하는 무(nothing)의 의지는 역설적이고 급진적이게도 벤야민을 떠올리게 한다. 벤야민은 무도 창조적일 수 있다고 말했다. 벤야민이 희망했던 '파국을 통한 진보'가 폰 트리에를 통해 가능할까. 물론 과거와 현재를 있게 한 사유 체계와 존재들에게 일말의 여지도 남기지 않은 폰 트리에의 단호한 '파국'을 창조의 선언으로 읽기는 어렵다. 그러나 이런 완전한 파국을 희망하거나 받아들인다는 것 자체에는, 그것의 실현 가능성을 떠나 역설적으로 새로운 창조의 잠재성이 내장되어 있다.

여기서 잠시, 한 가지 짚고 넘어가자. 영화 속에서조차 멜랑콜리아 행성과 지구의 충돌이 현재화한 사실로 그려지고 있는지에 대해 의문을 갖게 하는 지점이 있기는 하다. 성공한 자본주의의 대리표상이었던 존의 죽음과 이상기후를 상징하는 '쏟아지는 우박' 장면 사이에 나오는 '19번 팻말'은 영화 속 내러티브에 의하면 존재하지 않는 것이다. 존의 집 골프홀은 18번까지만 있기 때문이다. 이를 힌트로 영화의 결말은 저스틴의 상상이라는 해석도 가능하다. 하지만 그것이 영화 속 현실이든, 상상이든, 폰 트리에가 완전한 파국의 결말을 그리고 싶어 했다는 점은 의심할 수 없다(감독 역시 우울증을 앓았다고 전해진다). 지구의 종말이 저스틴의 상상이라면, 그것은 받아들일 수밖에 없는 기정사실이 아니라 우울한 자의 적극적인 욕망이라는 점에서 더욱 혁명성을 내장한다.

공통의 인류적 이상이라는 공통의 언어를 빼앗긴 지금, 유토피아를 향한 바벨탑에 대한 욕망은 시시포스의 돌처럼 자본주의하의 불순한 하층계급에게 내려진 벌과 같다. 바벨탑의 가장 아래층을 짊어지고 있는 이들은 점차 더해지는 무게를 이기지 못하고 쓰러진다.

지금 유토피아에 살고 있다고 생각하지 않는 자들이 새로운 유토피아를 꿈꾸기 위해서는, 현재 삶의 지속, 현재 누리고 있는 소소한 권리와 안락함, 자신이 속한 나라, 제도, 인식의 포기가 우선되어야 하는 것이 아닌가. 이것을 극단적인 발상이며 불가능한 발언이라고 말할지도 모르겠다. 그러나 〈멜랑콜리아〉는 나름의 방식으로 그것을 꿈꾸는 작품이다.

3. 죽음이 있어 얼마나 다행인가

오늘날 지구 위의 모든 사람들에게 공평하게 주어지는 어떤 것이 있다고 누가 감히 자신할 수 있을까. 사실 죽음조차 공평치 않게 다가오는 것이기는 하지만, 그나마 가장 '공평'이란 가치와 무게를 재어볼 만한 것이 죽음이 아닐까.

삶의 비참함과 세상의 사악함을 온몸으로 인지한 이들에게 만약 희망이 있다면, 그것은 아마도 죽음을 인식하는 데서 나오리라 생각한다. 무책임한 발언으로 들릴지도 모르겠다. 그러나 언젠가는 반드시 도래할 죽음이라는 필연성을 인식하지 않으면 삶의 연속성 앞에서 무력한 자신을 추스를 방법이 없다. 누구에게는 불명확한 미래로 존재하는 죽음이라는 것을 선택항으로 현재 속에 끌어오는 사람이야말로, 타자화된 세계 앞에 당당히 자신의 존재함을 외치는 저항적 힘을 가지게 된다. 파스칼은 『팡세』에서 '자신의 비참을 아는 것은 비참하다. 그러나 자신이 비참하다는 것을 아는 것이 곧 위대함이다. 모든 비참이 바로 그의 위대를 증명한다'고 썼다.[4] 위대와 비참은 서로 원을 그리고

---

4) 파스칼, 이환 옮김, 『팡세』, 민음사, 2011, 115-116쪽.

있다. 그러나 그 비참과 위대함 사이에 놓인 공간을 가로지르는 힘은 '죽음의 인식'을 넘어 '죽음의 무기화'인 것이 오늘의 사태다. 매년 새로 갈아치워지는 보도블록처럼, 유토피아적 전언을 실은 수레 아래 깔린 이들이 가진 유일한 언어, 인간이기에 태생적으로 가진 언어, 그것은 죽음 앞에 선 육체다. 이들이 발언하고 희망할 때, 우리는 인간이야말로 죽음을 담보로 발언할 수 있는 유일한 존재임을 비로소 깨닫는다. 완벽한 파국을 상상한다는 것은 오늘날 가장 공평한 유토피아를 상상하는 것과 다르지 않다.

그러므로 오늘날, 시대의 불의에 맞서 투쟁하는 이들을 '죽음 앞에 내몰린 자들'이라 표현하고 싶지 않다. 그들은 공회전하는 역사와 고통과 인내를 요구하고 침묵의 노동만을 명령하는 비인간적 자본 앞에, 죽음이라는 무기를 발견한 자들이며, 삶 한가운데를 '죽음으로 내리친 자들'이다.

동일성의 구축으로 이루어진 유토피아

1.

그리스어에서 비롯한 '유토피아(utopia)'는, '없다(ου)'와 '장소(τοπος)'가 결합된 '어디에도 없는 곳'이란 의미를 지닌다. 유토피아에 대한 이러한 일반적 정의는 도달 불가능함을 함축하고 있기 때문에, 공허한 수사로 느껴지기 일쑤다. 하지만 헛되고 공허한 것으로서의 유토피아가 아닌, 현실적 조건을 변형, 개조하는 개념으로 유토피아라는 개념을 재정의하는 것은 불가능한 것일까. 다시 말해, 현재 우리가 발딛고 있는 지금-여기의 부조리함을 비판하고, 새로운 벡터를 향해 나아가고자 하는 의지를 유토피아라는 개념에 정착시키는 것은 불가능할까.

현실이 지닌 문제들에 제동 걸고 이를 탈구한다는 것은, 결국 물질적 조건에 대한 논의 없이는 불가능하다. 즉 물질적 조건의 변화 없이 유토피아를 논의하는 것은 공허하고 헛된 일일 뿐 아니라, 현재의 권력을 유지하는 데에 공모하기조차 한다. 그렇기에 조금 에둘러 가는 감은 있지만, 유토피아 논의에 대한 고전적 소설이라 할 수 있는 토머스 모어의『유토피아』를 통해 유토피아 논의 핵심에서 무엇이 거론되어야 할지에 대해 먼저 살펴보고자 한다. 16세기의 상황적 맥락에서 볼 때, 토머스 모어의『유토피아』는 다분히 공상적이라 여겨졌겠지만, 물질적 조건의 변혁 없이는 '새로운 세계'가 구축될 수 없다는 것을 내세우고 있다는 점에서 급진적이다. 조금 길지만 유토피아 논의를 둘러싼 문제의 핵심을 드러내는『유토피아』의 다음 구절을 인용한다.

그런데 모어 씨, 내 생각을 솔직하게 이야기하면 사유재산이 존재하는 한, 그리고 돈이 모든 것의 척도로 남아 있는 한, 어떤 나라든 정의롭게 또 행복하게 통치할 수는 없습니다. 우리 삶에서 가장 좋은 것들이 최악의 시민들 수중에 있는 한 정의는 불가능합니다. 재산이 소수의 사람들에게 한정되어 있는 한 누구도 행복할 수 없습니다. 왜냐하면 그 소수는 불안해하고 다수는 완전히 비참하게 살기 때문입니다. 나는 그래서 아주 소수의 법만으로도 대단히 훌륭한 통치가 이루어지는 유토피아의 현명하고도 성스럽기까지 한 제도들을 생각할 때마다 경탄을 금치 못합니다. 그들은 모두 덕을 숭앙하면서도 모든 것을 공평하게 나누어 갖고 또 모든 사람이 풍요롭게 살아갑니다. 이에 비해 다른 나라에서는 늘 새로운 법을 만들면서도 만족스러운 정도로 질서를 이루지는 못합니다. 흔히 사람들은 자기가 얻은 것을 모두 자기 사유재산이라고 부릅니다만, 그토록 많은 신구(新舊)의 여러 법들로도 각자의 소유권을 보장하거나 보호하는 것, 심지어 다른 사람 재산과 구분하는 것도 쉽지 않습니다. 같은 재산에 대해 여러 사람들이 차례로, 혹은 일시에 자기 권리를 주장하기도 하므로 소송이 끝없이 계속되는 것입니다. 이런 일들을 생각하노라면, 플라톤이 모든 물건의 평등한 분배를 거부한 사람들에게 법의 제정을 거절한 것이 이해가 됩니다. 세상에서 최고의 현인이었던 그는 모든 사람이 복리를 누리는 유일한 길은 재화의 완전한 균등분배뿐이라는 사실을 쉽게 파악했던 것입니다.[1]

　유토피아를 체험한 라페엘의 위의 말에서, 핵심은 사유 재산에 대한 비판적 인식이다. 자본이 '모든 것의 척도'가 된 오늘날 라페엘의 비판은 더욱더 인상적이다. 자본을 거머쥔 소수가 그것을 지키기 위해 (비)합법적 법과 권력을 창출해 자신을 유지하고, 그 외의 다수가 '완전히 비참'하게 살아가는 게 오늘날 우리의 초상이기 때문이다. 또한 소유권을 둘러싼 수많은 법적 싸움은 오늘의 일상이다. 그렇기에 플라톤을 통해 도달한 인식, 즉 '재화의 완전한 균등한 분배'가 최상위의 제도임을 언급하는 부분에서 유토피아적 세계의 최소한의 조건을 가늠하게 한다. 이렇게 유토피아를 둘러싼 문제에서 핵심은, 물질적 조건이 자리 잡고 있다는 점을 망각하지 않아야 할 것이다. 그래서 나는 월러스틴을 따라서, "우리의 유토피아는 일체의 모순을 몰아내는 것에서가 아니라 물질적 불평등의 야비하고 잔인하며 거추장스러운 결과들을 뿌리 뽑는 것에서 추구되어야만 한다."[2]고 말하고 싶다.

---

1) 토머스 모어, 주경철 옮김, 『유토피아』, 을유문화사, 2007, 55-56쪽.
2) 이매뉴얼 월러스틴, 성백용 옮김, 「유토피아로서의 맑스주의들」, 『사회과학으로부터의 탈피』, 창비, 1994, 241쪽.

2.

　근대는 아렌트의 말처럼, '폭력의 세기'였으나 또한 '혁명의 세기'이
기도 했다. 물론 이 둘은 분리불가능하게 착종된 것임에 분명하지만,
근대가 야기한 폭력에 압도당해 많은 지식인들은 근대성 자체를 회의
하고, 근대성 담론이 약속했으나 배반한 꿈으로부터 멀어져갔다. 이제
혁명이나 유토피아 따위는 더 이상 통용 불가능한 것으로 치부되는 게
오늘날의 상황이라는 진단이 팽배해졌다는 말이다. 물론 근대가 야기
한 수많은 문제에 대한 탈식민주의나 포스트모더니즘 담론이 제출한
비판은 정당하다. 하지만 비판이 비판에 그침과 동시에 지금의 부조리
를 온존시킨다면, 이러한 담론은 결국 현체제를 유지시키려는 권력의
도구적 수단으로 전락할 것이라는 비판에서 자유롭지 못할 것이다.

　이러한 생각에서 나는, 이상적 세계를 건설하기 위해 고투했던 근대
성이 지닌 유의미한 지점들을 송두리째 폐기해서는 곤란하다는 입장
을 갖고 있다. 폐기처분된 근대성에서 미래의 생성을 위한 재료들을
다시 솎아내어 새로운 세계로의 전환이라는 꿈을 꿀 수는 없는가, 하
는 것이 나의 질문인 것이다. 이 같은 의문에서 유토피아적 기획의 열
망과 그 실패를 함께 내장하고 있는 이기영의 작품을 고찰하려 한다.
이는 이기영 문학이 실패한 지점을 읽는다는 것이며 동시에 작품에 여
전히 내장되어 있는 '유토피아적 불꽃'을 받아들이는 것이다. 지젝의
방식으로 말한다면, '그가 실패한 것, 그가 잃어버린 기회를 반복'[3]하
는 것이라 하겠다.

---

3) 슬라보이 지젝, 이서원 옮김, 『혁명이 다가온다』, 도서출판 길, 2006, 273쪽.

한국 근대문학사에서 이기영(1895~1984)은 리얼리즘 문학을 성취한 거목으로 거론된다. 일제 식민지기의 카프 시기부터 해방, 그리고 분단 이후에 이르기까지 역사의 파고 속에서 자신의 문학적 역량을 유감없이 발휘했기 때문이다. 이기영의 문학을 다룬 기왕의 글들에서 그 평가를 둘러싼 분분한 논쟁이 일었으나, 역사 속에서 그가 보여준 고투의 흔적들을 일소에 부정하기는 힘들다. 어떤 사상가나 문학자도 당대의 역사적 현실에서 벗어날 수 없으며, 그 사상의 궤적은 항상 연속과 단절이라는 이중적 측면을 동시에 내포한다고 할 수 있다. 이기영의 경우 또한 여기서 자유로울 수 없다. 이 짧은 글에서 이러한 면모를 모두 살피는 것은 애초에 불가능하며, 이 글의 목적도 아니다. 여기서는 『땅』을 중심으로 물질적 조건의 변혁과 주체구성이 유토피아적 세계로의 도약과 어떠한 관계를 띠는가에 대해서 논의하고 싶다.

　먼저, 이기영 문학에 있어 소설 창작의 원동력이라 할 수 있는 '노동' 개념으로부터 구체적 작품 분석을 시작하고 싶다. 이는 카프 시기부터 일제 말기 그리고 해방 이후 창작된 작품 대부분이 노동을 통한 인간 의식과 사회 변혁을 추구하고 있기 때문이다. 전주사건에 의해 2년 남짓의 수감생활 이후 내놓은 첫 작품인 『인간수업』에서 그가 생각하는 노동의 의미를 엿볼 수 있다.

　　노동은 생활을 창조한다. 인간의 태고 야만시대에서 오늘과 같은 기계문명을 가져오고 문화생활을 가져온 것은 정신적으로나 육체적으로나 오직 노동에 결과한 것이다.
　　재산이 무엇이냐?
　　그것은 노동의 축적이다.

학문이 무엇이냐?

그것은 정신적 노동의 결정이다.

예술은 무엇이냐?

그것은 노동의 변태이다.

생활은 무엇이냐?

그것은 노동의 연속이다.

연애란 무엇이냐?

그것은 노동의 결합이다.

정치란 무엇이냐?

그것은 노동의 정책이다.

끝으로 철학이란 무엇이냐?

그것은 우주의 무궁한 생명을 창조하고 인간의 위대한 생활을 창조하는, 체계화한 노동을 이름이다.

그러므로 인간의 생활은 하나도 노동으로 말미암지 않은 것이 없다. 사람의 고귀한 생활은 의식적 노동에서 출발하고 또한 거기에 귀착된다. 노동함으로써 휴식이 필요하고 휴식함으로써 노동을 재생할 수 있는 것이다.[4]

위의 인용에서 드러나듯이 이기영에게 있어 노동은 인간 생활을 이루는 기본 원동력이다. 그에게 있어 "재산"은 "노동의 축적", "학문"은 "정신적 노동의 결정", "예술"은 "노동의 변태", "생활"은 "노동의 연속", "연애"는 "노동의 결합", "정치"는 "노동의 정책", 그리고 "철학"이란 "우

---

4) 이기영, 『인간수업』, 풀빛, 1989, 291-292쪽.

주의 무궁한 생명을 창조하고 인간의 위대한 생활을 창조하는, 체계화한 노동"을 의미한다. 즉 인간이 "생활을 창조"하고, "문화생활"을 영위할 수 있는 것은 "정신적으로나 육체적으로나 오직 노동에 결과한 것"일 따름이다. 그러면 인간이 "고귀한 생활"을 하기 위해 요구되는 것은 무엇인가. 이는 자아의 통제를 수반한 "의식적 노동"을 통해 이루어진다. 이렇게 이기영에게 고귀한 인간의 생활은 합리적 이성을 통한 노동을 경유할 때, 도달할 수 있는 것이다. 그렇기에 식민지 시기부터 이기영 소설에 줄곧 드러나는 봉건주의의 비판, 정신에 의한 육체의 통제, 풍속 개량을 통한 생활의 향상은 이러한 맥락에서 이해할 수 있을 것이다.

하지만 식민지 자본주의하에서 이루어진 일제시기 노동은 단순한 수탈의 수단이 될 수밖에 없었다. 다시 말해, 이 시기 이기영이 문학을 통해 지향하고자 했던 이념은 현실 앞에서 좌절되지 않을 수 없었던 것이다. 하지만 해방 공간에서 이념의 실현은 일제시기와 달리, 가능한 현실로 다가온다. 해방 직후 단편 「개벽」에서도 그려지지만, 『땅』은 이념을 실현하기 위한 실험장으로 기능한다. 『땅』에는 그토록 바랐던 새로운 인간과 새로운 세계의 창조가 형상화되어 있다.

새로운 창조는 구체제의 변혁을 통해 이루어질 수밖에 없다. 식민지 시기부터 탈식민주의와 공산주의를 지향한 이기영은 해방 후에도 이 노선을 따라, 창작 활동을 감행했다. 『땅』에서 드러나는 이상향에의 추구도 여기서 벗어나지 않는다. 구체적으로 말해, 『땅』은 탈식민지주의와 공산주의적 민주주의의 벡터를 지향하는데, 이는 인물들의 **주체**화 과정을 통해 실현될 유토피아라 할 수 있다. 그렇다면 이 유토피아적 세계는 무엇을 의미하는가? 아래의 강 사과와 그의 아들 강균의 대화에서 이를 유추할 수 있다.

강 사과는 부인을 돌아보고 웃다가

"그런데 민주주의를 잘못들 해석하니 딱하단 말야······ 민주주의란 별것이 아니거든. 왕은 이민위천하고 민은 이식위천(王以民爲天 民以食爲天)이라 하였은즉, 임금의 하늘은 백성이요 백성의 하늘은 먹는 것이라면, 먹는 것은—즉 먹고 입는 것은 그게 바로 노동의 산물인데, 노동은 요새 말로 근로 대중이 하는 일이요, 그들이 아니면 먹고 사는 것을 만들 수 없으니까, 결국 귀착점은 민주주의가 되는거란 말이다. 그러하기 때문에 문제는 간단히 해석할 수가 있거든. 정말로 참다운 민주주의의 세상이란 불의(不義)가 정의(正義)의 탈을 쓰고 횡행하지 않는—아니 횡행하지 못하게 하는 세상을 만드는 데 있단 말야. 알아 듣겠니? 누구나 다같이 옳은 일을 하고 먹고 살도록······"[5]

위의 강 사과에서 이기영이 지향하는 세계가 명확히 드러난다. 『인간수업』에서와 같이, 노동의 중요성은 『땅』의 곳곳에 부조화되어 있다. 당연한 말이지만 기본적인 물질적 조건 위에서 인간의 삶은 영위된다. 재화를 중심에 놓고 볼 때, '먹고사는' 문제를 둘러싼 투쟁이 인류의 역사 과정이라 할 수 있다. 이기영의 경우 이 투쟁은 개인적 이기심의 발로가 아닌 정의로운 세상, 즉 '민주주의'로의 지향이라는 벡터로 향하고 있다. 그렇기에 '불의'는 제국주의, 자본주의의 세계며, '정의'는 탈식민주의, 공산주의의 세계라 할 수 있다. 이러한 세계로 나아가는 데 있어 주체의 (재)구성은 중대한 문제로 부각된다. 문학이 선

---

5) 이기영, 『땅』上, 풀빛, 1992, 215쪽. 이후 이 소설을 인용할 때에는 본문에 제명과 쪽수만 밝힌다.

전 선동을 불러일으키는 하나의 중대한 기능을 맡는다 할 때, 당대의 맥락에서 『땅』은 심미적 감상을 위한 텍스트가 아니다. 북한 정치 체제 수립을 위한 문화사업의 역할을 떠맡는 것이기 때문이다. 『땅』이 지닌 이러한 기능을 북한문학사에서는 다음과 같이 설명한다. "작품 〈땅〉은 상술한 사상적 내용들을 일정한 사건과 인물들—곽바위, 전순옥, 강균, 동수, 순이, 순이 어머니, 박첨지, 고병상, 주태로—속에 인격화하고 구체화함으로써 조선 력사발전에 있어서의 하나의 기념비적 사변을 형상적 인식 속에 남겨놓았다. 이것은 당대 인물들을 교양한 면에 있어서 뿐만 아니라 후대 인민들에게 주는 인식·교양적 의의도 막대한 것으로 된다."[6] 이렇게 『땅』은 이데올로기적 장치로서의 기능을 수행했다고 할 수 있다.

그러면 이러한 세상을 만드는 동인은 무엇일까. 다음 강 사과와 강균의 대화를 통해 논의를 좀 더 이어나가자.

> "그것은 추상적 말씀으로 여쭙자면 가장 옳은 제도 밑에서 원칙을 집행하는 데서만 가능할 줄로 생각됩니다. 즉 그것은 노동자와 농민을 주체로 하는 인민정권을 세워서 진정한 민주주의 인민공화국을 만드는 데 있다고 봅니다."
> 하고 강균은 자리를 고쳐 앉으며 대답하였다. 강 사과는 담배를 붙여 무는 동안 말을 그쳤다가
> "그 원칙이란 무엇인지 아냐?"

---

6) 사회과학원문학연구소 편, 『조선문학통사』(현대문학편), 사회과학출판사, 1959(인동 간행본, 1988, 199쪽); 박영식, 「이기영의 장편소설 『땅』에 나타난 계몽 담론 연구」, 한국어문학회, 『어문학』90, 2005, 504쪽에서 재인용.

하고 재차 질문조로 화두를 꺼내어서

"요새 많이 원칙이란 말이 유행되는 것 같은데, 이 원칙이란 것도 옛날부터 있었던거다. 그것은 중용지도(中庸之道)라 하겠는데 중용은 집중(執中)이란 말이다. 매사를 물론하고 집중을 잘해야만 되는거다. 공과 사를 혼동하고 한편으로 치우치기 때문에 요새 말로 비원칙적 행동을 한단 말이다. 너 이조(李朝)가 왜 망한지 아니? 소위 나라를 다스린다는 통치 계급들이 백성들의 고혈을 짜먹기만 하고 노론이니 소론이니 하는 양반의 편당을 만들어서 백성이야 죽든지 살든지간에 제각기 권력만 잡으려고 쌈질을 하기에 정작 나라 일은 뒷전으로 돌리게 되었고, 저, 우암(宋時烈)과 같은 선생도 주자학(朱子學)을 그대로 들여다가 사대사상만 고취해서 정작 학문의 진리를 섭취하고 못하고 남의 정신으로 살았으며 그래서 역대 사화(歷代士禍)의 참혹한 변란(變亂)을 율곡(栗谷)과 같은 성현(聖賢)도 막아낼 수가 없어 세력 다툼만 열중하였으니 그런 나라가 어찌 안 망할래야 안 망할 수가 있느냐 말이다."(『땅』上, 216쪽)

위의 인용에서 드러난 부자의 대화는 표면적으로 대립하고 있다. 하지만 강 사과와 강균의 대화 밑바탕에는 공허한 관념론으로의 경사에 대한 경계와 '백성'을 위한 정치라는 공통된 생각이 깔려 있다. 특히, 강균의 말에서 이 소설이 추구하는 궁극적 목표가 드러나고 있다. 노동자, 농민의 새로운 주체화를 통한 '진정한 민주주의 인민공화국' 만들기. 그것이 이기영이 『땅』에서 의도한 바였다. 주지하듯이 일제 식민지 시기에는 이러한 '민주주의 인민공화국' 수립에 대한 열망을 실현할 수 없었다. 해방 이후 북한 체제는 발 빠르게 체제 정비에 착수했고, 이러한 제도의 정비는 '민주주의 인민공화국'이라는 이상이 실현될 수 있을 것이라는 희망을 심어주었다. 이 같은 희망을 더욱 부각시키기 위해 『땅』에는 식민지 시기와 해방 시기를 대비하여 서술하는 전략을 서사의 곳곳에서 반복적으로 배치한다.

> 한창 왜놈들은 소위 '대동아전쟁'을 몰아치는 판이었다. 모든 물품이 배급제로 되어서 세민들은 물건 하나 구경할 수 없이 되었다. 그것은 농촌에서까지 식량 곤란을 당하게 되었다. 그래서 영세한 농민들은 공출로 식량을 죄다 뺏기고 살 수가 없어서 배급을 타야 하겠는데, 송 참봉의 작은아들은 박 첨지가 자기집 땅을 부치는 소작인인 줄을 아는지라 그만 퇴자를 놓아서 그날 배급을 못 타게 되었다. (…)
> 하나 그것은 헛소리였다. 배급을 타는 데도 사가 없지 않았다. 도리어 몇십리 밖에서 온 촌사람보다도 장터에 사는 경방단원, 반장, 구장 등 친일파를 먼저 내주고, 친불친을 가리었다. (…)
> 이와 같이 삼천리 방방곡곡은 초목금수(草木禽獸)에 이르기까지 온통 공출 난리를 만나게 되었는데, 왜놈들은 구장과 반장을 자기의 충복으로 만들려고 온갖 특전을 다 주었다. 우선 그들에게는 배급의 우선권과 특별 배급을 주고, 백성에게서 뜯어다가 월급까지 주었다. 그뿐만 아니라 그들은 대부분 공출에서도 면제되었다.
> 그러니 애매한 백성들만 죽어났다. 놈들의 주구들은 그럴수록 성적을 올리기 위해서 제 동네의 백성들민 들볶았다. 그것은 공출 성적이 좋으면 '모범 구장' '모범 반장'으로 되어 더한층 세력을 부릴 수 있었기 때문이다.(『땅』上, 81-83쪽)

이렇게 『땅』은 '대동아전쟁' 당시 배급을 둘러싼 문제를 전면에 부각시킴으로써 식민지 체제의 폭력과 억압의 기억을 상기시킨다. 이는 해방 이전 시기의 폭력성을 드러냄과 동시에 해방 이후의 체제 수립 과정을 정당화시키려는 서술 전략이라 할 수 있다. 다시 말해, 이러한 서술 전략을 통해 탈식민주의와 민주주의 인민공화국의 추구라는 이중 과제를 드러낸다고 할 수 있다. 또한 이러한 서술은 당시 시행된 정책들 가령, 1946년 3월에 시작된 토지개혁, 6월의 노동법령, 그리고 7월의 남녀평등권 법령 등의 북한에서 민주주의 정책이 지닌 의미를 더욱 부각시켜주는 것이다. 이렇게 『땅』은 '진정한 민주주의 인민공화국'이라는 유토피아를 건설하기 위해, 식민지 시기와 해방 시기의 대조를 형상화하면서 식민지적 잔재를 청산하려 했다. 제도의 개혁은 북한 민주주의 인민공화국 수립의 기반을 수립함과 동시에 새로운 주체를 생성하는 동기로 작동한다고 할 수 있다.

3.

새로운 세계 창조는 새로운 인간의 열망에서부터 발원한다. 그렇기에 새로운 세계를 구축할 새로운 인간의 구성이라는 문제는 『땅』의 서사에서 가장 핵심적인 지점이라 할 수 있다. 새로운 주체 구성과 새로운 세계의 창조가 『땅』에서 비례적 관계를 지니고 서사가 진행된다. 이기영은 『땅』의 도입 부분에서 곽바위의 묘사를 통해, 해방 시기 농민이 처한 상황을 다음과 같이 보여준다.

곽바위는 어제도 밤새도록 주인집 벼를 물방아로 찧었다. 벌써 이레
째 찧는 방아는 오늘에야 겨우 끝이 났다.

"제기랄, 이 놈의 노릇을 언제까지 해야 함담…… 언제나 고공살이를
면하구 남과 같이 살아볼까?"

그는 방앗간의 뒤쓰레질까지 다 하고 나서 연일(連日)의 피로를 느끼
자 긴 한숨을 내쉬면서 혼잣말로 중얼거렸다. 발동기로 찧는 물방아
는 일주야에 백여 두씩 찧어낸다.

지난 가을에도 갈방아를 이와 같이 찧었다. 농부의 일생은 한가한 날
이 없다(農夫一生無閑日) 했지만 실상 그것은 머슴꾼을 두고 한 말이
다.(『땅』上, 13쪽)

위에서 명시되듯이, 주인공 곽바위는 '머슴꾼'이다. 『땅』에서 반복하
여 설명되는 곽바위의 이력은 고용농민으로서의 고달픈 삶을 드러낸
다. 곽바위는 빈농 출신으로 홀어머니 아래 여동생과 자라서 14세부터
머슴 생활을 시작, 이후 소작농을 한다. 소작농을 해도 빈한한 것은 매
한가지라 여동생 분이가 제사공장으로 가는 대신 받은 돈으로 장가를
산다. 그러던 어느 날 일본 서기와 다투게 되고, 서기가 다른 병으로
죽었음에도 불구하고 상해치사죄로 징역을 산다. 징역을 마치고 돌아
오니 어머니와 여동생은 죽고, 마누라마저 개가한 상태였다. 이후 고
향을 떠나 소설의 주무대인 '벌말'에 와서 10년 동안 머슴꾼 노릇을 했
다. 이와 같은 곽바위의 인생은 일본 제국주의 아래서 민중이 겪은 불
우한 삶의 총체라 할 수 있다. 곽바위와 같은 열악한 삶의 조건을 지닌
인물을 주인공으로 설정하는 것은 해방 이전의 시기를 악으로 이후의
시기를 선으로 표상하게 한다. 이러한 인물설정은 해방 이후에도 여전

히 남아 있는 제국주의, 봉건주의를 타파할 주체를 생산하기 위해서라고 할 수 있다. 달리 말해 북한의 '민주주의 인민공화국'을 수립하기 위한 인물로 곽바위와 같은 조건을 지닌 인물이 필요했다고 하겠다. 따라서 곽바위가 머슴꾼에서 북한 체제를 이끌어갈 영웅으로 나아가는 것과 체제의 수립은 비례적 관계에 놓였다고 할 수 있다.

　곽바위의 경우와 같이 전순옥 또한 새로운 시대의 역할을 짊어질 여성으로 주체화된다. 전순옥은 일제 식민지 시기 부모의 빚으로 인해 지주 윤상렬에게 첩으로 팔려갔다. 이후 곽바위와 같이 곡절 많은 삶을 살았지만 해방 이후 강균과의 만남에 의해 새로운 주체로 거듭난다. 이렇게 곽바위와 전순옥은 열악한 환경에서 배제된 존재에서 새로운 국가를 만들어가는 주체로의 변모라는 점에서 공통점을 지닌다. 이 두 인물의 성장은 '토지개혁법'에 따른 개간 사업이 성공해가는 것과 동일한 궤적을 띤다. 당시 '토지개혁법'은 전 세계에 유례가 없는 20일 만에 시행되었다. 그리고 북한에서만 시행되었는데 남한을 악으로 북한을 선으로 표상하는 『땅』의 서술방식은 앞서 살펴본 식민지 시기와 해방 이후의 표상과도 궤를 같이한다고 할 수 있다.

　8·15해방 직후에 비록 일시적이나마 소수의 불량 분자들은 아직 주권 기관이 미약한 틈을 타서 사회 질서를 문란시키는 이기주의적 경향이 없지도 않았다.
　그러나 곽바위는 그들을 부러워하거나 자기를 못났다고 쥐어뜯진 않았다. 그는 도리어 해방된 뒤에도 왜놈의 시대처럼 살려는 그들이 깔보였다. 그것은 더욱 있는 자들이 돈을 더 벌려고 악을 쓰는 것과, 장사치들의 날뛰는 게 눈꼴이 사나웠다. 오직 돈만 아는 그들──돈 한가지로 사람의 임금을 올리고 내리려는 그들—그것들이 사람의 창자를 가졌는가 싶기도 하였다.

그간에 38선이 생기면서 남조선은 친일파와 민족 반역자의 소굴이 되고, 이북의 그 졸도들도 이승만을 찾아갔다. 그리하여 남조선은 총독 시대와 같은 암흑 정치가 그대로 연장되어 있는 반면에, 북조선은 정치적 자유를 얻어서 인민의 주권 기관이 자연 발생적으로 각 지방에 창건되고 마침내 중앙 정권으로까지 발전이 되었다. 그것은 지난 2월 8일에 김일성을 수반으로 추대한 북조선 임시인민위원회를 수립하게 되었다.

중앙의 기틀이 잡힌 후에 북조선은 민주 건설이 급속히 발전되었다. (…)

그런데 이달 초승에는 토지개혁법령이 덜컥 나와서 농민의 세기적 숙망을 달성하였다. 정말 그것은 조선 독립의 기초를 세우는 한 부분이 되게 하였다.(『땅』上, 16쪽)

시대의 변화에 따른 '토지개혁법'으로 인해 민주 건설이 실현되어간다는 것, 이는 이기영의 희망이자 '농민의 세기적 숙망'으로 제시된다. 토지개혁이 발판이 되어 '조선 독립의 기초'를 세울 수 있게 되었다는 것은, 비로소 독립 주체로서의 나라 건설을 실현할 수 있다는 희망이라 하겠다. 『땅』에는 나라 건설로 인해 계급적 차별뿐만 아니라 성적 차별 또한 극복할 수 있다는 생각이 깔려 있다. 곽바위와 순옥의 결혼식에서 인민학교 여교원의 축사에서 이러한 인식이 직접적으로 드러난다.

과연 지난날 많은 여성들이 얼마나 남존여비(男尊女卑)의 중세기적 봉건 전제 밑에서 비인간적 압제를 받아왔습니까?……

남자들은 수없이 축첩을 해도 상관 없고 오히려 그런 사람을 잘났다고 하던 반면에, 여자는 남편이 죽어서 부득이 재가를 하는 경우에도 그를 욕하고 손가락질하였으니 이런 억울한 세상이 또 어데 있습니까?

사실 우리 여성들은 해방 전까지 그와 같은 이중 삼중의 속박과 천대 밑에서 살아왔습니다. 그러나 오늘날 북조선은 토지개혁을 실시함으로서 반봉건적인 소작제도를 철폐하였습니다. 뿐만 아니라 우리 여성들도 인제는 돈 있는 남자들의 그런 노리개감이 다시는 안되도록 사회적 지위를 차지하게 되었습니다.

그리하여 인제부터는 과거의 제일 가난하고 천대받던 우리 근로 대중—노동자, 농민, 사무원들이 남녀의 차별이 없는 다같이 조국 건설을 위해서 충성을 바치고 정치, 경제 문화적으로 잘살 수 있는 새 세상을 만들게 되었습니다.

여러분! 그러면 우리들은 지옥살이를 하던 과거를 돌아볼 것 없이, 오직 앞으로 조국의 완전 독립과 민주 건설을 위하여 누구나 진정한 애국자로서 용감히 투쟁해야 하겠습니다. 오직 이 최후의 목적을 위하여 여러분! 다같이 나갑시다.

오늘 새 가정을 이루시는 두 분께서는 아무쪼록 이와 같은 철저한 인식을 가지시고 앞으로 더한층 열성적인 애국 농민이 되어주시는 동시에, 가정으로서도 이상적인 모범 가정을 만들어서 우리 후진들에게 훌륭한 표본이 되어주시기를 간절히 바라며 이만 그치겠습니다."

(『땅』下, 18쪽)

해방 이전 식민지 조선에서의 여성은 일제와 가부장적 질서라는 이중 억압에 시달렸다. 이러한 이중 억압으로부터 벗어나기 위해, 인민학교 여교원의 축사는 과거와 현재라는 이분법으로 당대를 인식하고 과거 극복을 통한 미래 건설이라는 이상을 설정한다. 다시 말해, '해방 전까지 그와 같은 이중 삼중의 속박과 천대 밑에서 살아왔'던 여성은, 해방 후 '남녀의 차별이 없'기에 '조국 건설을 위해서 충성'을 바치는 주체로 호명된다. 이중 억압에서 탈피하기 위해 여성은 국가의 호명에 적극적으로 응하면서, 스스로를 체제에 부합되는 주체가 되고자 하는 것이다. 이러한 국가와 국민의 형성 메커니즘은 전순옥의 형상화에서 직접적으로 드러난다. 식민지 시기 남성의 성적 대상으로 전락했던 순옥은, 해방 시기 개구장마누라가 퍼트린 소문 때문에 자살을 시도한다. 강균의 도움에 의해 실패로 끝난 전순옥의 자살 시도는 소설 전체에서 중요한 지점을 지닌다. 자살이라는 단절점을 기점으로 전순옥이 새로운 주체로 거듭남은 물론, 과거와의 단절이라는 의미를 지니기 때문이다. 하지만 이 인물의 소생이 적극적인 내면 성찰 없이 이루어지고 있는 점은 문제적이다. 강력한 이데올로기적 선망을 지닌 지도자의 명령이 전순옥의 내면에 그 어떤 갈등이나 마찰 없이, 받아들여지기 때문이다. 전순옥뿐 아니라, 억압과 차별에 시달린 하위 주체들은 국가의 명령에 수동적으로 반응, 이를 내면화시킬 뿐이다. 개개인이 지닌 존엄성이나 단독성은 철저히 배제된 채, 국가가 짜놓은 프로젝트에 사뿐히 안착하는 하위 주체들은 모습은 문제적이라 하지 않을 수 없다. 심지어 곽바위와 전순옥의 결혼마저 당사자의 결정이 아닌, 강균의 말—이는 당의 명령에 다름 아닐 것인데—에 의해 성사된다. 그렇다면, 강균의 왜 이 두 인물의 결혼은 필요한 것일까. 이는 강균의 다음 말에서 명확히 드러난다. "여러분이 잘 아시다시피 신랑 곽바위 동무는 간번 토지개혁 때 고농으로 농토의 분여를 받은 뒤에 벌말 개간사업을 영웅적으로 성공시킨 모범 농민이요, 신부 전순옥 규수는 또한 재덕이 겸비한 빈농 태생의 여성으로서 이 두 분이 서로 결합하여 오늘 한 가정을 이룬다는 것은 비단 당자들만의 행복일 뿐 아니라, 앞으로 우리 조선을 민주 국가로 건설하는 데 있어서도 큰 공헌이 있을 줄 믿습니다." (『땅』下, 16-17쪽) 곽바위와 전순옥이 농민 태생이라는 공통분모를 지닌다는 것, 그리고 조선의 민주국가 건설에 '큰 공헌'을 할 인문이라는 점으로 이 둘의 결합은 이루어진다. 앞선 여교원의 말처럼, '조국의 완전 독립과 민주 건설'이라는 '최후의 목적'을 위해 두 인물의 결혼이 필요했던 것이다. 이렇게 이 두 인물의 결혼의 목적은 고유한 본질을 만들어내는 것을 목표로 한, 달리 말해 철저히 동일성에 기반한 공동체를 만드는 데 있다고 하겠다.

4.

앞 장에서 살폈듯이, 『땅』은 이데올로기로 무장한 지식인이 억압된 처지에 있는 민중을 계몽시킨다는 이분법적 구도로 이루어져 있다. 또한 식민지적 잔재, 봉건제적 질서를 타파하고 새로운 세계를 향하려는 열망이 담겨 있다. 이는 과거적인 것은 철저히 부정의 대상이 되고 있다는 의미를 띤다. 하지만 이기영 소설에서 과거적인 것 일반이 모두 부정의 대상이 되지는 않는다. 특히 두레를 현재적으로 전유하여, 주체 구성의 장으로 삼음과 동시에 개별 주체를 연결시키는 고리로 작동시키는 지점은 흥미롭다. 아래에서는 과거의 두레를 현재적 맥락으로 재구성하여, 미래 구축을 위한 전략으로 펼치는 것이 지닌 의미에 대해 고찰하고자 한다.

이기영 소설에서 두레는 개별 작품이 쓰여진 시대적 맥락에 따라 조금씩 다른 의미를 지닌다. 실제 농민들의 생활에서 두레는 생산의 효율성을 높이거나, 풍속을 개량하거나, 농민혁명이 발생할 때 강력한 준거점으로 작동되었다.[7] 식민지 시기 이기영의 작품에서 두레는 주로 지배계급에 대항하는 농민결사체로 그려진다. 특히 1930년대에 쓰여진 단편 「홍수」, 『고향』에서의 두레 형상은 이러한 지점을 잘 보여준다. 두레 형성 이전, 개인적 이기심으로 서로 갈등하던 소작농민들은 두레를 통해 상호 신뢰를 구축해간다. 다음은 이를 잘 드러내는 『고향』의 한 대목이다.

> 희준이도 잡이 손속에서 징을 치며 돌아 다녔다. 이바람에 김선달도 신명이 나서 '부쇠' 앞에 마주 돌아 서서 발을 굴러가며 자진 가락을 넘기였다.

---

7) 고석규의 「19세기 농민항쟁의 전개와 변혁주체의 성장」(『1894년 농민전쟁연구1』, 역사비평사, 1994)에 의하면, 실제로 "1890~91년 나주에서의 항쟁은 두레의 농기나 농악을 연상케 하는 조직활동을 전개하는 데에서 농민전쟁의 농민군과 유사한 모습을 보이고, 읍권을 장악하여 부세권과 이·향의 임면권을 행사하ㄱ 이를 법제化하러고까지 하였음에서 바로 집강소에 순하는 행위를 하고 있었"다고 한다(362쪽). 또한 "두레조직은 농민군의 군사력 형성에 기초가 되었을 것으로 보인다. 두레조직이 농민군의 하부조직으로 편성되었을 가능성은 매우 높다. 두레조직이 농민군에 참여하고 있었음은 농민전쟁의 성격 및 지향점을 설명하는 주요한 준거의 하나가 될 것이다. 두레는 그 조직의 구성에서 자소작농을 중심으로 지주층의 참여를 배제함으로써 자율성을 높일 수 있었다."(369쪽)

이튿날 아침에 집집 마다 한명씩 나선 두레 꾼들은 농기를 앞세우고 안승학의 구레논부터 김을 매었다.

"깽무갱깽, 깽무갱깽, 깽무갱, 깨무갱, 깽무갱깽……"

아침 해가 뺨주름이 솟을 무렵에 이슬은 함함하게 풀 끝에 맺히고 시원한 바람이 산들 산들 내건너 저 편으로 부러 온다. 기빨이 펄 펄 날린다-장잎을 내뽑은 벼 포기위로는 일면으로 퍼-렇게 푸른 물결이 굼실 거린다.

그들은 머리에 수건을 질끈 동이고 꽁문이에는 일제이 호미를 찼다. 쇠코 잠방이 위에 등거리만 걸치고 허벅다리까지 들어난 장단지가 개고리를 잡아먹은 뱀의 배처럼 불속 나온 다리로, 이슬 엉긴 논두렁 사이를 일렬로 느러서서 걸어간다. 그중에는 희준이의 하얀 다리도 섞여서 따러 갔다.

두레가 난뒤로 마을사람들의 기분은 통일되었다. 백룡이 모친과 쇠득이 모친도, 두레 바람에 하위를 하게 되었다. 인동이와 막동이 사이도 옹매듭이 푸러 젔다.[8]

『고향』의 배경이 되는 원터 마을은 일제 식민지적 자본주의의 영향으로 인심이 팍팍해져갔었다. 지배계급뿐만 아니라 소작인들 또한 자신의 이익에 관계해서는 한 치의 양보가 없었다. 두레가 형성되기 전, 국실의 남편인 쇠득이는 소작지를 얻기 위해 마름에게 거짓말을 하고, 쇠득이 모친과 백룡이 모친 또한 이기심으로 큰 싸움을 했었다. 팍팍한 일상은 사람들을 점점 피폐하게 하고, '이리'들처럼 서로 싸우게 했

---

8) 이기영, 『고향』, 한성도서, 1937, 366-367쪽.

었다.[9] 하지만 두레가 생긴 뒤, '마을 사람들의 기분은 통일'된다. 백룡이 모친과 쇠득이 모친, 인동이와 막동이 사이의 갈등은 두레의 공동체적 분위기로 해소될 수 있었다. 이렇게 이기영에게 두레는 농민들을 결집시키는 장치로 작동하고 있다. 두레를 통한 화해와 상호 신뢰에 바탕한 힘의 결집은, 결국 식민지 자본주의라는 폭력적인 상징적 질서를 타파하고자 한다.

> 고지논 매러 가는 일꾼들은 마을 뒤에 있는 느티나무 정자 밑으로 모여서 '농자는 천하지대본'이라 쓴 기폭을 날리며 풍물을 치고 나갔다. 그들은 일제히 꽁무니에다가 호미를 차고 머리에는 수건을 썼다. 쇠잡이는 그 위에 벙거지를 쓰고 벙거지 꼭대기에는 상모를 달았다. 그들은 벌써부터 흥이 나서 그것을 뻥뻥 돌리며 뛰논다. 그러다가 일렬로 늘어서서 농장으로 갔다. 건성이도 그들과 같이 차리고 그들 가운데 섞이었다.
> "깽매깽깽 깨매갱깽 깨매갱깽 깨매갱깽 깽매갱깽꾸강깽매갱 깽깽깽……"
> 하는 풍물소리와 함께 아침바람에 기폭을 펄펄 날리고 나가는 광경이 건성이에게는 다시없이 즐거웠다. 그것은 마치 원시 부락민족이

---

9) 파농은 식민지 상황에서 동족상잔이 벌어지는 이유를 "혈육상잔에 전념하는 것이 눈앞의 장애물을 무시할 수 있도록 해주고, 식민주의에 맞서 무장투쟁을 벌이는 문제와 관련된 불가피한 선택을 뒤로 미룰 수 있도록 해주"기 때문이라고 말한다. 이는 '노쇠'의 '행동 양식'인데, 이 같은 행동은 '원주민의 긴장된 근육'을 풀어준다.『고향』의 등장인물들 간의 갈등을 파농의 견해에 비추어 해석한다면, 지배자 계급에 대항하지 못하는 인물들이 자신과 같은 처지의 인물들과 갈등을 일으킴으로써 벗어날 수 없는 현실적 괴로움을 망각하려 했다고 볼 수 있을 듯하다. 프란츠 파농, 남경태 옮김,『대지의 저주받은 사람들』, 그린비, 2007, 75쪽 참조.

전쟁에 나가는 것 같은 건장한 기분을 느끼게 하였다.[10)]

위는 1930년에 쓰여진 「홍수」의 한 대목이다. 논을 매러 가는 농민들의 모습에서 "마치 원시 부락민족이 전쟁에 나가는 것 같은 건장한 기분 느끼게" 한다는 구절에서 농민이 언제든 농민군으로 전환될 수 있음을 암시한다. 이렇게 식민지 시기 이기영의 소설에서 두레는 착취와 억압의 대상에서 벗어나기 위한 동인으로 작동한다. 『땅』에서도 이러한 두레의 역할이 하나의 장('두레의 힘')에서 서사되고 있다. 곽바위는 '노동 조직의 합리화를 위하여' 두레 결성을 주장하고, 이를 실현시켜나간다. 다음은 두레에 관한 설명이다.

이와 반면에 넉넉지 못한 집들에게는 두레가 큰 부주였다. 그것은 만일 두레가 나지 않았다면 이 동네도 그전 습관을 지켰을 것이다. 그들은 있는 집의 전례를 따라서 일꾼들을 잘해 먹이려고 부득이 빚을 내어서라도 품밥을 많이 들였을 것을, 두레로 인하여 빚을 안 지고 일꾼을 적게 얻었다. 그들은 가급적 제집 일꾼을 중심으로 일을 하게 되었으니 자연히 비용은 덜 나게 되었다. 이것은 정말 두레의 힘이었다. 두레는 이와 같이 농가의 낭비를 절약하고 옛날 폐풍을 일소하게 하였다.

두레의 '힘'은 날이 갈수록 크게 발동하였다. 마을 사람들은 두레를 처음에는 하찮게 여기었었다. 하긴 이런 산골에서는 두레를 모르는 데도 원인이 있었다. 두레가 무엇인지 그 속을 모르기 때문에 늙은이

---

10) 이기영, 「홍수」, 『서화』, 풀빛. 1989, 198-199쪽.

들은 옛날 남사당패처럼 두레를 아는 축도 있었다. 그렇지 않으면 농촌의 건달패로 돌리어서 두레의 존재를 무시하려 들었었는데, 정작 두레의 하는 일을 보는 결코 깔볼 것이 아니라고 그들은 인식을 달리하였다. 두레는 새 농촌의 상징으로 보이었다. 그것은 투쟁적이요 건설적이요 평화적이었기 때문에 두레꾼들은 단체적 행동으로 규율을 엄수하고 작업상에서 노동능률을 높이었다. 두레꾼들은 농촌의 단조한 기분을 일변하여 건전한 민족적 기풍을 일으켰다. 두레꾼들은 일상적 근로 생활을 통하여서 자기 희생의 고귀한 정신을 배양할 수 있게 하였다. 두레꾼들은 농업에 애국적 열성을 기울여서 창의성을 발휘하기에 노력하였다. 두레꾼들은 농촌의 퇴폐한 오락 대신 건전한 농민 예술을 발전시켰다. 두레꾼들은 미신을 타파하고 학습을 통하여서 정치적 경각성과 과학적 지식을 섭취하였다.(『땅』下, 132-133쪽)

위의 인용에서 두레가 지닌 역할이 상세히 설명되고 있다. 두레는 '농가의 낭비를 절약하고 옛날 폐풍을 일소'하게 하고, '작업상에서 노동능률'을 높인다. 또한 두레는 '건전한 민족적 기풍'을 일으킬 뿐만 아니라 '희생의 고귀한 정신을 배양'시킴은 물론 '건전한 농민 예술'로까지 도약한다. 이와 같이 두레는 농민을 새로운 주체로 양성시킴과 동시에 공동체적 감각을 발아시키는 힘을 지닌다.

그리고 한 가지 빠뜨릴 수 없는 것이 두레꾼의 구성에서 지주층이 포함되지 않는다는 점이다. 두레가 농민군의 하위 단위로 설정될 경우도 있었기 때문에 지주층은 두레꾼이 될 수 없다는 것은, 앞서 언급한 고석규의 연구에서도 지적된 사항이다. 해방 이후에도 남한, 북한을 불문하고 지주층은 존재했다. 두레 구성원에 지주층이 개입하게 되면 결국 권력에 예속되는 방식으로 두레가 형성될 것이기에 애초부터 지주층은 구성원에 포함될 수 없었다. 『땅』에서 또한 고병상 등의 지주층은 두레에 포함되지 않는다.

> 두레는 사십 명 미만으로 인원을 축소시켰다. 그것은 두레꾼을 여러 각도에서 엄선할 필요가 있었던 까닭이었다.
> 첫째는 노력에 차등이 없어야 하겠다. 연령의 차이가 있는 것은 할 수 없거니와 노력에 많은 차등이 있어서는 안 된다. 농악대에 선수로 뽑히는 사람은 예외로 치고, 누구나 한 사람 몫을 가진 일꾼으로만 뽑자니 아무나 들일 수가 없다.
> 둘째로는 빈농, 중농층에서 뽑기로 하였다. 그것도 생활에도 너무 차등이 있으면 안 된다. 어떤 집에서는 일하는 날 음식을 잘 대접하게 되고, 다른 집에서는 그만 못하게 되면 거기에 또한 불평이 있기 쉽다.
> 셋째는 집이 먼 사람은 제외하였다. 농장과 거리가 너무 멀게 되면 아무리 부지런한 일꾼들이라도 단체적 행동을 하는 데 지장이 있다.
> 두레는 조직적 규율을 엄수하여야만 위신이 있는거다. 따라서 한 사람의 태만한 행동으로 인하여 작업 능률상 커다란 영향을 주어서는 안 되겠다.(『땅』下, 124쪽)

이와 같이 두레 공동체가 내부적 분란 없이 구성되어야 함이 『땅』에서는 서술되고 있다. 특히 두레 자체의 자율성을 확보하기 위해 경제적인 격차가 최소화될 수 있는 방안을 마련하는 점에 주목해야 할 것이다. 이기영은 물질적 조건의 차이에서 차별의 논리가 생긴다고 보았기 때문에 두레의 구성원들 또한 경제적 차이가 미미한 존재들로 채워진다고 봐야 할 것이다.

이렇게 이기영은 공동체적 유대감 형성에 있어 농촌에서 두레의 역할이 매우 중요하다는 것을 서사화했다. 해방 이전 소설의 경우에는 소작 농민들이 지주층 권력에 대항하기 위한 거점으로서의 역할을 두레가 담당했다면, 해방 이후 『땅』에서는 개간 등의 국가 건설 사업에 이바지할 거점으로서 두레가 기능했다고 할 수 있다. 그리고 두레가 이러한 변별되는 역할을 띠고 있음에도 불구하고 마을 사람들에게 신뢰와 협동을 통해 상호유대적인 공동체를 만드는 데 지대한 역할을 했다는 점에서는 공통된다. 이와 같이 이기영은 자신의 작품 속에서 두레를 당대적 맥락 속에서 변형, 굴절시키면서 공동체적 유대를 이끌어내는 장치로서 활용했다고 할 수 있다.

5.

지금까지 이기영의 상편소설 『땅』을 중심으로 하여 이기영 문학에서 반복된 모티브인 두레가 지닌 의미, 토지개혁과 농민의 주체화 과정을 통한 유토피아의 기획에 대해 살폈다. 이를 통해 『땅』이 해방 직후 북한에서 시행한 토지개혁 등을 다루고 있는 것에 그치지 않고, 식민지적 잔재 극복과 근대 국민국가의 수립 그리고 이에 적합한 국민 창출이라는 목표를 지향하고 있음을 알 수 있었다. 이기영 소설은 줄곧 물질적 조건의 불평등을 둘러싼 조건을 서사에 전면적으로 드러내고, 이에 응전했다는 점에서 오늘날에도 여전히 유의미한 사유를 촉발시킨다. 또한 새로운 미래를 창조하기 위해 과거의 유산을 적극 활용하는 점도 시사적이다. 하지만 위로부터의 계몽, 즉 단선적인 발전론적 사고에 의해 개별 주체가 수동적으로 수렴되거나, 철저히 동일성에 근거한 공동체를 지향하고 있다는 점에서 문제적이라 하지 않을 수 없다. 또한 벤야민에 의거해 볼 때, 이기영의 소설은 기존의 '법보존적 폭력'을 깨트릴 '법정립적 폭력'을 창출해가는 와중에 또 다른 '법보전적 폭력'이 작동되어버린다는 점에서, 또 다른 신화 혹은 폭력적 구조를 양산하기에 비판받아 마땅하다. 특히 물류뿐 아니라 개인들도 국경을 넘나들며 살 수밖에 없는 오늘날, 민족적 동일성이나 하나의 이데올로기에 의거한 주체 형성은 적합하지 않은 모델이다. 삶의 반경이 전 세계로 확대된 지금의 상황에서 더 이상 단일한 주체의 구성을 상상하는 것은 불가능하다는 말이다. 그렇기에 동일성은 전제로 한 공동체가 수많은 폭력을 양산했음을 성찰하고, 항상 언제나 이질적인 것들에 둘러싸여 있거나 이미 우리 속에 들어와 있음을 인정하고, 그 이질적인 존재와 어떻게 함께 공존할 수 있을지를 모색해야 하는 일은 오늘날 우리에게 남은 중요한 과제다. 또한 지나간 과거의 폭력에 압도되어 새로운 세계 형성이라는 유토피아적 기획을 폐기하지 않고, 과거의 재료를 어떻게 오늘날에 적합하게 변형시킬 것인지에 대한 사고를 멈추지 않아야 할 것이다.

장수희

싱글이 넘치는 신세계
-결혼과 유토피아의 안과 밖에 대한 질문

1. 결혼 권하는 사회

88만 원 세대였던 20대가 30대가 된다면? 아프니까 청춘이었고, 천 번을 흔들려야 어른이 될 수 있었던 20대들이 30대가 되었을 때, 과연, 안락한 삶과 어른스러움을 얻을 수 있었을까. 연애, 결혼, 출산을 모두 포기한다던 이들에게 이제 떠넘겨지고 있는 것은 바로 국가의 세금이다. 돈을 벌고, 먹고살기에 쫓겨 포기한 연애와 결혼과 출산은 이제, 돈 때문에 하지 않으면 안 된다. 대폭의 소득공제는 가족을 이룬 사람들을 위해, 세금은 아직도 결혼하지 않고 있는 '그들' 혹은 '우리' 혹은 '나'에게 점점 더 과중하게 부과된다. '나'는, 결혼하지 않아도 괜찮은 것일까?

국가는 국민의 행복이 '가족' 안에서의 삶으로 귀결되기를 바란다. 가족 안에서 가족 구성원으로서 각자의 위치를 지키며, '본분'에 맞게 살기를 요구한다. 사적인 영역으로 치부되어온 가족은 지역 공동체와 국가의 한 부분이 된다. 가족 공동체는 이렇게 만들어지고 관리되어왔다. 그리고 싱글 라이프는 막중한 세금을 등에 지고 있거나, 서서히 죽어 사라지거나 하고 있다.

가정해보자. 한 남자와 한 여자가 연애를 하고, 결혼을 하고, 아이를 낳아 가족 공동체를 만든다. 그리고, 국가에 세금을 내고, 결혼과 출산의 '대가'로서 세금공제를 받고, '행복한 가족'이 된다. 잠깐, 이 가정은 '너무' 자연스럽다. '너무' 자연스럽다는 것은, 뭔가 우리가 알지 못하는 것이 은폐되어 있을 때 감지되는 것이다. 무엇일까.

두 번 말하는 것 같지만, 머릿속에서 '자연스럽다'고 생각되는 것을 나열해보자. 한 남자와 한 여자가 만난다는 것, 하나의 가정을 만든다는 것, 그 가정의 아이는 아버지의 성을 따른다는 것, 혹은 아버지의 성을 물려받은 어머니의 성을 따른다는 것. 가정은 아버지와 어머니 두 사람 중 한 명이 대표하고(물론 아버지가 대표되기 십상이다), 이런 '자연스러운' 가정은 국가로부터 세금 공제를 받기도 하고, 드라마나 영화로 재현되기도 한다. 실제로 이 공식에 따르지 않은 가정은 결손가정이나, 한 부모 가정 등의 이름이 붙여져 특수성이 강조된다. 국가는 '자연스러운' 가정을 요구하고 국민은 이 '자연스러운' 것에 강박된다.

동성이 아닌 이성을 만나야 하고, 혼인 신고로 국가에 등록된 가정이 된다는 것, 가정의 대표자가 정해진다는 것이 우리 사회에서 '정상적'이고 '자연스러운' 가정의 모습이다. 결혼이라는 것은 완전히 대등한 성인 둘 또는 그 이상의 사람이 하는 계약이 아니다. 그것은 반드시 두 사람이어야 하고, 한 명은 남성 다른 한 명은 여성이어야 한다. 캐럴 페이트만은 결혼계약은 항상 성적으로 귀속적인 것이 특징이라고 밝히고 있다. 즉 결혼으로 만들어진 공동체에서 여성은 언제나 아내이며, 남성은 언제나 남편이라는 것이다. 한국에서 동성 간의 결혼을 인정한 바 없으며, 결혼을 하는 즉시 자신의 성에 따라 아내와 남편이 결정된다.

이 사회는 어쩌면, 성인인 싱글들을 결혼으로 압박하고, 결혼 이후에는 여성과 남성, 아내와 남편의 신분을 강요하면서 '가정'이라는 공동체를 만들어내려고 하고 있는 것인지도 모른다. 가부장 중심의 가정이라는 공동체에서 '자연스럽게' 성적 신분과 불평등을 내면화시키고 정치적 계약의 당사자들을 '가정'이라는 공동체의 대표로 내세우게 한다. 자, 이제 여자인 '나'는 혼자인 이대로 괜찮은 것일까? 성적 계약의 사회에서 신분이 없는 존재인 '비혼'의 '나'는 어떻게 살아가야 하는 것일까. 어떤 사회라면, '나'가 살아갈 수 있을까.

이에 대한 대답을 찾으며 새로운 세계를 그렸던 사람은 샤를 푸리에가 아닐까 싶다. 이백여 년 전의 싱글이 그렸던 유토피아에서 싱글인 '나'들은 어떤 삶을 발견할 수 있는 것일까. 이 글에서는 일부일처제 사회, 가족 공동체 사회를 완전히 바꾸는 새로운 세계를 구상했었던 푸리에의 유토피아(팔랑스테르)를 통해서, 현재 구상할 수 있는 유토피아란 어떤 것일까를 더듬어보려고 한다. 이 글에서는 먼저 『싱글빌』(다산책방, 2013년)이라는 소설을 통해서, 싱글의 삶이 어떻게 가족과 결혼, 자본, 국가에 포섭되고 있는지를 살펴본다. 한편 소설 『싱글빌』을 출판한 출판사는 3개월간 집을 무료 임대해준다는 이색적인 마케팅을 펼쳐 화제가 되었다. 그리고 2006년 세계 문학상 당선작이었던 『아내가 결혼했다』(문이당, 2006)가 보여주었던 결혼과 가족에 대한 파격적인 시각에 대해서 다시 한 번 조명하려고 한다. 지금, 싱글인

'나'들은 질문을 마주해 서 있다. 과연, 『결혼하지 않아도 괜찮을까?』 (이봄, 2012) 이 질문으로부터 시작해, 이 질문으로 맺는 글을 써보려고 한다. 그 과정에서 일부일처제, 이성주의, 가족 공동체로 구성된 국가에서 싱글인 '나'들이 살아갈 수 있는 어떤 실마리를 발견할 수 있지 않을까 하는 생각이다.

2. 통음난교 유토피아

일부일처제 비판을 통해서 '문명'이라는 커다란 개념에 대한 비판이 가능할까? 문명에 대해 끊임없이 문제제기를 하면서 일부일처제를 동시에 비판했던 사람이 바로 샤를 푸리에이다. 그는 문명에서 이루어지는 결혼의 본질적 두 가지 요소가 재산과 전략이라고 하면서 문명이 이러한 것을 도덕이라는 이름으로 포장하고 있다고 지적한다. 그리고 결혼이 자연의 질서인 사랑의 열정을 토대로 이루어져야 한다고 주장하였다. 너무 당연한 것처럼 보이는 이러한 주장이 더 구체적으로는 어떻게 '문명'과 사회를 비판하는 역할을 하게 되는지 잠깐 살펴보자.

푸리에는 인간의 본성이 사회 구조에 맞추어 왜곡되면서 타자화되고 있음을 지적하고, 이러한 문명을 극복하고 조화를 이루기 위해서 인간이 원래 지니고 있는 열정들을 회복해야 한다고 주장한다. 그중 사랑은 문명과 조화의 가장 대조적인 모습을 보여주는데, 문명의 척도인 법률과 종교가 사랑의 유일한 목적을 출산으로 규정하고 억압하고 있음을 지적한다. 그렇게 함으로써 인간의 감정보다 물질적 관계만 강요하는 것이 일부일처제적 결혼제도라는 것이다. 이 일부일처제 결혼

제도는 한 남자와 한 여자의 결합, 정신적 육체적인 지배권을 공식적으로 인정하는 것이다. 그리고 이러한 성적 계약은 사회계약의 이면으로 사라져버린다. '일부일처제'라는 용어에는 표면적으로는 정숙함이 전제되지만, 정숙함의 뒤에서 배신과 기만, 질투와 간통이 공공연히 이루어지고 있음을 함의한다. 푸리에는 일부일처제라는 악덕을 극복하기 위해 일부일처제 가정으로부터의 해방을 주장하였다.

일부일처제 가정으로부터 해방되고, 열정들이 조화를 이룬 세계를 그린 것이 바로 푸리에의 팔랑스테르이다. 이 팔랑스테르라는 유토피아 안에서 사랑은 다섯 가지 단계로 설정된다.

① 소박한 혹은 근본적인 단계(소박한 물질과 소박한 감정이 혼합된 단계)

② 혼합된 혹은 균형을 이룬 단계(사랑의 두 가지 요소를 포함하는 단계)

③ 폴리가미 단계 혹은 혼합된 사랑을 여러 결합에 적용하는 초월적 단계

④ 총체적 혹은 통일적 단계(혼합된 통음난무를 포함하는 단계로 문명에서는 알려지지 않은 것 혹은 방탕한 통음난무 단계)

⑤ 오늘날 효력을 상실한 유형들을 포함한 다의적 단계 혹은 여러 가지가 혼합된 단계

-샤를 푸리에, 「사랑이 넘치는 신세계」, 『사랑이 넘치는 신세계 외』, 책세상, 79~80쪽

이 다섯 가지 단계의 사랑 중에서 소박한 단계와 혼합된 단계만이

우리에게 합법적으로 인식된다. 푸리에에 의하면 이 두 단계에서는 육체적 사랑과 정신적 사랑은 전혀 조화되지 않고, 일부일처제의 결혼 제도에서는 육체적 관계만이 발견될 수 있다고 지적한다. 세 번째와 네 번째 단계는 사회적으로 인정되지 않는 것이며, 특히 폴리가미는 남성에게만 인정받는 것이라고 하고 있다. 남성이 돈을 주고 매수한다면 여러 명의 여성과의 통음 난무를 할 수 있는 권리가 있을 것이라는 것이다. 푸리에는 이러한 것은 조화롭지 않으며, 사랑도 여성과 남성 모두에게 보장되어야 하기 때문에 다섯 단계의 모든 사랑을 거쳐야 '조화'에 이를 수 있다고 설명하고 있다. 이 모든 단계를 거치면서 모든 사람이 공평하게 만족을 얻을 수 있다는 것이다. 조화의 단계에서는 단지 이성애만을 고집하는 것도 아니며, 간통이라는 것이 존재할 수 없는 구조를 만들어낸다. 이것이 푸리에가 일부일처제를 통해서 '문명'을 비판한 내용이다. 일부일처제라는 법적, 사회적 계약 속에서 전혀 말하지 않게 되는 성적 계약의 허구-동성의 사랑이 부정된다는 것, 가부장이 권력을 갖게 되는 가정이라는 것, 가부장의 권력은 시민사회에서의 남성의 권력으로 이어진다는 것을 은폐시키고 있다. 어쩌면 일부일처제라는 제도야말로 지금까지 우리 사회를 자연스럽게 보이도록 조작된 이데올로기 장치였을지도 모른다. 일부일처제라는 이데올로기 장치가 근본적으로 바뀌지 않는 이상, 이 사회가 바뀌지 않을지도 모른다는 불안감-푸리에는 어쩌면 이 불안감에 시달렸던 것은 아닐까.

3. '싱글' 마케팅, 자본이 포섭하는 공동체

2013년 『싱글빌』이라는 매력적인 제목의 소설이 출간되자마자 신문 지상과 티비 뉴스에 오르내리기 시작하더니 금세 베스트셀러가 되었다. 곧 드라마로도 만들어진다는 소식도 들린다.

이 소설은 제 1회 퍼플로맨스 대상으로 선정된 작품이라 출간과 동시에 이슈가 되기도 했지만, 책 출간과 함께 출판사가 펼친 마케팅 정책도 대단한 뉴스가 되었다. 신간이 출간되면 책 서평, 혹은 구매 인증샷과 관련된 홍보 마케팅은 쉽게 볼 수 있다. 너무 많아서 이 책인지 저 책인지 구별할 수 없을 정도이다. 그런데 이번 『싱글빌』의 출판사가 펼친 마케팅이 저녁 뉴스에 나올 정도로 대단한 뉴스가 되었던 것은 책의 컨셉과 맞추어 책 구매 고객에게 무료로 원룸을 임대해준다고 공고했기 때문이다. 구매 인증샷과 사연을 인터넷 서점에 올리면 추첨을 통해서 고객에게 홍대 주차장 골목의 최신식 8평 원룸 1개를 3개월간 임대한다는 파격적인 홍보 마케팅은 소설에 전혀 관심이 없는 사람들에게도 회자되었다.

최신식 8평 원룸 1개와 『싱글빌』. 대단히 밀접한 관계가 있어 보이지만, 소설을 읽다 보면, 전혀 관계가 없음이 밝혀진다. 최신식 8평 원룸에서는 만들어질 수 없는 '공동체'가 이 소설에서 만들어지고 있기 때문이다. 어쩌면 최신식 8평 원룸이 만들어내는 '싱글'의 이미지와, 『싱글빌』이 그리고 있는 이미지의 교차를 이용해 만들어낸 마케팅이라는 것을 새삼 추측하게 된다.

사랑에 지쳤습니까?

간섭에 질렸습니까?

(…)

입주 조건은 딱 한가지

독신에 싱글!

사랑없는 쾌적한 삶,

지금 시작하십시오!(5쪽)

　이 광고문은 소설의 제일 첫 머리에 있는 것이다. 사랑에 지치고 간섭에 지친 '독신에 싱글!'이라는 중복 표현에서도 예상할 수 있듯이, 이곳에는 반드시 '싱글'이 입주 조건이다. 결혼과 전혀 관계가 없어야 한다는 이 강력한 조건은 "싱글빌 입주자들은 절대 연애 금지입니다. 발각 시 강제 퇴거입니다"(18쪽)에서 다시 한 번 반복된다. 마치 1980년대 한국의 운동권 서클 내에서 연애가 금지되었던 것처럼, 사랑의 감정을 금지하는 부자연스러움이 반복된다. 이 소설이 어느 순간 추리소설의 모습을 띠게 되는 것은 사랑금지라는 조항 때문이다. 푸리에가 독점적이고 일방적인 일부일처제라는 '제도' 속에서 간통과 질투가 어떻게 남몰래 싹트는지에 대해서 설명했던 것처럼. 사랑이라는 감정이 '규칙'이라는 이성적 언어에 의해 제한될 때, 이에 대한 설명은 '공동체'를 위해서라고 설명된다. 이것은 가정이든 국가든, 여기 싱글빌이든 다르지 않다.

　여기는 싱글빌. 싱글들이 모여 살지만 분명한 공동체입니다. 저는 이상적인 공동체에 대한 일종의 실험을 하고 있습니다. 운영방식이 마음에 안 드신다면 언제든지 퇴거하셔도 좋습니다.(14쪽)

극단적으로 말한다면, 현실 세계에서 '싱글'은 언제 추방될지 모르는 경계의 존재라고도 할 수 있을 것이다. 결혼을 한 사람보다 더 많은 세금을 내지 않으면, 결혼을 한 사람과 같은 권리를 누리는 것에 언제나 위협을 받게 되는 위치에 있다. 반대로, 소설 속의 싱글빌은 반대이다. "절대 연애 금지"가 바로 "공동체"를 위한 것이라고 한다. 물론 소설 속에서 이 글이 쓰여진 맥락은 싱글빌에서 절대 연애를 금지하는 것은 싱글빌을 존속시키기 위한 큰 규칙 중 하나이다. 그러나 이 소설은 네 명의 중심적인 싱글이 네 커플로 발전하는 것으로 끝나는 소설이다. "절대 연애 금지"가 실제로 싱글빌을 존속시키기 위한 룰이라기보다는 현실 세계, 즉 결혼을 하고 아이를 낳고 일부일처제 가족을 이루고 사는 현실의 공동체를 위해 기능하고 있다.

> "잊지 마. 내가 태호 씨 잊어도 태호 씨는 나 잊지 마. 당신이 기만한 나라는 여자, 평생 기억하면서 죄책감 갖고 살아."
> "그럴게……."(235쪽)

그리고 그것은 생산성이 없는 동성애 커플들에게는 죄책감을 동시에 부여한다. 이성애 결혼을 지향하는 주인공이 태호라는 동성애 커플에게 부여하는 죄책감은 이성과의 결혼 불가능, 법 외부의 사랑이기에 통제 가능한 가정을 이루는 것이 불가능한 깃에 대한 죄책감이다. 네 명의 싱글이 네 커플이 되고 난 이후, 이 싱글빌의 광고는 정체를 드러낸다.

결혼의 압박에 지쳤습니까?

간섭에 질렸습니까?

(…)

입주조건은 딱 한가지입니다.

뜨겁게 사랑할 준비가 된 싱글

사랑이 풍성한 진정한 독신의 삶

지금 시작하십시오!(299쪽)

사랑에 지친 싱글, 사회의 간섭에 지친 싱글이 싱글빌의 "절대 연애 금지"라는 규칙 아래에서 네 쌍의 커플로 탄생했듯이, "절대 결혼 금지"가 예상되는 저 광고의 싱글빌에서 어떤 일이 벌어질지는 쉽게 예상된다. 세간에 화제가 되고 있는 TV 프로그램 〈짝〉과는 전혀 다른 방식으로 일부일처제 지향, 가족 공동체 복귀를 만들어내고 있다. 단지, 싱글빌이라는 '방' 하나를 통해서. 다산책방에서 임대해주었던 '무료'의 '8평 원룸'과 '무료'의 '싱글빌'은 그 '무료'라는 자본의 힘을 등에 업고, 자연스럽게 가족 공동체로, 국가의 구성원으로 포섭되어간다. 자본과 문명을 한꺼번에 비판했었던 샤를 푸리에가 새삼 회자되는 것은 이 때문이다.

4. '결혼'과 그것을 초과하는 것

2001년에 〈나도 아내가 있었으면 좋겠다〉라는 영화가 개봉되었다. 두 남녀가 사랑에 빠지고 결혼하게 되는 이 영화는 긴 제목으로도 유명하지만, '나도 아내가 있었으면 좋겠어'라는 대사도 자주 패러디 되었다. 예를 들면, '나도 집에 가면 나를 기다리고 있는 아내가 있으면 좋겠다'처럼. '아내가 있었으면 좋겠다'라는 말은 영화를 본 사람들이면 남녀를 가리지 않고 누구나 하게 되는 말이었다. 남녀를 가리지 않고 있었으면 좋겠다고 생각했었던, 저 '아내'라는 사람은 어떤 사람이었던 것일까. 아마도, 집에 전등을 켠 채 퇴근하는 당신을 기다리고, 저녁식사를 준비하고, 집 안을 깔끔히 정돈해둔 아내, 함께 잠자리에 들 아내였을 것이다. '아내'라는 단어에서는 온통, 바깥에서 들어가는 '나'만을 위한 어떤 존재로밖에 상정되어 있지 않다. 독점 가능한 존재로서의 '아내'의 이미지인 것이다.

박현욱의 2006년 세계문학상 당선작인 『아내가 결혼했다』(문이당, 2006)의 목차를 보면 너무나 '자연스러운' 수순으로 되어 있다. 연애-부부-결혼-가족이라는 전혀 낯설지 않은 이 목차를 가진 소설의 제목은 역시, 낯설다. '아내가 결혼했다' 문장에는 너무나 많은 스토리들이 상상된다. 아내가 누구와 결혼했다는 것인가? 끊임없이 아내를 독점하겠다는 욕망을 드러내는 이 소설의 화자는 배타적이고 독점적인 관계를 거부하는 아내의 의견에 계속해서 수긍하는 존재이다. 아내가 요구하는 "새로운 관계"에의 요구는 남편의 입장에서는 언제나 "어쩔 수 없이" 허락하게 되는 것이다.

> 다 좋아. 다른 집단을 지배하려는 욕망이나 외부의 자극에 움츠러드는 일 없이 얼마든지 자신의 조국이 훌륭하다고 생각할 수 있어야 한다는 게 바르샤의 신념이래. 그게 참 맘에 들어.(36쪽)

다른 집단 혹은 사람을 지배하려는 욕망에 지배되지 않고, 아내는 스스로의 윤리를 따르고 있는 것이라고 할 수 있다. 아내는 새로운 사랑과의 결혼에 대해서 남편에게 양해를 구하고, 이중생활을 한다. 아기가 생기고, 남편과 아내의 생활에 아내의 새로운 남편이 들어온다. 이 모든 일은 아내가 두 남편을 사랑하면서 생기게 된 일이다.

> 합류적 사랑이란, 기든스에 의하면, "자기 자신을 타자에게 열어 보이는 것"이다. 즉 서로 다른 정체성을 인정하고 사랑의 유대를 공유함으로써 새로운 정체성을 이루어 가는 것이 합류적 사랑이다.(180쪽)

남편은 도저히 인정할 수 없는 결혼 생활을 해가면서도 가정을 지키고 있다. 어느 쪽 남편의 아이인지 모르는 아내의 아기가 생기고, 남편 둘과 아기, 그리고 아내가 생활을 공유하는 새로운 공동체가 만들어진다. 남편과 아내의 신분, 일부일처제의 신분체제를 뒤흔들고 있는 이 공동체는 일반적으로 말하는 '가족'이 아니다. 그렇지만 '가족'이 아닌 것도 아니다. 그러나 이 공동체는 역시 한국이라는 국가의 내부에서는 살 수 없다. 국가는 가족공동체를 통제하면서 유지되고 있기 때문이다. 이 새로운 공동체는 국경을 넘어 이주를 감행할 때에야 계속해서 존재할 수 있는 어떤 공동체이기 때문에, 소설의 결말에는 결국 다른 나라로의 이민을 결정하게 된다.

격렬하게 저항하던 화자인 '남편'도 어느 순간 새로운 공동체를 유지하고 있는 일원이 되고, 아기의 아버지가 된다. 그러나 역시 '결혼'이라는 제도를 통해서 유지되고 있는 이 공동체는 제도가 유지되는 국가의 내부에 존재하는 것은 부단히 어려운 일이었을 것이다. 국가의 가족 공동체를 통제하고 제어하기 위한 다른 제도들이 이 새로운 공동체에게 부단히 밀려들어 올 것이기 때문이다. 그렇다면 과연, 가족이 아닌 다른 이상적인 공동체, 유토피아라는 것은 존재할 수 있기는 한 것일까.

5. 결혼의 바깥에, 우리의 유토피아는 있을까?

비정규직, 30대, 미혼 여성, 부산이라는 지역생활자인 나는 문득 문득 스스로에게 묻는다. "결혼하지 않아도 괜찮을까?"

이 질문을 그대로 가져온 만화가 마스다 미리의 『결혼하지 않아도 괜찮을까?』(이봄, 2012)이다. 마스다 미리의 '수짱'이라는 만화 시리즈와 에세이는 일본과 한국의 30~40대 여성들로부터 사랑받고 있다. 한국어 번역판 표지에도 "30~40대 여성의 정신적 지주" 역할을 하고 있다고 쓰여 있다. 가끔 왜 여성들로부터만 사랑받는 것일까 하는 생각이 든다. 30~40대 남성들은 이런 질문을 하지 않는 것일까?

이 만화의 주인공 수짱은 "때때로 불안해진다. 이대로 나이를 먹으면 어떻게 될까… 하고 결혼도 하지 않았고, 아이도 없는데 할머니가 된다면… 나 괜찮을까"라고 묻는다. 미래에 대한 스스로의 안녕에 대한 문제는 30~40대 싱글 여성이 직면하고 있는 문제이다. 이런 수짱이 노후대비 저금을 걱정하다가 "멀리 있는 미래가, 현재, 여기 있는 나를 구차하게 만들고 있다"며 "노후 따위!"라고 말하는 순간 "자신은 아직 배고픔을 모른다는 생각"을 한다. 그녀는, 혹은 나는 다른 누구도 아닌, 배고픈 사람들에게 죄책감을 가진다. 결혼이 자본의 문제와 밀접하게 관련되어 있음은 푸리에가 살았던 1800년대에 이미 밝혀진 일이다. 결혼을 하지 않는 일이 다른 누구도 아닌 배고픈 사람들에게 미안한 일이 되는 것은 결혼이라는 시장에 아직 무엇인가 팔 수 있는 무엇인가가 있다고 생각하기 때문일 것이다. 그렇다면, '결혼하지 않아도 괜찮을까?'라는 질문은 자본이 빼곡하게 들어차 앉은 이 세계 내에서 그것을 넘은 어떤 삶을 묻는 질문이 아닐까?

만화 속에서 수짱은 싱글라이프의 선배인 사와코씨를 만나기도 하고, 임신해서 회사를 그만둔 마이코씨를 만나기도 한다.

사와코 씨는 수짱이 대학시절 아르바이트 하던 곳의 사원. 곧 마흔 살이 된다. 사와코 씨는 어머니와 치매 할머니와 같이 살고 있다. 13년 동안 애인도, 남자도, 섹스도 없었다. 그렇지만 결혼을 해버리면, 어머니와 할머니 둘만 남게 된다는 데에 대한 부담감도 있다. "이대로 나이가 들면 난 어떻게 될까? 나의 미래는,"

싱글라이프 선배인 사와코 씨의 질문은 아마도 결혼하지 않아도 괜찮을까? 라고 물었던 수짱의 다음 질문일 것이다. 끊임없는 질문과 전혀 상상되지 않는 새로운 미래는 불안감을 증폭시킨다. 그러나 이미 그 질문을 했었던 선배가 있다. 또 다른 질문을 하며 똑같은 불안감을 가진 채. 그래서 우리는 또 다시 질문으로 돌아간다. 질문은 싱글 여성의 어떤 '결혼'이라는 특정한 부분에서만 생기는 것이 아니다. 질문은 언제나 싱글 여성의 삶 전체를 뒤흔든다. 결혼하지 않아도 괜찮은 것일까? 이대로 나이가 들면 난 어떻게 될까?

"이대로 할머니가 되어서 일도 돈도 없고, 누워서 거동도 못하는데 의지할 사람도 없다면 그렇다면 나의 인생, 내가 걸어온 인생 전부가 쓸데없이 되어버리는 걸까? 이런 생각을 하면 몸이 떨린다."

아마도 싱글 여성이라면 누구나 가지고 있을 이런 불안감을 솔직하게 드러내고 있어서 이 만화가 인기인지도 모르겠다. '아, 나만 불안한 것이 아니었구나'라는 안도감은 전혀 다른 보이지 않는 공동체를 만들어놓는다. 이 공동체의 움직임은 '배고픈 사람'에게 죄책감을 가지기보다는 어떤 삶을 살게 될까? 라는 질문으로 돌아온다. 나이가 들었을 때, 내 인생 전부가 쓸데없는 것이 되어버리는 것은 아닐까?에 대한 불안감으로만 끝나는 것이 아니다. 불안감으로만 이어지던 이 만화는 타자의 삶을 이해하고 읽어내는 쪽으로 방향이 틀어진다. 싱글 여성이 엄마와 할머니의 삶에 대한 이해를 보이는 부분은 앞으로의 삶에 대한 방향성이 드러나는 부분이다. 가령, 다음과 같은 부분.

수짱의 싱글 선배 사와코 씨의 할머니는 치매이다. 사와코 씨의 엄마는 자신의 엄마에게 잊혀졌다는 것이 어떤 것인지 생각한다.

"그것이 얼마나 쓸쓸한 일인지, 나는 생각해본 적도 없었던 것이다."
"할머니는 엄마를 '언니'라고 생각해야 기댈 수 있었던 것이 아닐까. 그것이 마지막으로 할머니가 딸을 생각하는 마음이 아닐까, 라고 나는 생각했다."

사와코 씨의 집에 갔었던 수짱은 무심코 '건강하게 오래 사는 것이 최고'라고 생각하지만 곧 다음과 같이 성찰하게 된다. 수짱이 결혼을 할지 안할지는 아직 모른다. 그러나 이러한 성찰은 지금을 살고 있는 수짱이 스스로의 삶을 꾸려가는 에너지로 기능하는 것이다.

"누가 원해서 치매에 걸리겠어? 원하는 사람이 있을 리가 없잖아. 그러고 싶어서 그러는 사람이 있을 리가 없잖아. '건강하게 오래 사는 것이 최고라니. 혹시 누군가에게 상처를 주는 말일지도. 자신도 모르는 사이에 둔감해졌다. 자신이 하고 있는 말의 의미를 생각하지 않게 되었다. 많이 생각해서 생각이 깊은 할머니가 되어야지."라고 수짱이 생각했다.

결혼하지 않아도 괜찮을까? 이 만화에도 답은 없다. "단지 미래만을 위해 지금을 묶어둘 필요는 없다"고 만화는 끝난다. 책을 읽고, 글을 쓰고, 발표하고, 활동가들과 교류하면서 뭔가를 기획하고 하면서 살아갈 수 있을까. 누군가를 타자화시키는 말이 아니라, 서로를 살리는 말을 기록하며, 누군가를 반기고, 누군가로부터 반겨지는 그런 사람이 될 수 있을까? 결혼하지 않아도 괜찮을까? 라는 질문. 이 질문 속에서 유토피아는 세워지고 허물어지고 다시 세워진다. 유토피아는 세상을 향한 질문 속에 있다.

도미야마 이치로(富山一郎)
양순주 옮김

유토피아들
- 구체로 되돌려 보낸다는 것

1. 한 발 늦은 자, 혹은 소실에 대하여

당돌하게 생각될지도 모르지만, 오스기 사카에(大杉栄)의 다음 문장을 인용한다.

물론 무정부주의자라 하더라도 충분히 그것을 알고 있었다. 앞을 내다보고도 있었다. 앞을 내다본 것이 무정부주의이기도 했다. 그러나 그들은 혁명에 열심인 나머지, 오히려 그 이용을 감수했다. 그리고 그 만족 속에는 10월 혁명 당시, 볼셰비키의 전적으로 민중적이고 혁명적인 함성에 다소 현혹된 모습이 있었다.

어쨌든 이 현혹이 무엇보다도 무정부주의자를 실패하게 했다. 당초 혁명의 가장 유력한 무장단체였던 무정부주의 노동자 군대가 공산당의 신정권에 손가락 하나 건드리지 못했을 뿐 아니라, 순순히 해산되어버린 것도 그 때문이다. 그리고 그 사이, 무정부주의자는 노동자와 농민 대중 속에 반권력적인 자유 단체를 충분히 발달시켜 그 힘을 조직해 집중할 시기를 놓쳐버렸다. **한 발 늦은 것이었다.**(강조는 인용자, 오스기, 1963:173)

『개조』(1923년 9월)에 게재된 오스기의 이 문장은, 아나키즘 계보에서 종종 언급되는 네스토르 이바노비치 마흐노(Nestor Ivanovych Makhno)가 통솔한 농민군에 대한 기록이다. 적군과 함께 싸운 대(對)지주투쟁 속에서 우크라이나 농촌의 자치적 권력을 해방구로 완성하고, 볼셰비키의 권력 수립 후 압도적인 적군에 의해 괴멸된 마흐노 등의 운동은, 아나키즘뿐만 아니라 농촌을 둘러싼 유토피아 운동으로 주목받거나 허황된 이야기로 경멸당하기도 했다. 이러한 농민적 유토피아는 마흐노 진압의 최종국면인 1920년에 모스크바에서 간행된 알렉산드르 차야노프(Aleksandr Chayanov)의 진귀한 책인 『농민유토피아국 여행기』에도 녹아들어가 있다. 거기에는 새로운 반란이 망상적 징조로 기술되어 있다.[1]

오스기의 이 문장은 마흐노 등이 폴란드로 도망쳤던 해(1921년)로부터 2년 뒤에 쓰여졌다. 여기서 러시아 혁명사를 검토하려는 것은 아니다. 고찰하고 싶은 것은 오스기가 아나키스트로 살아가는 방식과 더불어, 마흐노의 운동을 칭한 '**한 발 늦었다**'고 하는 중얼거림이 가리

---

1) 정식 명칭은 이반 크렘네프(Ivan Kremnev)의 『우리 형제 알렉세이의 농민적 유토피아국 여행기』. 이반 크렘네프는 차야노프의 가명. 책의 첫머리에 혁명사상가 헤르첸(Herzen)의 "사회주의는 오늘날 보수주의가 차지하고 있는 위치를 점하게 되며, 장래 우리는 미지의 혁명에 의해 타파될 것이다"라는 문장을 언급하면서 "새로운 반란. 대체 어디에 있는 것인가? 어떤 사상의 이름으로 실행될 것인가?"라는 발언이 계속된다.(차야노프, 1984:18) 이 책에 대해서는 와다(和田), 1985, 1978.

키는 반란의 시간에 대해서이다. 오스기에게 마흐노는 무엇에 한 발 늦은 것이었을까. 이 뒤늦음은 무엇을 의미하고 있는 것일까.

그것은 그렇고, 마흐노 운동사의 고전으로는 마흐노군에 관한 정리를 떠맡은 표트르 안드레예비치 아르쉬노프(Peter Andreyevich Arshinov)의 『마흐노 반란군사』가 있다. 이 책은 오스기의 텍스트와 같은 해인 1923년에 간행되었다. 매우 곤란한 상황 속에서 집필된 이 책은 절박한 상황에 대한 아르쉬노프의 상념으로 가득차 있다. "우리의 현재는 가령 이와 같은 불완전한 형태라 해도 이 책이 공개되길 요구하고 있다. 따라서 중요한 것은 완벽한 저작이 아니라 후속될 작업을 유도해내는 발단이다"(아르쉬노프, 1984:31)라는 문장에서, 괴멸된 운동의 식지 않고 남은 열기와 함께 운동을 기술하면서 새로운 단서를 창출하려고 하는 생각이 전해진다. 아르쉬노프는 "이들(마흐노 운동)의 공적은 모두 소비에트 정부에 그 가치를 찬탈당했다"고 서술한 뒤 다음과 같이 쓰고 있다.

소비에트 정부가 붕괴되지 않고 러시아에 뿌리를 내린 것은 숱한 반혁명으로 과감한 혁명 전쟁을 한 마흐노 반란군 덕택이다. 이것은 매우 얄궂은 역설이지만 부정할 수 없는 사실이다. 그리고 마흐노 운동은 사람들 간에 혁명의 불씨가 꺼지지 않고 계속되는 한, 앞으로도 더더욱 혁명전쟁의 무대에 반복해 등장할 것이다.(아르쉬노프, 1984:294-295)

아르쉬노프에게 소비엔트 정부는 단지 자신들을 압살했던 억압자가 아니었다. 자신들의 가치를 찬탈하여 강고한 질서를 완성한 제도였다.

그리고 이 '얄궂은 사실'의 한복판에서, 그럼에도 불구하고 다른 미래에의 기점을 확보해 반란을 계속해야 한다는 것이 같은 책에 쓰여 있다. 오스기가 '한 발 늦었다'라고 말했을 때, 거기에 상정되어 있는 것은 이 얄궂은 사실이며, 그것을 기술하려고 한 오스기 역시 아르쉬노프와 같이 이 사실로 뒤덮인 세계와는 다른 별개의 미래를 열어가려 했던 것임에 틀림없다. 더욱이 같은 책을 번역한 오쿠노 로스케(奧野路介)는 아르쉬노프를 언급하면서 다음과 같이 서술하고 있다.

> (거기에 있는 것은) 말하자면 죽음에 늦은 자의 무념이며, 죽음에 늦었기 때문에 '다행히 사라져버린' 동지들의 운명을 세계에 알리거나 전하지 않으면 안 되는 자의 비애이다. 사람은 말하는 것에 의해 **거기에 있었던 것들**을 객체화하고 혹은 객체화하면서 말하는 것이지만, 이러한 객체화에 의해 그는 다름 아닌 **있었던 것들**의 바깥에 서 있는 자가 되기 때문이다. 그리고 아르쉬노프는 틀림없이 이 비애를 간직한 채 우리에게 이 책을 남기고 있다.(오쿠노, 1973:329-330)

한 발 늦은 자들은 소실되고, 오쿠노를 포함해 죽음에 늦은 자들은 소실 후를 지배한 질서 속에서 비애를 지닌 언어를 획득한다. 이러한 한 발 늦은, 사라진 자들이 현혹 속에서 발견한 미래를 이제부터 유토피아라는 말로 부르려고 한다. 그리고 이 유토피아에 포스트라는 접두어를 붙일 때 그것은 단선적인 시간축인 '포스트=후'가 아니라, 무엇보다도 먼저 이 소실과 관련되는 것은 아닐까. 오스기, 아르쉬노프, 그리고 오쿠노의 글에서는 시차(timelag)가 아닌, 사라진 자들의 터를 응시하려고 하는 지점이 부상하는 것은 아닐까.

하지만 이 소실이란 단지 사라진 것만을 의미하지는 않는다. 질서 형성의 동인이 되면서, 스스로가 동인이 된 그 질서 속에서 소실된 것이다. 동시에 그것은 질서가 된 것이 그 도래를 다른 인과의 연쇄로 의미를 만들어가는 프로세스이기도 할 것이다. 역사는 우선 이러한 동인을 흔적 없이 지운 인과의 연쇄가 아닐까. 더욱이 이 프로세스는 역사의 주체로서 당과 전위조직 혹은 국가가 등장한 사태이기도 할 것이다. 이러한 주체는 역사 속에서 자신을 자리매김하고, 마치 과거에 기원이 있었던 것처럼 전통을 창조한다. 유토피아를 찬탈해 성립한 질서는 자신의 도래를 다른 인과로 근거 짓고, 역사의 주체로서의 집단성과 그것이 나아가야 할 미래를 획득하는 것이다. 틀림없이 이 미래는 단선적으로 보일 것이다.

포스트라는 접두어는 이러한 역사와 주체의 문맥에 있는 것이 아니다. 그것은 지워진 자들을 향해 있는 것이며, 당과 조직 혹은 국가가 획득한 미래의 일보 직전의 장소에 유토피아를 되돌려 보내, 아직 결말짓지 못한 바로 앞의 장소에서 다른 선을 다시 긋기를 요청하고 있다. 따라서 포스트유토피아는 제도와 조직으로 등장한 유토피아의 배후로 사라져버린 유토피아들을 되살리는 행위이기도 하다고 지체 없이 말할 수 있을 것이다. 또한 이 행위는 아르쉬노프, 오스기 혹은 오쿠노가 언어에 책임지운 것이기도 하다.

그러나 그것은 간단하지 않다. 사라진 자들을 응시하는 분별력의 지점은 이미 유토피아를 찬탈해 상속한 자가 지배하는 얄궂은 현실세계 속에 있으며, 유토피아는 이 현실세계의 역사와 주체에게 언어를 부여한다. 바꿔 말하면 유토피아를 언어적 질서로 포획하는 것은 틀림없이 당과 국가에 근접해 있다. 오쿠노가 "바깥에 서 있다"라고 서술했을 때, 이 **바깥**은 역사의 인과에 등장한 집단적 공시태의 내부성에 다름 아니다. 그것은 소위 정치방침과 강령에 반대하면 거부될 수 있는 문제도, 운동도 아니고, 학계(academia)의 언어를 붙잡으면 달아날 수 있는 것도 아니다. 거칠게 말하면, 그것은 언어 자체가 가진 질서와 관련되어 있다. 사라진 자들의 부활이 아닌, 지금의 질서가 문제인 것이다.

질서의 동인이 되면서 그 질서의 도래와 함께 사라져간 존재를, 프레드릭 제임슨(Fredric Jameson)을 인용하면서 '사라져간 매개자'라고 부른 슬라보예 지젝(Slavoj Žižek)은 1989년부터 90년에 유고슬라비아에서 자유선거가 실시되기 직전의 시기를 '다시없는 유토피아적 순간'이라고 한 뒤, "이제는 끝나버렸을 뿐만 아니라 '사라져간 매개자'와 같이, 기억에서 사라지고 점점 **보이지 않는** 것이 되고 있다"고 서술한다 (지젝, 1996:5). 그리고 지젝은 소실되고 은폐된 사건의 발견을 외상 (trauma)에 관련된 사후성(deferred action)으로 설명하려고 한다.

> 최초의 의미 내의 중립적인 사건으로 이해된 무슨 일인가가 **끝난 뒤 소급적으로,** 예컨대 주체의 발화 작용의 위치를 규정하는 새로운 상징적 강목(綱目)의 도래 후에, 이 강목으로 통합될 수 없는 외상으로 변화한다는 것이다.(지젝, 1996:372)

질서가 도래한 후에 잃어버린 것이 무엇이었던가를 외상으로 인식한다. 질서의 동인이 된 사건은, 상징적 질서의 도래에서 처음으로 그 질서에 통합되지 않은 트라우마로서 의미를 지닌다. 그때 인식한다는 행위의 주체는 이미 "새로운 상징의 강목" 속에 있으며, 유토피아의 순간은 욕동에 관련된 무의식의 영역에 억압된 존재로서 외상화된다. 어쨌든 여기서 포스트의 의미가 한층 명확해질 것이다. 즉 그것은 후(後)가 아닌 사후성이며, 소실과 외상화이다. 또한 그 요점은 과거의 사건이 아닌 상징적 질서에 있다. 유토피아를 말할 때의 곤란함은 이 언어 자체의 질서가 유토피아의 순간을 현전으로부터 흔적 없이 지우고 없애는 것에 있다. 그리고 이 곤란은 펠릭스 가타리(Félix Guattari)가 역사를 시니피앙의 연쇄라고 부른 그 절단(coupure)을, "혁명적 역사"(가타리, 1994:281)라고 부른 것임에 틀림없는 것이다.

> 역사학이란 시니피앙의 절단의 파급 효과를 연구하는 것이며, 모든 것이 뒤집히는 순간을 파악하는 것이다. 하지만 이 시니피앙의 절단은 꿈의 현재 내용에 입각해 잠재 내용을 해독하는 것만큼 어렵다.(가타리, 1994:282)

유토피아를 말한다는 것, 다시 말해 소실을 말한다는 것은 시니피앙의 연쇄를 전제로 한 과거의 해설이 아니라 이 시니피앙의 연쇄 자체의 절단이며, 이 절단에서 유토피아의 순간이 부상한다. 또 거기에는 언어가 억압하고 있는 꿈의 언어에 의한 해독이라는 어려움이 늘 따라다닌다. 하지만 지금 지젝이 여러 차례 단언해 마지않은 해석, 즉 "상징 구조를 창설하고 있는 자기 자신의 기원에는 도달할 수 없다는 이 불가능성"이라고 단언해버려서는 안 될 것이다(지젝, 1996:336). 이러한 설명은 외상을 억압하고 언어를 구조화시키고 있다는 점에서 이미 통합의 추인이다.

중요한 것은 외상이란 무엇인가를 설명하는 것이 아닌 외상화 내부에 살아온 것이며, 설명을 시도하려는 자의 삶 그 자체이다. 유토피아를 말하는 행위는 어떤 삶 가운데에서 이해하지 않으면 안 되는 것이며, 그렇기 때문에 도래할 질서와 조직화를 전제로 하면서도 그 도래를 선취해 떨쳐버리고 부단히 다른 미래를 전조로서 개시하는 운동적인 행위를, 이미 언어 자체가 구조화되어 그 질서 자체가 유토피아를 억압하고 있다는 곤란함에 입각하면서도 확보해두려는 것이다. 소거에서 운동으로, 혹은 과거의 해석에서 지금의 실천으로. 언어가 짊어져야 하는 것은 이 역전이다.[2] 꿈을 해독하는 것이 아닌 꿈을 현실로 더 들어나가는 것이다. 혹은 각성한 꿈. 여기서 역사의 인과에 등장한 닫힌 내부성과는 다른 '혁명적 역사'와 관련된 다른 집단성이 부상하는 것은 아닐까. 물론 그렇게 간단하지 않다는 것은 알고 있다.

어려움에도 불구하고, 우리들은 언어에 의해 기존의 유토피아를 포스트유토피아로 포착해서 유토피아를 자기 앞으로 되돌려 보내, 거기로부터 다른 세계를 말하려 하고 있다. 또한 세계가 창출될 때 언어는 여전히 중요하다. 그것은 언어가 세계라고 하는 일반 규정으로는 단정할 수 없다. 세계가 조직과 제도로써 등장한 프로세스에서 언어가 중요하다는 것과 함께, 그 조직을 비판하고 다른 집단성을 창출해가기

---

2) 절단을 언어로 어떻게 수행해 갈 것인가. 그것은 가타리가 언어의 어려움에 대해 욕동과 언어의 관계를 집단적으로 새로 만들어가는 언표행위의 동적 편성(agencement), 즉 구조에 대해 기계(machine)을 구성해가는 실천의 중요성을 지적하고 있는 것과도 관련될 것이다. 그리고 이러한 실천에서 당 혹은 전위 조직이 아닌 혁명적 주관성이 창출된다. "그리고 자본주의 사회 속에서 도주선을 이루는 흐름에 뒤따라 사회적 결정론과 역사적 인과론의 한복판에 분기를 발생시키고 절단을 가져오는 것이다. 게다가 새로운 욕망의 언표를 형성할 수 있는 언표행위의 집단적 주체를 해방시켜 전위를 만들어내는 것이 아니라, (…) 혁명적 주관성을 창출하는 것이다"(들뢰즈, 1994:11). 또한 절단의 실천으로서 가타리는 1917년 2월부터 10월까지의 레닌의 활동을 「레닌의 절단」에서 검토하고 있다(가타리, 1994:289-309). 이러한 실천에서 절단과 연속은 결코 다른 사태가 아니다. 절단은 생각지도 못한 접속을 새로운 상황과 함께 부단히 창출하는 것이며, 그 전조적 미래의 즉흥적 관계에 내거는 것이다.

위해 언어가 중요하다는 의미이다. 때문에 우리들은 자신의 언어에 대해 세계의 추인과 생성이 뒤섞인 양가적인(ambivalent) 감촉을 느끼면서 써나간다. 말하는 것이 이미 유토피아를 찬탈했던 얄궂은 현실의 추인이 아닐까 하는 의심을 품으면서도 언어에 도박을 감행하는 것이다.

이 언어는 세계를 분석하기 위한 용어가 아니다. 거의 잊혀진 필드에서 하늘에 떨어진 한숨과 웃음과 눈물을 소환하기 위한 주문이다. 소환된 그것들은 언어로써 다른 누군가에게 전해진다. 그렇게 하면 분명 우리의 연구는 단순한 현상 유지를 위한 것도, 자신들의 꿈을 타인에게 투영하기 위한 것도 아닌, 하나의 꿈이 붕괴된 파편 속에서 논의의 정밀도를 높여 다른 희망을 창출하기 위한 상상력과 인내력을 연마하는 것으로 이바지하게 될 것이다.(타누마, 2006:49)

내가 이 책에 참여하게 된 계기는 편집자 중 한 사람인 타누마 사치코(田沼幸子)의 이 언어 때문이다. 그 주문에 매혹되어 도박에 참가한 것이다. 그 도정에서 역사의 인과가 절단되어 기존의 집단이 용해되고, 사라진 자들이 되살아나 다른 미래를 가리킨다. 거기에는 사라진 자들이 소급되어 새롭게 발견되고, 그 자들이 개시할 미래를 결코 통합된 질서 앞에 그려진 역사의 인과로서의 예정과 계획이 아닌, 전조로서 선취해가는 언어가 있을 장소, 즉 사건에 의해 도래한 질서 속에서 소실의 위기에 놓인 누군가에게로 헤치고 들어가 소급된 것이지만 선취한 것이기도 한, 바꿔 말하면 이후(post)이면서도 이전(pre)인 영역이 존재하는 것은 아닐까. 그리고 이러한 언어에서 창출될 관계성과 조직성이 있는 것은 아닐까. 포스트가 가리키는 장소란, 이러한 언어의 영역인 것은 아닐까. 사라진 자들과 공중에 매달린 현재와 미결(未決)의 미래가 응축되어 겹쳐진 장소가 역시 있는 것은 아닐까. 그리고 이 책에서 강조해야 할 요점은 이 장소를 발견하는 작업을 보편적인 이론과 사상의 재독이 아니라, 구체적 대상의 기술로 이루려고 하는 점에 있다. 그것은 필드 혹은 사료란 무엇인가라는 물음이기도 하다.

이 포스트유토피아가 가리키는 장소를 언어로 확보해두기 위해, 다시 말해 모두를 융해시켜가는 힘의 영역, 즉 꿈이 현실에 침투해가는, 말하자면 각성된 꿈의 순간을 발견해 그곳에서 출현한 자들과 자신의 언어와 관계된 미라 잡기가 미라가 되는(사람을 데리고 돌아오려고 간 자가 그 목적을 달성하지 못하고 그대로 머물러 돌아오지 못하게 되는 것. 혹은 사람을 설득하려고 한 자가 반대로 상대에게 설득 당해버리는 것을 이르는 속담—옮긴이) 임계에서, 미라를 별개의 것으로 소생시켜 자신도 탈바꿈해가는 단서를 확보하기 위해서 조금 더 논의를 진전시키려고 한다.

2. 굶주림 혹은 탄력

굶주리는 것은 괴롭다
그것보다
굶주림에 대해 생각하는 것이 두렵다
하지만 기아(飢餓)의 길을 간다
기아의 길을 통해 혁명의 길에
기아의 길을 통해 반혁명의 길에…… (구로다, 1968:147)

전전기(戰前期) 야마가타 농촌의 극빈 속에서 자라고, 15세 때 도쿄에서 도제기계공으로 고용살이를 나와 전후(戰後)에 고향 농촌으로 돌아와 공산당원으로서 농민조합을 조직하지만, 그 조직의 와해와 함께 병으로 쓰러져 1962년에 병실에서 당의 조사를 받고 제명된 구로다 기오(黑田喜夫)가 1964년에 발표한 평론으로, 「죽음에 이른 기아-안냐에 대한 고찰」가 있다. '안냐'는 근세 농촌에서 해마다 공물로 보내진 질물봉공인(質物奉公人, 에도시대에 몸값을 받는 대신 채권자 집에 일정 기간을 살면서 고용살이를 했던 사람—옮긴이)으로 역사적 계보를 가지는, 말하자면 도호쿠 농촌의 빈농보다 못한 극빈층이다. 이러한 '안냐'를 둘러싸고 구로다는 자신의 고향에서 마주한 농지개혁의 한 광경을 그려낸다. 그것은 농지개혁을 혁명의 초석으로 하여 농지위원회에 참가한 '혁명당원'이자 '전투적 조합원'인 'T'이며, 그야말로 '안냐'라고 불린 인간이었다. 거기에는 구로다 자신도 겹쳐져 있다.

'T'는 도래해야 할 미래를 위해 다시 일어섰다. 그렇지만 그것은 혁명의 이상과 정의였던 언어로 표현된 미래가 아니다. 적어도 그것만은 아니다. 거기에는 굶주림이라는, 채워지지 않은 결여가 잠재해 있다. 결여를 '있다/없다'로 말할 수 있는 자는 이미 결여를 껴안은 주체 바깥에 있다. 그것은 소실과도 같다. 굶주림을 말한 구로다 역시, 오쿠노 등과 그 지점을 공유하고 있는 것일지도 모른다.

'안냐'는 지금의 처지로부터 탈출하려고 한다. 적어도 대우가 좋은 장소로 조금씩 나아지는, 평소 '안냐'로 보여지는 존재에서 탈출하려고 발버둥쳤던 것이다. 하지만 기존의 질서를 전제로 한 나아짐과 **버둥거림**이 아무리 해도 나아지지 않는 순간이 결국 찾아온다. 다른 미래가 얼굴을 내미는 것은 그때이다. '안냐'임을 가리키는 굶주림은 몸에서 벗기려고 하면서도 벗기기 어려운 굶주림으로써 깊이 들러붙어, 'T'는 '보이지 않는 남자'로 비약한다.

> 하지만 '안냐'로서 출세한 것이 아닌, 출세를 부정해 '안냐'로서의 생애적 상승운동을 역전하는 가치관 아래로 비약하는 것에는 어떤 탄력과 같은 것이 필요했던 것이며, 그 탄력이란 그들 내에 대대로 이어진 기아감(飢餓感)을, 말하자면 절대화하는 것으로 만들어진 것에 다름 아니었다. 요컨대, 그들은 굶주리기 때문에 **보이는 남자**이며, 그것을 스스로 직시하고 의식해 **보이지 않는** 남자로 변신했던 것이지만, 그때 그들의 관념 내부의 굶주림은 엷어져간 것이 아니라 응시할 수 있는 것으로 짙어져가, 그것이 무엇에 의해서도 묻히지 않을 정도로 깊어지게 마련이라고 느껴질 때 그 깊이를 탄력으로 하여, 그들은 **보이지 않는 남자**로의 비약을 행했던 것이다.(구로다, 1968:160)

누구에게도 대체될 수 없는 결여의 깊이로까지 얽힌 탄력이 야기한 비약. 굶주림의 문제는 보충 가능한 구제대상으로서의 결핍이 아닌, 그러한 대상화를 모조리 거절했지만 탄력의 작동으로만 감지된 결여이며, 거기에는 굶주림의 절대화라고 말해야 할 사태가 있다. 'T'에게 도래해야 할 미래는 이 탄력의 작동과 함께 있다. 그렇기 때문에, 다음의 문장이 등장한다.

> 이처럼 **보이지 않는 남자**가 된 그들이, '우리는 혁명을 바란다', '우리는 정의를 위해서가 아니라 정의보다도 중요한 굶주림을 위해 어떤

수단으로라도 혁명을 바란다'라고 생각하고 있었음이 확실하다.(앞의 책:161)

이 문장에 등장한 '우리'는 두렵다. 모든 것을 무효하게 하면서도 계속 남겨진 '어떤 수단으로라도'라는 한 마디가 열어간 세계 속에 '우리'의 미래가 있는 것이다.[3] 그리고 지극히 역설적이지만, 정의를 넘어 절대화된 굶주림을 재차 자신들의 정의로 획득하려 하는 자야말로 전위조직에 다름 아니다. "자신의 굶주림을 절대화해 당·지도자와 혁명의 모든 수단을 절대화"(앞의 책:162)한 것이다. 수단을 통해 탄력을 조직한 전위는 모든 수단을 자기 자신의 정의로 획득한다. 그리고 농지위원회에서 발견된 꿈은 농지개혁 과정 속에서 소멸하고, 당 자체가 분파되어 혼란스러운 와중에 'T'는 고압송전선의 철탑에서 투신한다. 스탈린주의라는 안이한 표현은 피한다 해도, 거기에는 비판해야 할 조직의 모습이 존재한다. 그리고 그 비판은 비약했던 'T'를 획득한 것은 당이었다는 엄연한 현실에서 출발할 수밖에 없다.

비약한 'T'가 발견한 미래는 결코 묻힐 수 없는 결여와 함께 있다. 또 중요한 것은 'T'에게 그 결여가 "항상 자신의 분석과 해석을 초과하는 경우였다"(앞의 책:160). 말하자면 무엇에 굶주리고 있는가가 아닌, 굶주림이란 탄력의 작동에 모두 융해된 사태이며, 분석과 해석의 언어

---

3) 이 문장에서는 즉시 말콤 X(Malcolm X)의 "모든 필연적인 수단으로(by any means necessary)"가 상기될 것이다. 무장투쟁 선언으로 받아들여지고 있는 말콤 X의 유명한 이 말은 유토피아의 터가 겹겹이 쌓인 무장투쟁의 터이며, 전위조직은 틀림없이 군(軍)의 문제임을 가리키는 동시에 무장 내부에서 '우리'의 다른 미래를 어떻게 확보할 것인가 하는 물음이기도 하다. 거기서는 '모든 수단'이 필연시 되는 상황, 즉 탄력이 얽힌 상황에서 언어가 담당해야 하는 역할을 찾을 수밖에 없다. 이 점에 대해서는 도미야마(1998, 2007)를 참조.

격자(格子)를 부단히 무효하게 만들어가는 힘이다. 그리고 '어떤 수단으로라도'라는 때의 수단이란 의미가 무효해져도 여전히 남은 이 힘의 영역인 것이다. 하지만 그럼에도 불구하고 당은 그 비약을 선취해 그 결여가 무엇인가를 표현해 마주해야 할 미래를 제시한다. 또한 이 과정에서 수단은 전위의 도구가 되며 목적합리 속에서 새로운 의미를 부여받게 될 것이다. 그리고 많은 경우 이 목적합리를 혁명이라 부르며, 그렇게 나타난 미래상을 유토피아라고 불러온 것은 아닐까. 하지만 우리들은 거기에 포스트라는 접두어를 붙여보려고 한다.

지금 여기에서 비약을 선취한 것이 잘못됐다고 말하려는 것은 아니다. 유토피아는 탄력과 함께 있는 것이며, 거기에서 수단은 힘의 영역으로 있고, 언어는 부단히 그 힘을 무효하게 만든다. 이러한 유토피아와 언어의 관계는 모든 것을 융해시킨 탄력과 그것이 지시한 미래를 움켜쥐려고 한 선취 속에서 생성된 것이며, 보편적 이념에서 오성적으로 연역된 것도, 법칙으로 이끌린 계획도 아니다. 바꿔 말하면, 이상(理想)으로서의 미래상과 계획된 예정과 기존 현실이 무너진 와중에 미래를 움켜쥐려고 한 선취는 별개의 것이다. 하지만 전자는 후자를 제 것으로 삼아간다. 출발점은 이미 양자가 서로 겹쳐진 장소에 있으며, 그것은 구로다가 서 있는 지점에도 존재한다.

기요다 마사노부(清田政信)는 구로다의 이 논고에 응해, 1967년에 「구로다 기오론-파국을 초월한 시점」을 『류다이분가쿠』(제3권8호)에 게재했다. 1950년대, 오키나와 땅에서 미군에 대해 토지투쟁을 벌이고 그 투쟁의 종식 속에서 오키나와 인민당을 떠난 기요다에게, 구로다가 말한 굶주림은 자신이 경험해온 토지투쟁에의 소급적 비판과 연결되어 있다. 즉 '섬 전체 투쟁'이라고 불린 토지투쟁이 토지소유자의 사적소유를 기반으로 한 것이며, 그것을 기반으로 발견된 마을은 농민의 절대적 굶주림을 애써 감춘 것이고, 그럼에도 불구하고 당은 이 마을을 운동의 기반으로 조직해 그곳에 전위조직을 그리려 했던 것이다. 그리고 바로 1967년의 '섬 전체 투쟁'을 거쳐 확대된 복귀투쟁의 정의 속에서, 바꿔 말하면 지향해야 할 미래를 향한 역사 과정의 한복판에서 기요다는 "정의를 파쇄한 굶주림을 공유해 불가능성의 영역으로 출발했다. 거기서 사람들을 연결시킨 언어는 이미 정의라고 불리지 않는 것이다"(기요다, 1981:32)라고 서술한다. 구로다와 마찬가지로 기요다는 유토피아를 굶주림으로 되돌려 보내려 하고 있다.

> 배의 굶주림은 체제의 어떤 논리도 무의미하게 하는 집념이지만, 사람은 배의 굶주림으로 죽는 것이 결코 허용되지 않는다고 말한 방랑자의 불문율이 됨에 이르러 사회정책 차원의 구원을 훨씬 웃도는 변혁의 동인이 된다.(앞의 책:47)

되풀이하지만 어느 정도의 굶주림인가 하는 문제가 아니다. 여기서 가리키고 있는 것은 현실을 살아가면서 그 현실에 에워싸인 결정적인 결핍감이라고 말해야 할 굶주림이며, 요점은 이 결여에의 집착이 동인이 된 현실을 별개의 것으로 탈바꿈해 가는 것이다. 또한 기요다가 언급하고 있는 것은 마을을 구제의 대상으로 삼는 사회정책과 방랑자 무리이다. 당이 조직한 것은 사회정책 차원만이 아닌 기점으로 고정시킬 수 있는 것이 방랑자라고 한 기요다의 이 지적은, 감히 말하면 굶주림을 둘러싼 이중성과 관련된 것이라 할 수 있다.

이를테면, 그 결여가 필요량으로 표현될 수 있는 굶주림. 이 굶주림은 맨커 올슨(Mancur Olson) 등의 집합행위론과 욘 엘스터(Jon Elster) 등의 분석적 마르크스주의(analytical marxism)가 고찰한 굶주림에 가깝다. 마을의 굶주림은 사회정책에 의해 상쇄될 것이 예정된 경제적 결여이며, 또한 거기에서 굶주림에 대응하는 요구내용과 자신의 행동에 의한 리스크를 정확히 파악한 합리적인 행위자를 상정하는 한, 봉기는 일어나지 않는다(Callinicos, 1987:64-91, 193-205). 바꿔 말하면, 굶주림이 결핍량 혹은 필요량이 된 시점에서 그것이 사회정책의 대상이었다 하더라도, 혁명의 동인이 되지는 않는다. 이러한 계량될 수 있는 대수평면(代數平面)이 지배하는 한, 굶주리게 된 자는 다시 일어서지 않을 것이다. 또한 기요다가 당에 대한 비판으로 사회정책 차원의 굶주림을 지적했던 것은, 굳이 말하면 혁명 후 스탈린주의의 계획경제와 혁명 전 현대 자본주의의 사회정책이 서로 겹쳐져버리는 사태를 정확히 포착했다고도 말할 수 있을 것이다.

그렇기 때문에 또 하나의 굶주림, 요컨대 도리를 넘은 집착이라고 말해야 할 굶주림, 결코 표현될 수 없는 절대적 결여로서의 굶주림을 기요다는 마주한다. 그것은 혁명과 반혁명이 마을의 굶주림을 동등한 대수평면으로 포획해버린 상황하에서의 혁명의 문제이기도 하다. 그리고 역시 중요한 것은 그 굶주림이 무엇인가 하는 물음보다도 이 집착 속에서 마을의 정경(情景)이 별개의 것으로 탈바꿈되어가는 것이다. 이 탈바꿈 속에서 소토지 소유자의 연합체였던 마을에서는 방랑자가 배회하는 광경이 부상해온다. 그리고 이 광경에 관련된 지각을 기요다는 '광기의 논리'(같은 책:34)라고 부른 것이다.

그것은 바야흐로 광기가 극도에 이른 곳에서 더욱 발광할 수 없을 때,

사람을 광인으로 몰아넣은 모든 악의가 보인다는 철저성에 의거한
다.(같은 책:50)

　광기와 악의라는 표현이 가리키고 있는 것은 기존 인식의 격자가 융
해되기 시작하면서 발생하는 지각이며, 굳이 말하자면 탄력에 관련된
지각이다. 그리고 이 지각으로 감지할 수 있는 세계가 있다. 거론되고
있는 것은 결여가 무엇인가 하는 것이 아니라 이 지각과 세계이다. 이
제, 마을을 보면서 방랑자를 떠올린다. 그리고 'T'도.
　이 책에서 각각의 논자들은 포스트유토피아라는 설정을 시험해보고
있다. 내가 지금 여기서 그것들을 모두 모아 통일된 정의를 제안하려
는 것은 아니다. 그 대신 명시적으로 나타내고 있지는 않지만 모든 집
필자가 공통적으로 갖고 있는 지점을 서술해본다면, 유토피아에는 이
모든 데생을 무너뜨려 세계를 융해시켜간 탄력이 들러붙어있다는 것
이다. 한 발 늦은, 소실된 자들의 터를 응시하는 지각이 마주치는 것은
우선 이 탄력이며, 집필자들은 자신이 거주하는 세계의 융해를 예감하
면서, 그럼에도 이 탄력이 나타내는 전조로서의 미래를 언어로 움켜쥐
려고 하고 있다.
　그렇기 때문에 보편에 이끌리는 통일된 정의는 소용없다. 집필자 각
자가 행한 포스트유토피아의 설정은 이 미래를 붙잡으려 하는 몸짓이
며, 그 몸짓은 학계에 공유된 일반적 정의로 통괄되는 것이 아니라 터
로부터 굶주림과 함께 눈앞에 나타나는 자들, 즉 'T'와 방랑사에 대한
지각의 문제인 것이다. 정의의 통일성이 아니라 이러한 자들을 발견하
려 하는 몸부림에 있어서 우리들은 일치된다. 그리고 이제 이 지각 대
상을 구체라고 부르자. 그것은 터에도 있고 'T'와 방랑자에게도 있다.

그리고 이 책의 의의는 찾아야 할 지각, 즉 기요다가 말한 '광기의 논리'를 유토피아를 둘러싼 이론과 사상의 재독으로 해설하려는 것이 아니라, 이 구체에 대한 지각으로서 획득한다는 것을 굳이 채택했다는 점에 있다. 그것은 역시 필드 혹은 사료와 관련되어 있는 것이다.

3. 구체라는 것—파농의 룸펜 프롤레타리아트에 대해서

되풀이하지만, 탄력이 가리킨 전조로서의 미래를 언어로 포착하려고 한 지각, 즉 모든 것이 무효가 된 '광기의 논리'에 가장 근접한 것으로는, 당과 전위조직이 존재한다. 출발점은 이 인접점이며 거기에서 내보내진 언어는, 미래가 어떤 미래이며 그 미래를 마주한 자가 누구인가를 지시한다고 해야 할 것이다. 그리고 이 전조로서의 미래를 우리의 미래로서 움켜쥐려고 한 노력이야말로 제3인터내셔널(코민테른)이 민족해방투쟁과 만나, 혁명과 탈식민지화가 격렬히 충돌해 착종된 순간을 구성하고 있는 것이다. 거기에서 중요한 것은 계급과 민족 중 어느 것으로 미래상을 그릴 것인가가 아니라 탄력이 가리키는 미래이며, 힘과 함께 부상한 유토피아의 순간이다. 이 책에서 이시즈카 미치코(石塚道子)가 이루려 하는 것도 공산당 선언과 제(諸)민족의 봄이 서로 겹쳐졌던 1848년 이후의 계급과 민족을 둘러싼 해방전략을, 그리고 에메 세제르(Aimé Césaire)의 '네그리튀드(negritude)'를, 이 유토피아의 순간으로 소급해 검토하려는 것임에 틀림없다.

탄력은 식민지 해방투쟁에 들러붙어 있다. 우선 이것을 확인해보자. 에메 세제르의 '네그리튀드'가 가령 사르트르에 의해서, 바라는 것을 영구히 잃은 '검은 오르페'로 치환되려면 여전히 힘을 가지는 것도, 모든 것을 넘어뜨려 다른 세계를 만들어내려 한 흉포함마저도 탄력의 존재에 의한 것이지 않은가(마지마, 2004). 또 결여태로서 보편화된 사르트르의 해설에 저항하면서 세제르의 네그리튀드로 자기 존재를 발견하려 했던 프란츠 파농(Frantz Fanon)이 움켜쥐려 한 것도 이 힘이지 않은가. 반복하지만 결여를 '있다/없다'로 말하는 자는 이미 그것을 껴안은 주체 바깥에 있다. 그리고 파농은 『검은 피부 하얀 가면』 속의 「흑인의 생체험」에서 "여하튼 나는 네그리튀드 속에서 자신을 잃을 필요가 있다"고 말한 뒤 다음과 같이 기술한다.

> 내가 보편적인 것을 추구할 필요는 없다. 내 속에는 어떤 개연성도 존재할 장소를 갖지 않는다. 나의 니그로(negro) 의식은 결여(manque)로서 부여된 것이 아니다. 그것은 **존재하는** 것이다. 그것은 그 자체에 착 달라붙어 있는 것이다.(파농, 1970:92)

결여태로서 바깥에서 주어진 결여가 아닌 압도적인 결여, 메울 수 없는 결여. 그 결여를 '**존재한다**'고 말한 순간 시작된 세계의 변용이야말로 가장 중요하다(도미야마, 1998:99). "그것은 **존재하는** 것이다. 그것은 그 자체에 착 달라붙어 있는 것이다(Elle est. Elle est adhérente à elle-même)"의 '**존재한다**(est)'라는 집착이 나타내려고 한 힘이야말로 지향해야 할 미래가 눈앞에 나타난 순간이기도 할 것이다. 하지만 이 유토피아는 두렵다. 그것은 민족의 존재를 숙명으로 계시한 절대자로서의 당과 민족조직 혹은 국가를 창출할 것이다. 그 절대자는 모든 수단을 점유할 것이다. 거기에서는 우리가 우리라고 말한 문답무용(問答無用)

의 동어반복이 지배할 것이다. 그렇기 때문에 '**존재한다**(est)'를 기점으로 시작된 유토피아의 길을 당과 민족조직 혹은 국가의 역사에 대체해 버릴 수는 없을 것이다.

파농의 풍성한 텍스트와 그가 살았던 해방투쟁의 상황에서 이러한 '**존재한다**(est)'에서 시작된 길을 주의 깊게 독해해가는 작업은 국가에 귀착되지 않는 해방이라는 유토피아를 발견해가는 것이기도 하다. 또 그것은 이시즈카가 '국가방기(放棄)'라고 한 세제르의 유토피아를, 코민테른과 식민지 해방투쟁이 격렬히 충돌해 착종된 순간으로 검토했던 것과도 겹친다. 그러면 '**존재한다**(est)'라는 집착이 가리키는 미래로 유토피아를 되돌려 보내는 것은 무엇을 혹은 누구를 묘사하게 될 것인가. 계급인가 민족인가 혹은 '대지의 저주받은 자'인가. 그리고 무릇 묘사한다는 것은 무엇을 말하는 것인가. 이러한 물음은 전술한 구체라는 문제임에 틀림없다. 즉 한 발 늦은 자들이 사라진 터이기도 하며, 'I'와 방랑자가 부상하는 장소이기도 한 구체. 나는 유토피아와 언어의 관계를 이 구체에서 확보하려는 것이다. 결론부터 말하면, 탄력과 구체 이 두 가지를 결부시키는 '과'라는 순간에서 모든 해방전략이 재심에 회부되는 것이며, 연구되는 행위도 이 재심을 피할 수 없다. 이러한 구체를 묘사하는 작업을 고찰하기 위해 파농의 룸펜 프롤레타리아트라는 표현에 대해 약간의 고찰을 시도해보자.

파농이 식민지 해방투쟁에서 프롤레타리아트를 '식민지 체제에서 가장 많은 수혜를 입은 중심적 존재'로 간주한 것은(파농, 1969:63) 많은 공산주의자로부터 비판받았다.[4] 이러한 비판에서는 혁명은 프롤레타

---

4) 예를 들면, 파농이 '보잘것없이 찌부러지고 굶주린 농민'이야말로 '혁명적이다'라고 서술한 것에 대해 베트남 공산주의자 응우엔 응혜(Nguyen Nghe)는 "농민은 결코 스스로 혁명적

리아트가 달성하지 않으면 안 된다는 전제가 존재한다. 그렇지만 동시에 거론되는 것은 파농이 말한 프롤레타리아트는 누구인가, 그리고 식민지 사회의 어떤 부분에 해방투쟁의 축을 놓을 것인가 하는 문제였다.

파농과 두 번 정도 만났던 적이 있는 월러스틴(Wallerstein)은 이러한 논쟁을 솜씨 좋게 정리하고 있다. 이 정리에서 부상하는 것은 식민지 사회에서 도대체 누가 혁명적인가, 바꿔 말하면 누가 '대지의 저주받은 자인가' 하는 문제였다. 또한 총체적인 논쟁의 방향에서 보다 정확한 사회분석의 필요성이 요청되고 있다. 말하자면 실태를 분명하게 하는 조사연구의 필요성이다. 그중에서도 파농이 자주 등장시킨 룸펜 프롤레타리아트라는 용어를 둘러싸고 이러한 논의가 형성된 것이다. 그리고 월러스틴은 아래와 같은 결론을 내리고 있다.

> 가장 유효한 구분은 무엇보다도 먼저 프롤레타리아와 준(準, semi) 프롤레타리아를 구분하는 것이라고 생각한다. 요컨대 생애수입(life income)을 임노동으로 얻을 수 있는 자와 생애수입 일부를 임노동에 의해 혹은 일부를 제1차 산업에서의 용익권(用益權)의 이용, 가족·국가·공중으로부터 얻은 약간의 수당, 도둑질 등, 기타 수입에 의존하고 있는 자와의 구분이다.(월러스틴, 1987:140-141)

월러스틴에게 파농의 룸펜 프롤레타리아트는 생애수입으로 규정된 '준 프롤레타리아'로 재정의되고 있다. 하지만 누구를 혁명적이라고 간주할 것인가 하는 물음에서 거론되는 것은 이 설문 자체에 대한 물

의식을 가질 수 없다"고 응수하고 있다.(월러스틴, 1987:13)

음이지 않을까. 혹은 이러한 설문의 해답을 지닌 지식인의 존재 방식 자체에 대한 물음이다. 지금, 조사와 조사를 위한 개념의 정밀화가 무의미하다고 말하려는 것은 아니다. 역설적으로 들릴지 모르지만 생각해보고 싶은 것은, 연구라는 작업에서 대상이 가진 리얼리티이며, 구체라는 물음이다.

> 토지 없는 농민은 룸펜 프롤레타리아트를 구성해 도시로 밀려와 슬럼가(slum)에 북적대고, 식민지 지배로부터 생겨난 항구와 대도회지로 침투하려고 시도한다.(파농, 1969:65)

파농의 이 문장에서 표현되고 있는 것은 '토지 없는 농민'이라고 말한 집단이면서, '침투'라고 말한 유동이다. 파농의 룸펜 프롤레타리아트는 실태적인 집단으로 묘사되는 동시에 복수의 장소로 침투해 확장되는 액상의 흐름으로 나타나는데, 후자의 경우는 메타포의 형식을 띤다. 하지만 거기에서 현실과 레토릭이라는 수사학상의 구분을 가져와서는 안 될 것이다. 이는 움켜쥐기 어려운 유동을 움켜쥐려고 한 비유법이며, 그것은 다카하시 가즈미(高橋和巳)가 루쉰의 비유법을 일컬어 "그것은 '반영'과 '비유'가 아닌, 자기 의식을 '운명 지은' 것을 의미한다. 그때 그 언어는 움직이기 어려운 절대성을 획득한다"라고 서술한 것과도 관련된다(다카하시, 1973:224). 비유법은 현실의 반영이 아니다. 중요한 것은 움켜쥐려고 하는 집착인 것이다. 또한 실태적 집단도 단순한 현실이 아니다. 즉 실태 또한 운명을 움켜쥐려고 하는 집착 속에 있다. 여기서 말한 '토지 없는 농민'도 계속 확장되는 액상의 룸펜 프롤레타리아트에게 얼굴을 기대려고 하는 시도인 것이다. 구체는 분석을 앞에 두고 얌전히 해석을 기다리고 있는 존재가 아니다. 그렇지 않고, 지체 없이 결여라고 간주된 장소에 '그것은 **존재한다**(est)'는 것이다. 굳이 말하면 실태이며, 비유법이며, 어디에도 '**존재한다**(est)'는 집착이 언어로 나타난 것이며, 양자는 굶주림을 앞에 두고 연속된 장소에 있다.

또 이 시도 속에서 집단이라는 개념도 거론해야 한다. 파농이 "룸펜 프롤레타리아트, 부족을 떠나고 무리를 떠났던 이 굶주린 자의 무리는 식민지 원주민 중 가장 자발적이고 래디컬(radical)한 혁명세력을 구성하고 있다"고 말했을 때, 그것은 무리라는 사회집단과 굶주린 자의 무리라는 두 개의 집단을 염두에 두고 있다. 그리고 이 후자의 무리는 예를 들면, 다음과 같이 환언된다.

> 룸펜 프롤레타리아트의 형성은 본래의 논리에 따른 현상이었기에, 선교사의 방대한 일도, 중앙권력이 일으킨 법령도 그 진행을 저지할 수는 없다. 이 룸펜 프롤레타리아트는 쥐 떼와 같아서 발로 걷어차거나 돌을 던져도, 결국은 나무뿌리를 계속해서 갉아먹는 것이다.(파농, 1969:75)

몇 가지를 지적하고 싶다. 여기서 무리는 결국 액상화된 유동이며, 쥐 떼이다. 또한 선교사들은 이 무리에 정면으로 도전한다고 할 수 있을 것이다. 쥐를 앞에 두고 아나키즘이라는 표현이 무의식적으로 튀어나오려는 것을 억누른 뒤, 생각할 것은 신의 계시도 법도 따르지 않는 이 무리와 관련된 구체의 문제이다.

파농은 이 구체에 대해 '그것은 식민지 지배의 중심에 뿌리내린 괴저

(壞疽)를 의미'하고 있다고 한 뒤 '슬럼가', '유곽 주인', '매춘부', '실업자', '부랑자', '범죄자', '식모'라는 집단을 차례로 열거하고 있다(파농, 1969:75).

이 연쇄하는 복수의 이름을 가진 자들은 누구인가. 확실히 이들을 각각의 사회집단으로 정의하는 것은 가능하다. 또 그즈음의 분별을 월러스틴처럼 생애수입으로 처리하는 것도 가능하다. 하지만 이러한 집단은 쥐에게도 있으며, **존재한다**(est)'를 구체로 움켜쥐려 한 파농의 도박에도 있다. 실태와 비유법이 착종되면서 전진하는 구체의 나열은 이 도박의 흔적이며, 그것이 보편에서 연역된 복수의 사례가 아니라면 생애수입에 관한 대수적(代數的) 등치평면에 있는 것도 아니다. 그것은 결여가 '**존재한다**(est)'고 환언될 때에 연결되기 시작한 관계이며 미래를 움켜쥐려고 하는 집착, 다시 말해 탄력의 작동에서 하나하나가 관계를 만들어나가는 프로세스이다. '슬럼가'이며, '유곽 주인'이며, '매춘부'이며, '실업자'이며, '부랑자'이며, '범죄자'이며, '식모'이며……. 탄력은 이 '이며'와 관계된다. 되풀이하지만 그것은 등치가 아니다.

월러스틴이 파농으로부터 흔적 없이 지운 것은 이 '이며'인 것이다. 그는 이러한 창출되어야 할 관계를 대수적인 등치평면으로 해소해 결여를 개인수입으로 치환했던 것이다. 이러한 룸펜 프롤레타리아트는 세계체제라는 전체집합에서 수입에 의해 정의된 부분집합으로 확보되어간다. 보편에서 연역되고 전체성에 대한 제유(提喩)로서의 사명을 띤 개별사례와, 전조로 가득 찬 미래를 움켜쥐려는 관계를 생성시켜간 구체. 이때 포스트유토피아라는 설정은 후자를 선택함을 의미한다. 그리고 이 사례와 구체에서 중요한 것은 학자인가 혁명가인가 하는 자기소개와 직업분류가 아니다. 혁명을 위해, 학문을 위해, 구체에서 거론되는 것은 기존 인식의 격자가 융해되면서 생겨나는 지각이며, 굳이 말하면 탄력과 관련된 지각이 논점인 것이다. 그리고 이 지각에서 감지할 수 있는 세계가 구체로서 역시 **존재한다**는 것이다.[5]

이제, 미래를 움켜쥐려는 구체와 마주한다. 그리고 '이며'에 의해 연결되고 있는 관계 속에서 방랑자가, 쥐들이, 부상하는 것이다. 이시즈카가 논문에서 '쟈르뎅(Jardin)'이 묘사한 것처럼, 플랜테이션(plantation) 토지 '샨'으로 뒤덮인 마르티니크(Martinique)에서 '샨'을 물어뜯으면서 생성된 농민들의 생존 장소, 혹은 피지(Fiji)에서 "진정한 그들은 누구인가"라고 물은 카스가(春日)의 눈앞에 불시에 닥친 식인들과 같이(카스가 논문 참조). 이 식인들은 모든 것을 무효하게 하고 모든 것을 움켜쥐려한 것 앞에, 즉 '전체적 진실'을 말하려고 한 자의 바로 앞에 차례로 연쇄되어 나타나는 구체들인 것이지, 미리 준비된 전체구조에서 연역된 개별사례도 아니며, '부분적 진실'로 정착한 것도 아니다.

되풀이하지만 구체는, 필드는, 혹은 사료는 무엇인가 하는 문제이다. 결론을 말해버린다면 필드이며, 사료이며, 구체적 장소로 발길을 옮긴 자들은 확실히 도박을 감행하고 있는 것이다. 탄력이 가리킨 미

---

5) 이념이 '구체적 개체'로 치환되는 것에 의해 이념이 당초 상정하지 않았던 가능성(잠재성)이 발견되는 것을 두고 군지(郡司)는 '오픈리미트(openlimit)'라 하고, 그 근거가 되는 '구체적 개체'를 '질료(material)'라고 부르고 있다. 요컨대 전체를 정의하는 함수를 전제로 한 뒤 그려낸 복수의 사례(요소)와 구체적 개체를 선택하는 것에 의해 발견되는 잠재성 속에서 다른 개체의 존재를 상상해 관계 맺어간다는 프로세스에서 복수성이란, 완전히 다른 사고인 것이다. 또한 군지는 '평가와 평가기기 손싱의 동시신행'이라는 분제를 '고통(痛み)=손상(傷み)'으로 지적하고 있지만, 이 '고통=손상'은 개체를 선택해 그것이 평가기능을 변질시켜 잠재성과 복수성이 발견된다는 일련의 전개 속에서 중요한 동인으로 존재한다. 이것은 상징적 질서에서 존재하는 외상(trauma)이라는 인식과도 다른 것이며, 말하자면 잠재성 속에 살아 있다는 실천 속에서의 '고통=손상'이다. 이 책에서 말하는 구체라는 것은 군지가 말한 '질료'에 가까운 것이다(군지, 2006).

래를 움켜쥐려 한 언어가 육박할 때, 말하자면 도박이 한창인 때에 구체가 부상한다. 그것은 비유법에 대립하는 것도 아니며, 단지 비유법과 동일시되어버리는 것도 아니다. 그리고 소거에서 운동에의 절단을 짊어진 사라진 자들의 터가 별개의 것으로 탈바꿈하기 시작하는 것은 이 구체에서이다. 이 책의 집필자들은 꿈과 현실이 착종되는 구체에의 감촉 속에서 기술된 '이며'로 확장해가는 무리를 응시하고 귀를 기울이면서 불에 그을리고 있다. 그리고 그것은 필드로 뛰쳐나가려 하거나 객관적 사실이야말로 중요하다고 하는 작법이 가진, 전적으로 비슷하면서도 서로 다른 것이다.[6]

4. 각각의 구체로, 그리고 같이……

연구조직이라는 문제

여기서 이들 구체에 대해 조금 다른 각도로 설명을 보태고 싶다. 그것은 이 책에 흐르고 있는 말해진 혁명과 해방에의 경계감이라고 해야 할 것이다. 여태껏 서술한 것과 같이, 포스트유토피아라는 설정에서

---

6) 다만 여기서 "비슷하면서도 서로 다르다"라고 할 때, 두 개의 학(学)이 있다는 시시한 구분을 불러들이지 않기 위해서라도 학사(学史)적 검토가 필요하다고 생각한다. 다시 말해, 왜 제유적 사례가 힘으로 이어져 구체의 곁에 생겨났는가 하는 문제이다. 예를 들면, 과학일 것이라고 했던 레비스트로스(Lévi-Strauss)가 '구체과학'이라고 말할 때, 이 책의 본론에서 말한 구체가 가진 힘을 충분히 알고 있었던 것이며, 레비스트로스는 보편(구조)을 향해 몸을 떼어내는 것을 확신범으로서 실행했다(도미야마, 2002:24-60). 어떤 점에 주목한다면, 레비스트로스의 사례와 구체는 결코 구분되지 않는다(레비스트로스, 1976:1-41). 대개 문제는 그 후의 학사적 전개일 것이다. 그것은 월러스틴에게도 적용될 수 있다. 사고상(思考上) 이념인 세계체제론을 분석도구로서 단지 제(諸)지역에 적용해 무언가를 말하려 하는 자들이야말로, 비슷하면서도 다른 작법을 만들어냈던 것이다.

중요한 것은 그것이 소실과 관련되어 있다는 것, 그리고 언어가 있을 곳으로서의 구체가 발견되고 있는 점이다. 하지만 전자의 소실은 거기에서 잃어버린 소중한 가치를 찾아내, 잃은 것에 대한 추도와 함께 가치의 복권을 바라는 심성을 양성하는 것이다. 혹은 이미 잃어버린 것에 대한 공포를 애써 감추면서 잃어버린 것은 없다고 강변한다고 해도 성취되기 어렵다. 하지만 추도이며, 부활이며, 포스트라는 접두어에서 나타내고 있는 것은 과거의 패배가 아니며, 무리하게 보류된 뒤 고무되는 남성적인 미래도 아니다.

전술한 것처럼 포스트유토피아에서 중요한 것은 도래할 질서와 조직화를 전제로 하면서도 그 도래를 선취해 떨쳐버리고, 다른 미래를 부단히 전조로 개시해가는 운동적인 행위이다. 하지만 그럼에도 불구하고 소실에는 패배했던 과거의 가치와 보류된 미래의 승리가 늘 따라다닌다. 그리고 틀림없이, 이러한 과거와 미래를 말하는 자의 어떤 종류의 현상긍정에 대한 경계, 혹은 유토피아를 표방하면서 자신을 정당화하는 주체의 존재 방식에 대한 거리감이야말로 이 책의 저류에 흐르는 모티브이다.

그것은 타누마 사치코의 서문에서도 알 수 있는 것처럼, 이 책이 인류학을 전공한 젊은 연구자에 의해 구성된 연구회에서 시작된 것과도 관계가 있다. 나를 포함한 선배격인 몇몇 교수들은 이 연구회에 매료되어 자진해서 말려들었던 것이지, 우리가 중심이었던 것은 아니다. 그것은 학계의 위계(hierarchie)를 반영한 것과 같은 서열적 연구조직과는 전혀 다른 장소였던 것이다. 그들/그녀들이 어째서 미심쩍은 현상긍정과 자기정당화를 정확히 간파하고 있었는가 하는 점은 흥미로운 문제이지만, 거기에는 단지 세대가 아닌 혁명과 운동을 인류학과 역사학의 제재로 삼으면서 혹은 자신의 운동경험을 여러 차례 슬쩍슬쩍 드러내 보이면서, 한편으로 연구를 성립시키고 있는 학계라는 제도에 무비판적이었던 선배 연구자들의 행동거지가 존재했을지도 모른다. 이 책의 젊은 연구자들에게는 유토피아가 학(学)의 보신(保身)과 교훈적 언사로만 말해지는 것에 대한 조바심이 있다고 생각한다. 오오타 신페이(太田心平)의 논고인 「센세이셔널리즘(sensationalism)에의 냉소」는, 한국의 민주화 투쟁을 외친 지식인들이 눈물로 획득한 유토피아에 대한 전 활동가들의 냉소를 고찰하고 있지만, 냉소를 받고 있는 자는 한국의 지식인만은 아닐 것이다.

어쨌든, 그들/그녀들은 이러한 위화감과 조바심을 언어로 편성해 거기에서부터 유토피아를 말하려고 한다.[7] 따라서 포스트유토피아란, 유토피아의 순간을 봉인했던 학계를 향한 비판을 함의하고 있다고 할 수 있다. 또 편성되어간 집단이기 때문에 소실은 현상긍정과 정당화가 아닌 제2의 포인트인 구체를 마주했던 것이다. 혹은 구체에 잠재한 탄력이라는 힘이 야기한 인식 격자의 융해가, 그럼에도 불구하고 힘이 나타낸 미래를 지각하려고 한 도박으로 이어져, 그 치고 나가는 자세가 현상긍정에의 함몰을 제지했다고 말할 수 있을지도 모른다. 그들/그녀들은 유토피아를 말하기 위해 보신과 교훈이 아닌 근거를 획득한 것이다.

되풀이하지만, 이 책에서 포스트유토피아를 둘러싼 개념적 검토는 이념적인 일반이론(grand theory)에서 정의된 것이 아니라, 무엇보다도

---

7) 기존의 제도에서 개인 속에 머무른 위화감과 고통을 편성해 다른 집단성을 창출해가는 실천으로써의 연구라는 행위가 있다고 나는 생각한다(도미야마, 2006). 바꿔 말하면 그것은 분석이라는 실천에서야**말로** 구성할 수 있는 분석적 관계를 훈시와 계몽, 혹은 지도와 치료의 세계에서 해방하는 것이기도 할 것이다. '분석과 욕망이 마침내 같은 쪽으로 이행'하는 것이다(들뢰즈, 1994:12).

각각의 구체와의 관계에서 행해지고 있는 것이다. 그리고 이 경우 구체란, 우선 기존의 의미가 박탈된 것이며, 현상을 유지하는 전체상이 붕괴되어도 여전히 남아 있는 언어의 장소임에 틀림없다. 하지만 현상 긍정과 자기정당화에 그치는 한, 구체의 장소는 전체구조에 의거한 개별사례의 진위 혹은 정오(正誤)로 재판될 것이다. 분석자는 진위와 정오에서, 소실과 그 터로부터 부상하는 탄력의 공포에서 몸을 지킬 것이다. 하지만 그 경우의 개별사례는 구체와 비슷하면서도 서로 다른 것이다. 이 책의 집필자들은 개별사례가 아닌 구체로 말하려고 하고 있다. 다양한 우연을 고려해도 여전히 소실을 부활과 부인으로 연결하지 않고 구체로 되돌려 보낼 수 있었던 것은 이 자들이기 때문이라고 생각한다.[8]

---

8) 오해를 우려해 말하자면, 이 구체는 레닌의 것이기도 하다. 혁명이 한창일 때 레닌이 일으키고 기록한 언어에 대해서는, 예술운동을 담당한 그룹에 의해 레닌의 죽음 직후에 발간된 『예술좌익전선(LEF)』(1호, 1924년)의 특집 「레닌의 언어」가 있다(쉬클로프스키 외, 2005). 레닌이 레닌주의로서 규범화되던 와중에 있었던 이 특집이 묘사해내고 있는 것은 혁명적 미사여구를 꺼리고 사물을 명명해 정의하는 것에 반대하고, '언제라도 언어와 대상 사이에 새로운 관계를 수립하려고 애썼'던 레닌이었다(쉬클로프스키, 2005:18). 레닌은 1917년에 '지령어(슬로건)'에 대해 쓴 글 속에서 "구체적인 것을 추상적인 것으로 살짝 바꾸는 것은 혁명에서 가장 주요한 과오, 가장 위험한 과오의 하나이다"라고 서술하고 있다(레닌, 1957b:206). 이념과 미사여구를 '구체적인 것'으로 치환하려 했던 것이 레닌의 언어인 것이다. 즉 '레닌은 미사여구에 대립시키기 위한 생활습관을 도입'했던 것이며(쉬클로프스키, 2005:19), 그 생활습관이란 이념을 적용한 규범화된 사례가 아닌 '생성의 순간에 감지된다'는 것이다(쉬클로프스키, 2005:14). 각주2에서도 언급한 것처럼, 이러한 레닌의 언어가 있을 장소에 대해 가타리는 문자 그대로 역사의 인과인 시니피앙의 연쇄에 대한 절단을 「레닌의 절단」에서 검토하고 있다. 또한 그것은 레닌의 '지령어(슬로건)'를 둘러싼 들뢰즈=가타리가 말한 '비신체적 변형(transformations incorporelles)'과 관련될 것이다(들뢰즈, 가타리, 1994:97-130). 여기에서 최근 젊은 사람들을 중심으로 한 레닌 재평가를 염두에 두고 강조하고 싶은 것은, 레닌의 언어에 대한 검토는 이 구체와의 관계에서 고찰하지 않으면 안 된다는 것이다. 레닌에게 발견된 유토피아는 이 구체로 되돌려 보내지 않으면 안 된다. 그것이야말로 레닌에 걸맞은 레닌을 반복하는 것이며, 레닌을 뛰어넘는 레닌의 가능성을 획득하

이러한 구체에 대해서는 하나하나의 논문을 읽어주었으면 한다. 거기에는 포스트유토피아라는 주문에 이끌리면서 각자가 어떤 도박에 참가했는지를 묘사하고 있다. 여기에 각각의 구체를 요약하는 것은 보류하고 싶다. 그렇지만 내용의 요약이 아닌, 2~3개 정도의 주석을 보태고 싶다. 하나는 프로젝트라는 것이며, 또 하나는 사랑이다. 그리고 이들 두 개가 공통으로 지니는 집단이라는 문제이다.

프로젝트라는 것

이미 한 번 전술한 구로다 기오의 두렵다는 문장을 떠올려보자. 즉 "우리는 정의를 위해서가 아니라 정의보다도 중요한 굶주림을 위해 어떤 수단으로라도 혁명을 바란다." 동시에 그것은 '당·지도자와 혁명의 모든 수단을 절대화'한다. 이 '어떤 수단으로라도'라는 표현에 담겨 있는 것은 분석과 해석이 주는 의미가 무효화되어도 여전히 남아 있는

는 유일한 회로이다. 또한 정치적 언어를 구체와 언어의 관계에서 생각할 때, 정치가 될 영역은 인류학과 역사학을 포함하면서 확대될 것이 명백할 것이다. 먼저 제도와 조직이 있고, 다음으로 문체가 생겨나는 것이 아니다. 문제가 조직을 희구하는 것이다. "레닌에게 각 당파는 일정한 세계관일 뿐만 아니라 일정한 문체의 체계이기도 했다"는 것이며(에이헨바움, 2005:25), 레닌은 이 문제를 구체에서 재심에 회부해 당으로 귀착하지 않는 정치를 부단히 찾고자 했던 것이다. 바꿔 말하면, 구체가 어떤 언어를 획득하는가라는 것은 문자 그대로 운동의 조직성 문제인 것이다. 거기에서 활동가인가, 연구자인가, 하는 직업분류는 부차적인 문제이다. 주지하는 바와 같이, 제국주의의 내부에서는 방대한 조사가 행해졌으며 코민테른도 더 많은 조사와 정보수집을 실시했다. 제국과 코민테른, 혹은 반혁명과 혁명에 의해 축척된 조사연구에서는 마지마 이치로(真島一郎) 등이 지적한 것처럼(마지마, 2005), "누가 세계를 번역할 것인가", 혹은 번역자의 수동성을 강조한다면 "번역한 것은 누구인가"라는 주체화의 계기가 포함되어 있다. 바꿔 말하면, 그것은 번역이라는 비유법에 의한 이들 기술은 어떤 조직을 희구하고 있는가 하는 물음이며, 따라서 그것은 구체와 언어의 관계에서 당과 국가를 재심에 회부하는 작업이기도 할 것이다. 그리고 이 책의 포스트유토피아도 이러한 작업과 같지는 않지만 함께 한다고 생각한다.

힘의 영역인 동시에 그 힘을 선취해 마주해야 할 미래를 제시하려고 하는 도박이다. 그리고 이 도박이 상승(常勝)의 제도를 갖기 시작하는 과정에서 이 수단은 전위의 도구가 되며 목적합리 속에서 새로운 의미를 부여받는다. '어떤 수단으로라도'는 당의 '모든 수단'이 되며 도박에서 부상한 유토피아의 순간은 계획된 미래상이 된다. 지금껏 대체로 이 미래상을 유토피아라고 불러왔던 것은 아닐까.

혁명의 프로젝트, 개발·발전의 프로젝트, 근대화의 프로젝트, 시민화의 프로젝트, 탈식민지화의 프로젝트, 실업구제의 프로젝트, 자치의 프로젝트……. 이 '의'가 함의하는 목적합리야말로 프로젝트를 계획된 프로젝트로써 성립시키고 있다. 그리고 이 책에 등장한 다양한 프로젝트에서 각각의 논자가 모두 함께 만들어내고 있는 것은 유토피아를 이 '의'로 분류된 프로젝트로 생각하지 않고 그것의 바로 앞에서 사고하는 것이다. 다시 말해 목적합리를 힘과 선취의 영역으로 되돌려 보내 프로젝트에서 의미를 가지는 현실을 '어떤 수단으로라도'라는 모든 것을 무효화하는 힘과 그럼에도 그 힘을 선취하려고 하는 도박의 영역에 다시 놓아두는 것이다.[9] 이때 목적합리의 유토피아에는 포스트라는 접두어가 붙여지고 동시에 이 힘과 선취의 영역에 구체가 부상할

___

9) 여기에서 말한 프로젝트에서 '어떤 수단으로라도'라고 한 힘의 영역이 얽혀 있는 것은, 이 프로젝트라는 언어에 항상 군사 문제가 포함되어 있다는 것을 의미한다. 목적합리를 유지하기 위해 유도하고 진압하는 것이다. 그것은 동시에 프로젝트라면 그것이 차지하고 있는 실용적인(pragmatic) 사고를 이 힘의 영역에서 한 번 더 재고하는 것이기도 하다. 예를 들어 그것은 쓰루미 슌스케(鶴見俊輔)가 흑표범당(black panther)의 투쟁을 언급하면서 "흑인에게 프래그머티즘이란 무엇인가"라고 질문하고, 거기서 이념의 구체화와 계획이 아니라 그것이 '억압된 경험 속에서 자신의 권리를 찾아내는 방법'이며, '자신의 경험에 비추어 당면한 운동에 필요한 사고방식을 **어디에서라도** 받아들이는 자세'(강조는 인용자, 쓰루미, 1991:440)라고 서술하고 있는 것과도 관련된다. 여기서 받아들여진 필요한 수단은 우선 구로다의 굶주림 혹은 파농이 말한 '**존재한다**(est)'를 기점으로 하여 시작되는 도정 속에 있는 것이다.

것이다. 프로젝트를 지탱하는 상승의 제도가 융해되기 시작해 프로젝트 속에서 의미를 지닌 실태가 힘과 도박의 영역으로 향하는 와중에 구체는 생성되는 것이다. 구체는 프로젝트 전체에서 연역된 사례와 실태가 아닌, 힘과 언어의 운동인 것이다. 또 이 운동에 있어서 프로젝트는 그 목적합리를 가한 방침과 강령으로 평가되거나 구분되는 것이 아닌, 프로젝트로서의 제도적 성격과 조직성 자체가 문제화된다. "기아의 길을 통해 혁명의 길에/기아의 길을 통해 반혁명의 길에." 여기서 초점은 강령내용에서의 혁명/반혁명의 분류가 아닌 이 기아의 길에 있다.

예를 들면 나카가와 오사무(中川理)의 논문에 등장한 기욤와 페르난도가 나카가와에게 말한 계획은, 개인의 자기실현과 취업을 합치시킨 생활을 지원해온 프랑스의 '편입 정책'이라는 빈곤대책의 프로젝트에서 보면 실현불가능한 꿈이며 망상이다. 하지만 거기에서 나카가와는 예사롭지 않은 리얼리티를 감지해낸다. "그럼에도 있을 수 있는 세계를 향해 우리가 열려 있는 것을 느낀다"는 것, 그때 유토피아란 세계를 연 기욤와 페르난도의 이 구체적인 계획에 있다. 이 계획에서 미래를 느낀 나카가와의 감지력은, 또한 이 '느낀다'라는 행위에서 발견되고 있는 '우리'는 제도에 있어서 대단히 위험하다.

그리고 니카라과(Nicaragua) 혁명의 벽화운동에서 벽화들은 조직되고 계획된 프로젝트의 도구가 아니라 혁명에 참가했던 사람들의 기쁨과 해방감 속에서 의미를 지니고 있었다. 사사키 다스쿠(佐々木祐)는 이를 가리켜 남겨진 '잡동사니'로서의 벽화가 프로젝트로 버려진 쓸모없는 도구가 아닌 프로젝트 자체의 질서 승인을 조용히 거부하고 있는 것으로서, 즉 기존 제도의 융해와 다른 가능성을 여는 구체로서 여기에 도착한 선물을 그려낸다. 그리고 사사키 역시 이 선물을 받아들이려 하고 있다. 그런 그가 '잡동사니'에 대해 "새로운 공동성·다수성을 향해 내보내진 것이다"라고 서술할 때, 그것은 역시 망상적이지만 동시에 '잡동사니'라는 구체에서 시작하는 미래인 것이다.

혹은 오오타 신페이는 1980년대 한국 민주화운동의 래디컬한 부분을 담당했다고 간주된 J연맹의 전 활동가들의 자기 신변을 둘러싼 중얼거림과 같은 말을 알아챈다. 민주화 프로젝트 혹은 미완의 혁명 프로젝트로서 의미를 지니는 전 활동가들은 프로젝트의 추진기(推進器)로서의 합목적적 도구에서 자기 생을 떼내려 하고 있는 것이며, 이 중얼거림은 도구가 아닌 신체가 언어로서 확보된 것이다. 이 중얼거림을 오오타가 '유토피아의 원점'이라고 부를 때, 나는 거기에서 탄력이 붙고 있음을 느낀다.

공적으로 이야기되는 프로젝트의 근거로서 제안된 도구들이 별개의 것으로 변할 때 그 프로젝트의 공허함이 두드러질지도 모른다. 우에다 토오루(上田達)가 말레이시아 애국가에서 발견한 것은 미래를 향해 그려진 국민창생이라는 희망과 그 희망의 공허함이다. 그리고 이 공허를 묻어버리려고 제안되는 것이 고속도로이며, 자동차이며, 최첨단 기술이다. 그것은 정확히 국민작성의 프로젝트의 공허함이 덮으려 한 것이기도 하다. 하지만 희망이 자동차로 치환될 때 프로젝트 자체를 무효화시킨 힘도 작동하기 시작할 것이다. 다시 말해 자동차는 국민의 미래로 향한다고만 한정할 수 없는 욕망을 끌어당길 것이다. 이때 자동차는 프로젝트에 위험을 갖고 들어오는 구체이기도 하다.

하지만 자동차에 대한 욕망은 시장에서 실현된다. 즉 사회를 구성해가는 힘으로써 영토에 걸맞지 않는 상품시장이 거기에서 부상할 것이다. 혹은 말레이시아의 미래가 나타낸 성장과 발전이 아시아의 통화위기를 이겨내는 것이었음을 어떻게 생각해야 할까. 이는 마지막으로 언급할 글로벌한 권력이라는 문제와 관련되어 있다.

사랑에 대하여

루쉰(魯迅)은 1923년 12월 26일 베이징여자고등사범학교에서 「노라는 집을 나간 후 어떻게 되었는가」라는 유명한 강연을 행했다. 사사키 모토에(佐々木惠)의 논고에서도 언급한 것처럼 이 강연은 '인형의 집'에서 도망친 노라와 같이, 다른 사랑과 세계를 찾아 뛰쳐나온 '신여성'이 한창 속출할 때 실시된 것이다. 주지하는 바와 같이 루쉰은 거기에서 '경제권', 즉 경제적 자립이 없으면 '타락'하거나 '인형의 집'으로 돌아올 수밖에 없다고 말한다. 이 경우 타락은 몸을 파는 것이며, 타락에의 길이 다른 전개를 형성하는 조건으로서 루쉰은 경제권을 들고 있다. 그것은 권리를 옹호하고 부여하는 제도가 아니다. 루쉰은 톈진(天津)의 '건달, 이른바 무뢰한'들을 언급하면서 다음과 같이 서술한다.

예를 들어 다른 사람의 짐을 짊어지고는 2원 내놓으라고 합니다. 짐이 가볍지 않은가라고 말해도 2원 내놓으라고, 거리가 가깝지 않은가라고 말해도 2원 내놓으라고, 짊어지지 않아도 좋다라고 말해도 여전히 내놓으라고 합니다. 물론 건달을 본받을 것까지는 없지만, 그 강한 끈기만은 탄복해야 합니다. 경제권을 요구하는 것도 마찬가지입니다. 그런 일은 너무 진부하지 않은가라고 말하는 사람이 있어도 경제권을 내놓으라고, 그것은 저속한 일이다라고 말해도 경제권을 내놓으라고, 곧 경제제도가 바뀌니 걱정이네라고 말해도 여전히 경제권을 내

놓으라고 대답해야 합니다.(루쉰, 1981:146-147)

'2원 내놓아'가 제도로서의 임금표(賃金表: 근속 연수·연령·자격·직종 등에 의해 정한, 노동자가 받는 임금의 일람표—옮긴이)를 침식해간다. 그것을 무리한 요구라고 간주한 현실이 이 불합리함을 차례로 납득해간다. 그리고 임금표가 무효가 되어 불합리함이 현실을 승락하는 사이에 새로운 제도가 계획된다. 하지만 제도화의 동인인 '2원 내놓아'는 이 새로운 제도가 부여한 현실에 묻혀 있는 것도 아니다. 불합리해서 계속한다는 점이 중요하다. 루쉰은 경제권을 요구하는 일을 "인간은 굶으면서 이상세계가 오기를 가만히 기다릴 수 없기 때문에, 적어도 헐떡거림만은 계속하지 않으면 안 된다"고 말하고 있지만, 거기에는 헐떡거림이 계속되는 호흡기가 감지한 세계, 즉 숨막히는 현실 속에서 헐떡거리면서 폐 운동을 할 때마다 발견되는 꿈이 이상(理想)의 각성을 기다리는 수면 중의 꿈과는 다른 꿈으로써 확보되고 있다고 말해도 좋을 것이다. 이 헐떡거림 속에서 반복되는 꿈이야말로 폐 운동을 지탱하고 있는 것이다.

하지만 여기에서 루쉰은 집을 나간 노라를 반 정도만 이해하고 있는 것처럼 보인다. 집은 생계에 관련된 제도이면서 동시에 사랑의 문제이기도 하다. 그리고 집이라는 성애(性愛)의 제도 속에서 인형이 호흡을 헐떡이기 시작하고, 헐떡거림 속에서 부단히 꿈을 확보하기 시작할 때 그 꿈은 성애에 관련된 욕동과 함께 존재한다. 사랑 바구니에서의 탈출은 다른 사랑이라는 물음으로 대전(帶電)되는 것이다. 그리고 이 집이라는 성애 제도는 당연하지만 노라만이 아니라 모든 사람들이 말려들어가고 있는 것이며, 그들은 연루되고 있음에도 불구하고 때때로 프로젝트의 바깥에 놓여진다. 그렇기 때문에 '2원 내놓아'는 제도의 번거로움이며 불합리함이다. 거기에는 '사랑했기 때문', 혹은 '사랑하지 않았기 때문'이라는 이유 아닌 이유, 바꿔 말하면 정의와 정당함을 무효화시키는 유혹의 말이 숨겨져 있으며 노라가 집에서 들고 나간 것도 이 힘인 것이다.[10] 이 힘을 확보하면서 돈을 요구하고 임금표를 침식해 현실을 납득해간다. 루쉰이 말한 타락도 이 힘의 연장선상에서 재고되는 것이다.

그리고 이 집을 뛰쳐나온 자는 프로젝트에서 항상 무리하게 '2원 내놓아'를 들이댄다. 몇가지 강령에서 유도된 방침이 지금은 서로 사랑하고 있는 경우가 아니라고 훈시해도, 또는 프로젝트는 사랑을 위해 있기 때문이라고 설득하려 해도 노라들은 결코 납득하지 않는다. 하지만 동시에 납득할 수 없는 프로젝트를 놓쳐버린 노라들이 소실했던 터에는 무리하게 문답무용의 힘을 도구로써 손에 넣어버린 제도가 등장할 것이다. 사랑은 틀림없이 두려운 탄력을 껴안고 있는 것이며, 이 사랑이라는 힘의 영역과 그것을 제도로 받아들이려고 하는 프로젝트 사이에 '2원 내놓아'가 있다. 그것도 역시 구체인 것이다.

사사키 모토에는 이 구체에 혁명의 유토피아를 되돌려 보내려 한다. 혁명의 근거지인 옌안(延安)을 향해, 마오쩌둥(毛沢東)과 친밀한 관계

---

10) 시시도 유키(宍戸友紀)는 루쉰의 이 '2원 내놓아'에 대해, '대화의 가능성을 늘 어딘가에서 믿지 않기 때문에 고안할 수 있는 하나의 대화'라고 서술하는 동시에 노라가 아버지의 서명위조에 의해 돈을 손에 넣었던 것에 대해서 "개인의 존엄이 침해될 수밖에 없는 여자들은 태연히 타자의 존엄을 침해한다. 타자의 이름으로 자기를 이야기하며 자기의 이름으로 타자를 이야기한다. '사랑하기 때문에'가 면죄부이다. 노라도 이 수법을 사용했다"라고 말하고 있다. 여기에는 타자의 존엄을 침해한 문답무용의 사랑과 임금표가 침식되고 있는 프로세스가 서로 겹쳐져 있는 것이다(시시도, 2004).

였던 세 사람의 여성을 묘사하면서 그녀들에게 혁명이란 무엇이었는지를 묻는다. 거기에서는 '신여성'이라고 불린 타락의 각인을 억눌러 성애를 소거한 뒤에 선양된, 후에 '위대한 인물(마오쩌둥)의 사소한 생활 이야기'로써 봉인된 그녀들의 그리고 많은 노라들의 흩어지고 사라진 꿈이 묘사되어 있다. 그것은 프로젝트로서의 혁명을 성애라는 구체로 되돌려 보내 유토피아를 확보하려고 한 시도이다. 그러나 더욱 중요한 것은 어떤 정동(情動)을 언어로 포획하는 것을 방기하면, 정동은 두려운 탄력으로서 당과 국가의 절대적 근거가 된다고 말한 위기감이 사사키 논문의 저류에 존재하고 있다는 점이다. 요컨대 유토피아를 국가테러로 몰살시키지 않기 위해, 즉 노라들의 헐떡거림과 함께 얼핏 드러난 유토피아의 순간을 희망으로 지금도 계속해서 찾는 실천으로써 확보하기 위해 사사키는 언어에 도박을 거는 것이다.

타누마 사치코는 쿠바를 무대로 많은 애인들을 그려낸다. 쿠바 혁명의 꿈을 철저하게 애인들의 행위로 되돌려 보내는 것이다. 성애의 힘을 확보하면서 돈을 요구하고 부등가 교환을 내재화하면서 글로벌하게 확대된 임금표를 과감하게 침식해간 많은 노라들이 거기에 살아 있다. 타누마가 이 힘을 언어로 포획하려고 했을 때 배신은 긍정되고 실수는 비약과 함께 있다. 그리고 거기에서 당과 전위와는 완전히 다른 관계성이 부상할 것이다. 사랑이란 이 배신과 갈등의 관계인 것이다. 그것은 애인들 사이에서 태어난 유토피아이며, 달리 말해 노라들이 소생해야 할 장소이기도 하다.

또 이 관계성에서 재심에 회부되는 것은 프로젝트로서의 미래임에 틀림없다. 다시 말해 거론되고 있는 것은 옳은 강령과 의사일치라는 친숙한 스타일에서 도래할 미래를 말하며, 동시에 배신과 거짓말을 경멸해 타락이라고 간주한 경우에는 조사하고 따져 물어온 현재를 도맡아 관리하는 저 집단이며, 계몽과 교훈을 반복해 프로젝트라고 일컫는 지(知)를 서열화하고 정당함을 점유해온 저 집단이다. 그리고 이러한 집단에 의해 계획된 미래가 물상화의 힘을 승인하는 것으로만 존재한다면, 혁명의 꿈은 돈을 요구하면서 임금표를 침식한 노라와 애인들에게 되돌려 보내지지 않으면 안 되는 것인지도 모른다. 거기서 발견된 사랑은 사적인 문제도 아니며, 가부장제와 이성애주의적 평등을 표방하는 근대 가족제도의 문제에 한정되는 것도 아닌 정치 그 자체이다. 정치란 "한 마디로 말하면 사랑의 행위인 것이다"(네그리, 하트, 2005:254).

함께……

무엇이 시작되고 있는 것일까. 우에무라 사야카(植村清加)는 이념으로서의 시민사회가 프랑스의 마그레브(Maghreb)계 이민에 대해 통합으로 작동하던 중에, 이 이념을 일상생활에서 스카프를 두른다고 말한 행위로 되돌려 보내려 한다. 그것은 통합의 이념이 되어버린 유토피아를 구체로 치환하면서 동시에 그 이념을 재심에 회부하는 것임에 틀림없다. 또한 우에무라의 논고에서 대단히 중요하다고 생각되는 것은 스카프를 두른다고 말한 선택이다. 통합과 저항, 혹은 젠더 등의 다양한 문맥에서 의미를 지니고 있는 스카프를 한 사람의 여성이 선택할 때, 거기에는 개인으로서의 행위와 그 행위를 갈등과 반발도 포함해 떠맡으려고 하는 친밀한 타자가 곁에 존재하고 있다. 거기서 스카프는 우선 개인의 선택이지만 이미 개인의 선택이 아니다. '개적(個的) 공동성', 우에무라의 이 훌륭한 언어에는 구조화된 집단과 그 요소인 개인이 아닌, 개(個)에서 생성된 다른 공동성이 함의되어 있다. 스카프를 선택한다고 표현된 개인의 행위가 이미 개인이 아닌 동시에 기존의 집단에도 귀착되지 않는다는 공동성. 그것 역시 유토피아의 순간이다.[11]

그 공동성은 기존의 통합 속에서도 이미 존재했을지도 모른다. 혹은 재차 구조화되어 통합의 새로운 이념이 될지도 모른다. 그리고 그렇기 때문에 그녀의 스카프 선택에서 얼핏 드러난 미래를 확보하기 위해서는 언어가 필요한 것이다. 유토피아의 순간에는 과거를 잘못으로 폐기하는 것도 미래를 먼저 읽고 구조화해 도와주는 것도 아닌, 언어가 있을 장소가 요청되고 있는 것이다.

가토 아츠후미(加藤敦典)가 베트남 혁명을 담당한 농촌의 현재 자주관리적 통합을 둘러싼 토의의 대립과 조정(調停) 장면에서 주의 깊게 청취한 농촌의 모럴(moral)도 이 공동성이 아닐까. 농촌 사람들은 혁명을 짊어지고 전시동원을 지탱했던 통합에서 연대를 상기하면서 자주관리를 이야기한다. 그때 연대는 통합을 향한 프로젝트가 아닌 현재 농촌의 모럴로서 존재한다. 강고한 전시동원으로 끝난 유토피아가 연대의 모럴로서 지금으로 흘러들어오는 것이며, 바꿔 말하면 혁명 프로젝트는 일상생활에 되돌려 보내지고 있는 것이다. 또한 이 모럴은 자주관리가 새로운 통합을 향한 것을 제지하고 있는 것으로도 보인다.

---

11) 펠릭스 가타리는 1968년 '5월 혁명'에 태어난 사람들의 집단성을 언급하면서 "혁명운동은 이미 개인이나 부부가족에 의거하지 않는 새로운 형태의 주관성을 완성하지 않으면 안 된다"고 말하고 있지만, 혁명의 프로젝트를 사랑이라는 구체로 되돌려 보내는 것은 이 주관성과 관계되는 것이 아닐까라고 생각한다. 또한 구체에서는 우선 개인의 정동이 출발점으로 놓이지만, 그 경우 개인은 "개인을 꿰뚫고 찢는 모든 종류의 시니피앙의 연쇄의 교차 결과를 그 육체성의 차원으로 떠맡는다. 인간 존재는 기계와 구조의 교차 속에 얽매여 있는 것이다"(가타리, 1994:383). 또한 그 개인의 꿈은 이미 개인의 것이 아니다. 구조화된 시니피앙의 연쇄를 절단하는 스카프 선택은 역시 유토피아의 순간인 것이다.

요컨대 모럴은 동원으로 귀착된 통합이 아닌, 갈등과 대립의 장(場)인 것이다. 이때 모럴은 유토피아가 지닌 탄력을 동원이 아니라, 갈등과 대립을 낳으면서 전개된 공동성으로 확보하려는 실천인 것은 아닐까. 거기에서 언어는 미래를 미리 읽는 것이 아니라 힘의 확보인 것이며, 가토는 이 시도를 신중하게 수행하고 있다.

도대체 무엇이 시작되고 있는 것일까. 선술한 것처럼 이시즈카 미치코는 국가의 영토로서, 공화국의 지방자치로서 혹은 프랑스어라는 언어권으로서 이미 존재하는 마르티니크로부터 영토 아닌 토지, 지방자치 아닌 자립, 프랑스어 아닌 크레올(creole)어를 창출해간 운동으로서 세제르의 '국가방기'를 발견했다. 그 '국가방기'는 "아직 누구의 수중에도 없다"는 전술(戰術)이지만, '창출될 수밖에 없음이 확실한' 것이라고 이시즈카는 말한다. 이처럼 수중에는 없지만 **확실한 것**이야말로 이 책의 집필자들이 각각의 장소에서 움켜쥔 구체임에 틀림없다.[12] 국가에 찬탈되지 않은 유토피아는 "아직 누구의 수중에도 없다." 그것은 단지 망상적 계획과 '잡동사니'가 된 벽화, 혹은 전 활동가의 중얼거림,

---

12) 그런데 국가 내부로부터 시작된 자립 운동은 레닌이 말한 이중권력을 방불케 한다. 그것은 지젝이 "레닌에의 회귀는 사고에 의해 자신을 집합적 조직으로 전이시키면서도, '제도(기존의 교회, IPA, 스탈린적 당-국가)'에 자신을 의고(擬古)하지 않는다고 말한 유일무이(unique)의 순간을 부활-재생-탈환하는 노력이다"(지젝, 2005b:14)라고 말하고, 또 그것을 '레닌주의적 유토피아'(지젝, 2005a:5)라고 서술하기도 했지만, 덧붙여 말하면 '레닌에의 회귀'에는 구체가 동반되지 않으면 안 된다. 어떤 의미에서 자키야마(崎山, 2005)를 참조하고 싶다. 또한 세제르의 '국가폐기'가 나타내는 것은, 같은 것이 이중으로 보이는 사태이다. "이전에는 누구 한 사람, 이중권력 등을 생각하지 않았고 생각할 수 없었다"(「이중권력에 대해서」, 레닌, 1957b:21)라는 것이며, 어떤 의미에서 그것은 의식 바깥이지만 이중권력이 망상으로써 모습을 드러낼 때, 즉 국가 내에 있으면서 국가 폐기의 꿈이 시작될 때 움직이기 어려운 사태는 구체가 된다. 수단은 국가의 수중에서 떨어져 도구임을 그만두고, '어떤 수단으로라도'라는 힘의 영역을 향해 계획된 미래상을 대신해 유토피아의 순간을 생성한다. 꿈의 확실함은 어차피 깨어나는 것이 아니라, 깨어나고 있는 꿈에 나타나는 이러한 구체인 것이다.

공허한 애국가, 집을 뛰쳐나온 노라들, 애인들의 배신과 비약, 스카프를 선택했던 그녀들, 베트남 농촌의 모럴로만 **존재한다.** 그리고 이 구체들로부터 파농이 발견하려 했던 복수의 이름을 가진 자들이 차례로 나타날 것이다. ……'이며' ……'이며' ……. 이러한 구체들이 전조로서 계속해서 가리킨 공동성을 언어로 나타내는 것. 그것은 이미 '창출된' 것이다.

그리고 마지막으로 이 복수의 이름을 가진 자들을 기다리고 있는 프로젝트에 대해 언급해두지 않으면 안 된다. 그것은 이 책에 등장하는 구체들이 가리킨 미래와 관련되어 있다. 혹은 쿠리모토 에이세이(栗本英世)의 논문이 그린 난민 캠프의 파리인으로부터 청취한 빈곤에서 탈출해 '일어서라!'는 희망의 행방과도 관련되어 있다. 다시 말해, 이 난민 캠프에서 발생한 꿈은 국가를 향한 것이 아닌 직접 글로벌한 기구의 프로젝트와 마주하는 것이다. 프로젝트라는 합목적적 꿈에 포스트를 붙여 꿈을 프로젝트의 수고에 되돌려 보내려 할 때, 많은 경우 그 프로젝트는 주권국가에서 제도화된 것이며, 그렇기에 그 바로 앞이라 함은 우선 국가의 앞이다. 그러나 파리인의 이민에서 쿠리모토가 알아챈 꿈에는 되돌려 보내야 하는 국가의 수고라는 장소는 존재하지 않는다. 꿈은 국가를 그냥 지나쳐 글로벌한 권력이 보낸 프로젝트로 향하는 것이다.

여기에서 글로벌리즘이라는 단조로운 세계를 미래로서 묘사하려는 것은 아니다. 그것은 순수 자본주의와 같이 목적합리의 세계 속에만 존재하는 미래이다. 중요한 것은 금융 자본의 힘을 빌리면서 재빠르게 전개된 글로벌한 제(諸)기관이 프로젝트로서 내민 다양한 유토피아(지속 가능한 개발! 자원 보전! 문화 보호! 화해!)에 포스트라는 접두어를 붙이는 일이, 어떤 구체로 유토피아를 되돌려 보내는 것인가 하는 문제이다. 난민 캠프의 '일어서라!'라는 꿈은 무엇을 융해시켜 어떤 공동성을 만들어내 구체가 되는 것일까. 문제가 되는 것은 단지 국가의 수고가 아니다. 이미 그 장소는 글로벌한 다른 제도의 영역인 것이다. 그렇기 때문에 이 책에서 나타내려고 한 각각의 구체와, 그것과 함께 부상하는 유토피아들은 국가에도 글로벌한 권력에도 찬탈되지 않은, 아직 누구의 수중에도 없는 미래를 움켜쥐지 않으면 안 되는 것이다. 함께…….

참고문헌

アルシーノフ, ピュートル・アンドレーヴィッチ(1973), 『マフノ叛乱軍史—ロシア革命と農民戦争』, 奥野路介訳, 鹿砦社.

ウォーラーステイン, イマニュエル(1987), 『資本主義世界経済Ⅱ—階級・エスニシティの不平等, 国際政治』, 名古屋: 名古屋大学出版会.

エイヘンバウム, ボリス(2005), 「レーニンの演説における文体の基本的傾向」, シクロフスキイほか, 『レーニンの言語』所収.

大杉栄(1963), 「無政府主義将軍」, 『大杉栄全集 第7巻』, 現代思潮社.

奥野路介(1973), 「あとがき」, アルシーノフ, 『マフノ叛乱軍史』所収.

ガタリ, フェリックス(1994), 『精神分析と横断性—制度分析の試み』, 杉村昌昭・毬藻充訳, 法政大学出版会.

清田政信(1981), 『抒情の浮域』, 沖積舎.

黒田喜夫(1968), 『詩と反詩』, 勁草書房.

郡司ペギオ-幸夫(2006), 『生きていることの科学—生命・意識のマテリアル』, 講談社.

崎山政毅(2005),「レテンアメリカ〈と〉レーニン」,『別冊情況』第九号, 194-220頁.

シクロフスキイ, ヴィクトル(2005),「規範の否定者としてのレーニン」, シクロフスキイほか,『レーニンの言語』, 所収.

シクロフスキイ, ヴィクトルほか(2005),『レーニンの言語』, 桑野隆訳, 水声社.

ジジェク, スラヴォイ(1996),『為すところを知らざればなり』, 鈴木一策訳, みすず書房.

_____(2005a),『迫り来る革命―レーニンを繰り返す』, 長原豊訳, 岩波書店.

_____(2005b),「今レーニンは自由について語ることができるか?」, 長原豊訳, 『別冊情況』九月号, 12-26頁.

宍戸友紀(2004),「ノラは家を出たあとどうなったか」,『APIED』vol.6, 27-30頁, 京都:アピエ社.

セゼール, エメ(2004),『帰郷ノート 植民地主義論』, 砂野幸稔訳, 平凡社.

田沼幸子(2006),「はじめに―複数の『ポスト』, 複数の『ユートピア』」, 田沼幸子編,『ポスト・ユートピアの民族誌―トランスナショナリズム研究5』, 大阪:大阪大学21世紀COEプログラム,「インターフェイスの人文学」.

高橋和巳(1973),「解説」, 魯迅『吶喊』, 高橋和巳訳, 中央公論社.

チャヤーノフ, アレキサンドル(1984),『農民ユートピア国旅行記』, 和田春樹・和田あき子訳, 晶文社.

鶴見俊輔(1991),『鶴見俊輔集1 アメリカの哲学』, 筑摩書房.

冨山一郎(1998),「対抗と遡行―フランツ・ファノンの叙述をめぐって」,『思潮』886号, 91-113頁.

_____(2002),『暴力の予感―伊波普猷における危機の問題』, 岩波書店.

_____(2006),「接続せよ! 研究機械―研究アクティヴィズムのために」,『インパクション』153号, 10-21頁.

_____(2007),「この, 半穏な時期に」, 野村浩也編『植民者へ―ポストコロニアリズムという挑発』, 京都:松籟社.

ドゥルーズ, ジル(1994),「ジル・ドゥルーズの序文『三つの問題群』」, ガタリ,『精神分析と横断性』, 所収.

ドゥルーズ, ジル, フェリックス・ガタリ(1994),『千のプラトー』, 宇野邦一・小沢秋広・田中敏彦・豊崎光一・宮林寛・守中高明訳, 河出書房新社.

ネグリ, アントニオ, ハート, マイケル(2005),『マルチチュード(下)』, 幾島幸子訳, 水嶋一憲・市田良彦監訳, 日本放送出版協会.

ファノン, フランツ(1970),『黒い皮膚・白い仮面』, 海老坂武・加藤晴久訳, みすず書房.

────────(1969),『地に呪われたる者』, 鈴木道彦・浦野衣子訳, みすず書房.

真島一郎(2004),「しかし〈神話〉は殺せるだろうか──ネグリチュードをめぐる蜂起と寛容」, セゼール『帰郷ノート 植民地主義論』, 所収.

────(2005),「翻訳論─喩の権利づけをめぐって」, 真島一郎編,『だれが世界を翻訳するのか──アジア・アフリカの未来から』, 京都:人文書院.

レヴィ=ストロース, クロード(1976),『野生の思考』, 大橋保夫訳, みすず書房.

レーニン, ヴェ・イ(1957a),『レーニン全集 第25巻』, 大月書店.

────────(1957b),『レーニン全集 第24巻』, 大月書店.

魯迅(1981),『魯迅評論集』, 竹内好訳, 岩波書店.

和田春樹(1984),「チャヤーノフとユートピア文学」, チャヤーノフ,『農民ユートピア国旅行記』, 所収.

────(1978),『農民革命の世界』, 岩波書店.

Callinicos, Alex. 1987. *Making History*. Cambridge: Polity.

Originally published as Ichiro Tomiyama, "Utopia tachi: Gutai ni sashimodosu toiu koto," in Michiko Ishizuka, Sachiko Tanuma and Ichiro Tomiyama eds., Post-utopia no Jinruigaku, Kyoto: Jimbun Shoin, 2008.
© 2008 by Ichiro Tomiyama
Reprinted by permission of the author through Jimbun Shoin, Kyoto.

카스가 나오키(春日直樹)
정기문 옮김

유토피아의 중대함,
포스트유토피아의 경쾌함

포스트유토피아. 유명한 소설의 첫머리를 상기시키는 듯한 경쾌한 소리의 연쇄다. 그러나 좋은 울림의 이 말은, 도대체 무엇을 목표로 하는 것일까. 인간 해방은, 역사에 대한 신뢰는, 보편적 가치에 대한 바람은, 이 말에 의해 어디에 어떻게 수납될 수 있는가. 혹은 어떻게 하여, 수납을 불필요로 받아들일 수 있을까.

'우리들'의 이상도(理想圖)를 추구해 울고 웃고 있는 인간—괄호에 갇히지 않게—에 대하여, '포스트유토피아'는 조금 부주의한 말은 아닐까. 만일 그러한 인간들의 상황과 현실의 괴리를 호소하는 말이라 해도, 울림이 지나치게 좋은 것은 아닐까. 좋은 울림이 아이러니컬한 전략과 새로운 시대감각에 유래한다면, 나는 단지 때늦은 패거리로서 물러서면 좋다. 그렇지만 어떻게 생각해도, 이 말의 경쾌함은 유토피아의 특유한 무게에 적합하지 않다. 유토피아는 '포스트'를 붙이는 데 그다지 새로운 무게, 유순함이 없다. 특히 '포스트' 속에 '포함된' 것으로 취급한다면 더더욱 그러하다.

말할 필요도 없지만, 이상도는 아무리 아름답다고 해도, 결코 훌륭하게 사람을 움직이게 할 수는 없다. 그것은 개개인의 기억과 이해와 기대를 탁류와 같이 삼키고, 언어와 육체의 에너지를 작렬시켜, 사소한 마음의 주름은 한 사람 한 사람의 생애를 짓밟는 것도 마다하지 않는다. 유토피아를 목표로 하는 목소리는 여러 가지 사리사욕과 합체하여, 아마 누구라도 제어할 수 없는 르상티망과 한 덩어리를 이룬다. 이러한 생생함을 더욱더 넘어서, 들라크루아가 그린 사람들같이 죽음을 밟고 저쪽 이상으로 향하는 모습은, 확실히 감동적이지만 개개인으로서 쉽사리 받아들일 수 있는 것은 아니다. 그렇기 때문에 중용과 금욕을 지닌 현실과 절합을 만드는 보수 사상이, 위험함을 동의해서 생겨나지 않으면 안 되었다. 포스트유토피아는 그러한 생생함을 탈색시키는데 '포스트'의 진가를 발휘하는 것이라고 말해진대도, 유토피아 운동의 묵직한 기억을 각인시켰던 세대에게는, 어딘가 수상스럽다. 이 새로운 용어가 처리하기 어려움에 대해 시치미 떼는 얼굴을 하고 있는 듯한, 요컨대 말의 내측에서 새까만 정체 불명한 뭔가가 소용돌이치고 있는 듯하여 기분 나쁜 것이다.

유토피아의 무게를 확인하여 '포스트유토피아'에 대한 저항감을 표현했기 때문에, 이상도를 추구하여 울고 웃는 사람들의 이야기로 돌아가자. 이것이 이 에세이가 주제로 하는 것이다. 우리들은 유토피아의 발로를 여기저기서 만난다. 특히 인간에 대한 전체적 이해(holistic approach)를 추구해왔던 인류학은 사람들이 이상도를 추구하려고 한 모습을 무시할 수 없다. 유토피아라는 관념은 받아들이기 어려운 현실이 언젠가 받아들여지기 가능한 것으로 일변하여, '나'도 '우리들'도 기쁜 본래의 모습을 드러내는 일을 본질적인 전제로 한다. 요컨대 이 말에는 보통은 타협, 자제하고 불문으로 받아들여 복종하고 있는 여러 가지 사항이 완전히 뒤집혀, '전체적 진실(the whole truth)'이 폭로되어 현현한다는 바람이 담겨 있다. 그렇다고 하면, 전체적 이해를 겨냥한 인류학자는 재빨리 그 생성과 변전과 맞겨루어야, 깊은 논의를 전개할 수 있을 것이다.

하지만 그렇게 되기 힘든 게 현실이다. 유토피아의 발로와 만나지만, 알아차리지 못하고 지나가는 일이 간혹 있다. 예컨대 나와 같이.

1. 식인과 전체적 진실

주제로부터 벗어나 미안하지만, 이제부터는 유토피아를 말하기 위해 유토피아에서 멀리 떨어진 제재 중 하나인 '식인'을 다루고 싶다. 먼저, 인류학자 사이에 알려진 『식인 신화』라는 책에서, 저자 아렌즈가 전개한 주장을 소개하고자 한다(Arens, 1979). 식인 관행은 오늘날까지 세계 각지에서 보고되어왔지만, 한번도 전문가에 의한 직접 관찰을 경유한 적이 없어, 결국은 만들어진 신화에 지나지 않는다는 주장이다. '식인 명소' 피지를 긴 세월 조사해온 나는 이 결론을 도저히 받아들이기 어렵다. 피지의 식인을 둘러싼 기록은 매우 신빙성이 높고, 상세히 검증하는 일도 가능하기 때문이다.

가장 신뢰할 수 있는 기록은, 19세기 전반에서 중엽에 걸쳐, 수년에서 십수 년이라는 긴 기간에 걸쳐 촌락 내부에서 생활하고, 현지어를 습득하여 긴밀한 교류를 지속한 선교사들의 일지다. 이 극명한 기록에 의해 피지인이 어떻게 어른이 되며 남녀가 되며, 수장과 평민이 되어가는지, 그리고 이 모든 과정에 있어서 전쟁에 의한 식인이 불가결한 위치를 점했던 것인지를 알게 된다. 선교사에게 살인과 식인은 말할 필요도 없이 해선 안 될 행위이고, 피지인이 포로에게 보인 잔학함과 먹힌 사체에 대한 무례한 취급은 관찰자의 마음에 깊은 상처를 남겼다. 그들은 경멸해야 할 행위와 상찬해야 할 특질의 병존에 망연자실했지만, 그래도 피지인의 선량함을 인정하고 개종에 힘썼다.

피지를 연구하는 인류학자라면 당연히 식인이라는 과거의 관습에 접근하지 않을 수 없다. 그러면 이 관습을 어떻게 취급해야 할 것인가를 생각해보면, 유감스럽게도 전체적 이해와 전체적 진실에 임하는 자세로부터는 좀 멀리 떨어져 있다. 예를 들어, 먹힌 사체를 '날 것' 대 '요리 한 것'이라는 구조분석으로 다루어 교환론으로 편입시켜, 이 관습에 동반된 강렬한 감정을 무화시켜버리는 방식이 여기에 있다 (Sahlins, 1983). 혹은 현대 피지인의 사회구조를 평등성과 계급성의 대립 관점에서 논할 때에, 아득히 먼 과거에서 끌어온 하나의 예로서 논의를 덧칠하는 방법이 있다(Toren, 1990). 게다가 서양인이 어떻게 현지의 여러 재료를 통용시켜 피지를 표상하는가 하는 고상한 테마 속에 식인을 포함하여, 생생함의 단편도 없애는 것도 하나의 방법이다 (Thomas, 1991).

피지의 역사를 논한 인류학자는 누구도 선교사들을 고뇌하게 한 문제에 대해서는 대답하고 있지 않다. 그 문제는, 그들 중 한 사람인 존 헌트가 친구에게 부친 편지의 한 대목에, 축약적으로 표현되어 있다. "하지만, 그들의 성격적인 모순은, 도대체 진정한 그들은 무엇인가, 하는 답하기 곤란한 물음으로 직면시키는 것이다"(Rowe, 1859:

125). 피지인을 둘러싼 선교사들의 기록은, 식인을 둘러싼 가차 없는 비판을 전개하면서, 총괄적으로는 선악 모두를 포함한 다면적인 성격을 제시하지 않을 수 없다. '진정한 그들은 무엇인가.' 선교사들은 전체적 진실―적어도 인류학자가 추구하는 진실보다는 훨씬 전체적이다―을 간구하고, 이 진리에 도달하려고 발버둥쳐도, 도달할 수 없어 고뇌했다.

나는 지금, 전체적 진실에 대한 탐구를 소홀히 한 인류학자를 비판하고 있는 것이 아니다. 전체적 진실을 등한시하기 때문에, 그들이 식인으로부터 유토피아의 발로를 발견하는 것이 불가능하다는 점을 지적하고 싶은 것이다. 피지인의 유토피아의 생성을 선교사들이 확실히 말했던 것은 아니다. 그러나 그들의 기록은 '화난 신'에게 사체를 바쳐, 스스로 그 공물을 먹고 '화난 신'의 모습이 되는 수장들을 생생하게 묘사한다. 그 수장들의 황홀하게 흔드는 춤과 폭력이 그들의 권세를 구축하는 모습과 동시에 그들을 파멸로 이르게 하는 과정을 현전시켜, 신하의 공포나 외경이나 기대나 두 마음에 대해서도 느낄 수 있게 해준다.

선교사들이 묘사한 피지인은 수장도 신하도 어딘가로 향하려 한다. 육친을 살해한 복수심, 권력과 출세의 바람, 예절에 대한 구애됨을 교차시키면서, 피지인들은 '지금 여기'에 없는 다른 어딘가를 지향하고, 수장을 좇음 혹은 수장을 배신, 죽음의 공포를 극복하여 싸움에 승리하고, 광희(狂喜) 속에서 식인을 즐긴다. 그렇지만 그들의 도달점은 없고, 더욱더 싸워 많은 사체를 먹고, 그들과 그들의 수장은 더욱 강하게 '진정함(ndina)'이 되기 위해, 한층 앞서 나간다. 선교사가 의도했든 하지 않았든, 이상도를 추구하여 멈추지 않는 피지인의 모습이 확실히 나타난다. 유토피아와 관계가 먼 제재라 해야 할 식인은, 실로 유토피아의 생생함, 무게를 매우 상징적으로 드러내는 재제인 것이다.

식인에 의한 이상 추구의 방식이 완전히 잘못됐다고 피지인이 인식했을 때, 그들이 어떻게 공포와 개전(改悛)의 마음에 사로잡혔는지 살피는 것은 어렵지 않다. 교회의 예배가 끝나고도 용서를 구하는 울음은 멈추지 않았으며, 여자들은 두세 번 실신했다. "남자들은 때로 슬픔과 환희 속에서 날뛰기 시작했기 때문에, 위험하여 가까이 가지 못할 정도였다. 진정시킬 방법이 달리 없었기 때문에, 그들을 바닥에 눕혀 억눌렀다. 때에 따라서는 네다섯 명의 남자가 몇 시간 동안 누르지 않으면 안 되었다. (…) 우리의 예배는 정말 이상했다." 헌트는 이렇게 기록하고 있다(Hunt, 1845.10.19). 개종한 '식인종'은 머지 않아 영국 국왕을 최고수장으로 추앙하고, 그 국왕이 파견시킨 총독 부인을 감격시켜, '내가 본 가장 경건한 민족'(Vernon, 1890:66)이라 듣기에 이르렀다.

먼저 다음에 관해 확인하고 싶다. 피지의 식인에 관한 한 전체적 진실에 대한 지향은 현재의 인류학자보다도 과거의 선교사 쪽이 비교할 수 없을 만큼 낮다는 것, 그런 선교사의 일지에서는 당시 피지인이 이상의 '나'와 '우리들'을 멈추지 않고 추구하는 모습이 나타난다는 것, 그리고 개종한 피지인은 새로운 신과 최고수장에게 다시 이상의 실현을 걸었다는 것이다.

2. 식인 이미지의 불가해한 환기

인류학자가 실제로 조사한 피지에서 식인은 당연하지만 먼 과거의 이야기이고, 어떤 기회에 가끔 화제가 되는 것에 지나지 않는다. 식인을 언급하지 않고 피지인 사회를 말하는 일은 가능하고, 실제 대부분의 연구가 그렇게 하고 있다. 나도 그중 한 사람이고, 한편의 논문을 제외하면, 식인을 정면에서 취급한 일은 없었다(春日, 1998). 게다가 논문의 근원이 된 어느 연구회의 발표에서, 식인 기록을 취급하는 것에 대한 엄격한 비판이 동료 인류학자들로부터 빗발치듯 쏟아졌다. 솔직히 식인은 그다지 꺼내고 싶지 않은 화제인 것이다.

그런 나에게 90년대 처음으로 수도 수바의 문서관에서 열렸던 1915년 식민지 장관용의 파일은, 마음에 걸리는 사건을 기록하고 있었다. 당시 나는 아포로시라는 남자가 식민지 체제하에서 일으킨 토착적인 운동 기록을 수집하고 있었다. 이상을 실현시켜야 할 크리스트교가 언제까지나 피지인을 가난한 상태로 두고, 백인만이 번영을 누리는 세계에서 다름을 주장한 아포로시는 백인이 은폐시킨 부와 권세의 비밀을 '회사'로 파악했다. 피지인에 의한 피지인의 회사를 창설하려고 하는 운동은 홀연히 피지인의 마음을 붙잡아, 아포로시는 각지에서 모인 종자를 연결시켜, 사회건설 자금을 모으는 여행을 지속했다. '회사'는 '진정한' 크리스트교를 개화시키키고, 아포로시는 '진정한' 수장으로서 '진정한' 피지를 존재케 하고, 피지인을 구할 것이었다.

내가 주목하여 본 것은 운동이 확대되어갔던 1915년 5월, 아포로시 일행이 야사와 군도(Yasawa Islands)의 야게타 섬을 방문하던 중에 일으킨 사건이다. 그에게 사기죄에 의한 구속 영장이 발부되어, 얀구라는 영국인 경위가 부하를 인솔하여 저녁에 섬에 진입했다. 아포로시 일행은 섬 사람에게 조달된 코프라(copra)를 모은 모래사장에서, 아포로시를 중앙으로 하여 둘러앉아 기다리고 있었다. 얀구 등이 체포하러 오면, 아포로시가 영어로 '스탠드 업. 보이즈'라고 알리고, 수십 명이 일제히 일어서서 한가운데 있는 그를 방어했다. 얀구가 구속 영장을 읽었을 때에 무리 중 한 사람이 영장을 빼앗아 찢어버렸다. 그들은 크리스트교가 되기 전의 전사와 같이 얼굴을 검게 칠하고 있었다.

아포로시의 형으로 운동의 중심인물 중 한 사람이었던 키니라는 남자도 거기에 있었다. 랜턴을 한쪽 손에 든 피지인 경찰에게 다가가 그는, 낮은 목소리로 이렇게 말했다. "왜 백인을 데리고 왔어. 함께 태워지고 싶어?" 태워진다는 것은 석중(石蒸)되어 잡아먹힘을 의미한다. 전사의 얼굴을 한 키니는 확실히 식인을 암시했던 것이다.

경찰들이 아포로시에게 다가서려 하면, 추종자들이 그들을 밀어붙여, 아포로시는 원의 중앙에서 흥분한 어조로, 자신은 피지인의 '구세왕'이고 살아서는 체포되지 않는다고 소리쳤다. 얀구는 이상한 낌새를 알아채고 체포를 보류하고, 부하들을 데리고 정박 중인 증기선으로 돌아갔다. 그들은 사공에게 아포로시 일행이 아침까지 전투 춤을 두고, 승리의 포효를 질렀다는 것을 들었다. 아포로시가 그 후에 여러 차례 경험했던 체포는, 처음에는 이렇게 실패로 끝났다(CSO 4652/1915).

문서관에서 읽은 이후, 이 사건은 나의 기억 한 귀퉁이에 남아 있지만, 특별히 논한 적은 없다. 키니가 명확히 의도한 식인의 이미지를 어떻게 해석하면 좋을지 몰랐기 때문이다. 아포로시의 이야기는 전투 이미지와 곳곳에 결부되어 있어서, 전사의 얼굴과 포효에 대해서는 위화감이 없었다. 대수장으로서 생사여탈의 힘을 쥔 아포로시—요컨대 피지를 좋게 하든 나쁘게 하든 그에게 달려 있는—와 그에게 부여된 전사와의 관계는, 운동의 중핵을 이루고 있다. 그런데 식인이 되면, 크리스트교화 이전을 상징하는 관습으로 이미 과거의 이야기가 되었으며, 덧붙여 아포로시의 운동은 교회 조직과 밀접하게 결부되어 활동가들은 경건한 크리스트교도를 자부하고 있었다. 그들은 백인 선교사의 가르침을 거짓이라 단언하지만 그것은 피지인에 의한 교회지배를 명령하는 것이지, 결코 옛 관습을 정당화하는 것은 아니었다. 아포로시의 강함과 운동의 '진정함'을 식인에 결부시키는 것은, 어찌해도 그들의 자화상과 어긋남을 초래하는 것이다.

식인과의 결부를 잘 설명할 수 없는 나는, 이 사건에 깊이 들어가는 것을 오늘까지 피해왔다. 깊이 들어가지 않는다는 것은, 언급은 해도 초점을 맞추지는 않는다는 의미다(春日, 2001:104). 그런데 이러한 설명하기 힘든 사건과 관련하여, 내가 아직 한 번도 언급조차 하지 않은 사건이 있다. 그것이 곧장 유토피아와 '전체적 진실'의 문제에 직결된다고 해도, 나는 단지 현지 조사의 잊어버릴 수 없는 기억으로 치부해왔다. 그 기억을 풀어내기 위해서는 먼저 80년대에 수도 수바에 나타났던 식인 이미지에 대해 기록하지 않으면 안 된다.

1970년에 독립을 이룬 피지는, 토착 피지인과 인도계 주민이 미묘한 밸런스를 유지하는 다민족 국가로의 진행이 얼마동안 계속됐다. 인도계 주민은 식민지 체제하의 피지에 고용계약 노동자로서 도항한 채 남게 된 사람들이고, 경제적인 성공자를 많이 배출하여 피지의 국가 운영에 영향력을 미치고 있었다. 한편 토착 피지인은 경제적으로는 가난하지만, 국토의 대부분을 씨족 공유지로서 소유하면서 정치적인 우세를 확보했다.

이 밸런스를 무너뜨린 것은 1987년 5월 총선거로, 피지인과 인도계인의 연합정부가 인도계인이 대부분 점한 형태로 내각이 조직되었던 때다. 피지인의 수상 바반라를 인도계 정치가의 꼭두각시로 간주하는 풍조가 강해지고, 피지인이 지배하는 군이 머지않아 쿠데타를 일으켰다. 수상의 자리에서 물러난 바반라는 의회의 해산을 명령한 피지인 총독을 고소하려는 편법을 강구했다. 당연하지만 총독은 피지인의 대수장 중의 한 사람이었다. 쿠데타를 지지하는 최선봉에서 타우케이 운동가라 불렸던 사람들에게, 바반라가 일으킨 소송은 수장에 대한 불경과 피지인에 대한 모멸로 비쳤다. 그런 그들 중 일부가 식인 시위운동을 일으켰던 것이다.

9월 4일, 십여 명의 타우케이 운동가가 의사당 앞의 광장에 모여, 지지자에게 감시당하면서 석증을 위한 구덩이를 팠다. 운동가들은 도롱이를 찬 나체의 모습으로 얼굴을 검게 칠하고, 곤봉과 창을 들고 구덩이 주변에서 전사의 춤을 췄다. 그들은 모습을 드러낸 바반라의 보고관(인도계인)을 발견하고, 이 청년을 잡으려고 뒤쫓았다. 청년은 도망쳐 들어온 호텔에서 붙잡혀, 손님들 앞에서 곤봉과 창으로 폭행을 당했다. 다음 날 폭행 사건을 들은 타우케이 측의 보도관은, 석증을 위한 구덩이의 주변에서의 행위가 결코 쇼가 아닌 것을 강조하고, 이렇게 말했다. "만일 우리들의 대수장이 법정에 끌려가게 되면, 우리들은 그렇게 한 패거리를 석증의 구덩이에 처넣는다"(Sun, 1987.9.5). 직접적인 언급은 없지만, 일련의 언행으로 식인의 징후가 충분히 부여되어 있었던 점은 부정할 수 없다.

3. 현전하는 식인 이미지

나는 어느 책에서 이 사건을 짧게 소개한(Scarr, 1988:125) 것을 읽었으나, 실제로는 잊고 있었다. 그렇지만 1992년 8월에 아포로시를 조사하기 위해 외딴섬에 체류했을 때, 뜻밖의 형태로 재회하게 되었다. 마타자와레브라는 그 섬은, 아포로시가 가까스로 체포를 피했던 야게타섬 옆에 위치해 있다. 나는 수장의 일족에게 계속 신세지면서, 부근의 섬들을 도는 모터보트의 도착을 일주일 이상이나 기다리고 있었다. 보트는 일족의 한 사람이 소유한 것으로, 약속에 의해 40갤런의 연료비를 지불한 나를 위해, 벌써 도착해 있었다.

애초에 이 섬에 온 것은, 수바 문서관으로 알고 지낸 시티(가명)라는 남자 덕분이다. 그의 부친은 예전부터 아포로시 운동에 참가했고, 현재는 마타자와레브의 수장 자리에 있었다. 시티는 나를 처제에게 부탁하여, 부친의 마을에 보내주었다. 수장들 몇 명으로부터 이미 전승을 수집을 마쳤던 나는, 보트의 도착을 목을 빼고 기다리고 있었다.

신기한 외국인을 보러 오는 사람도 없어졌던 그 무렵, 나는 시티의 동생 중 한 사람인 오세아의 배려에 깊이 감사했다. 과묵한 중년 남자였지만, 나의 무료함과 초조함을 알아채면, 아무렇지도 않은 듯이 말을 걸어주었다. 그는 매일 밤 빠뜨리지 않고 카바의 세션에 불러주었는데, 그날 밤에도 나는 그와 카바의 큰 도자기를 둘러싸고 앉아 있었다. 평소 같으면 남자들이 한 사람 한 사람 모였을 테지만, 아직 누구도 모습을 드러낸 이가 없고, 밤은 깊어갔다. 우리는 카바의 취기를 느끼면서, 때때로 띄엄띄엄 말을 주고받았다. 오세아는 아득히 먼 곳의 소리를 알아들을 때마다, 섬 가까이의 모터보트인지 아닌지를 나에게 전했다.

"여기서 차를 마시고, 라우토카에서 점심을 먹는 날이 온다." 아포로시의 예언 중 하나로, 마을 사람들이 카바를 마셔가며 말했던 것이다.

지금은 모터보트에 의해 당연한 것이지만, 아포로시의 예언처럼 아침에 섬에서 식사를 하고 점심 전에 피지 본섬의 라우토카 항에 도착했다. 같은 날 오후, 나는 문득 이 예언을 키니에 의지해 이웃 섬에서의 식인에 관한 언행과 결부시킨 일에 성공했다. 석증한다는 것이 식인을 의미하는 이상, 아포로시의 위대함, 생사를 결정할 정도의 마나를 표현하는 소도구였던 것은 아닌가, 하고 생각된 것이다. 이 발견은, 오늘 하루에 어떤 성과를 얻은 것인가라는 인류학자의 자문을 푸는 데 충분했다. 나는 보트의 도착을 애타게 기다리면서, 어느새 오세아에게 새로운 해석을 펼치고 있었다.

"나오키." 오세아는 얼굴을 돌려 말했다. "시티는 스쿠나 앞에서, 석증을 했대."

스쿠나는 의사당 앞 광장에 서 있는 동상으로 대수장의 이름이다. 오세아가 무엇을 말하고 싶은지는 명확하다. 나는 기억 구석에 있던 타우케이 운동가들의 시위 행동을 떠올렸다. 오세아는 고개를 숙여, 카바를 야자나무 컵으로 떠서는 큰 도자기 속에 떨어뜨리면서, 혀를 차고 머리를 흔들었다. 피지인이 때때로 하는 행위지만, 그가 하는 것은 처음 보았다. 정치 이야기는 하지 않은 그였지만, 이 행위에 의해 지금 겨우 입장을 표명한 것이 틀림없다. 얼마나 쓰디쓴 마음으로 이런 행위를 한 것일까. 나는 이유는 알 수 없었지만, 나 자신의 해석을 부끄러워하지 않으면 안 된다고 느꼈다. 생각해보면, 혀를 차고 머리를 흔든 오세아에게, 내가 펼친 해석 따위는 기껏, "진정한 그들은 누구인가"를 묻는 선교사에 비해 세린즈의 식인분석이 지닌 무게 정도밖에 지니지 않을 것이다.

나의 기억이 정확하다면, 오세아가 얼굴을 들고 천장에 매달린 램프로 시선을 향한 것은 그때다. 멍하고 큰, 희미하게 눈물을 흘린 듯한 눈이었다. 어딘가를 응시하고 있는 것 같기도 하고, 방심하거나, 꿈꾸고 있는 듯도 했다. 오세아가 상기하고 있으면 내가 느끼고 그의 뒤를 따르는 것인지, 혹은 처음부터 나 혼자 이런저런 상상을 한 것인지는 분명하지 않다. 어쨌든 식인에 관계된 역사의 한 장면 한 장면이 나의 눈앞에 차례차례 떠올랐다. 전쟁이 일상인 크리스트교 이전의 시대, 아포로시 운동에 열광한 하루하루, 그리고 다우케이 활동가가 활보한 정변의 시기가, 마치 박물관의 사진과 모형이 풍경처럼 나타나서는 움직였다. 식인을 감행하는 대수장과 그것을 단죄하는 선교사가 있고, 아포로시를 체포하려는 경찰들과 그들을 위협하는 키니 등이 있고, 바반라의 청년 보도관과 그를 쫓는 무장한 타우케이 운동가가 있었다.

여전히 식인을 어떻게 이해해야 할지는 알지 못하고, 오히려 불가능에 가까워져버렸다. 그렇지만 나는 식인 이미지에 압도되면서, 불가사의한 감각에 휩싸였다. 현전하는 이미지들은 도대체 나의 것인가, 아니면 오세아의 것인가, 혹은 혹시 시티의 것인가, 확실치 않은 실감이고, 또 그 불가사의함의 자각이었다(현재라면 선교사와 키니의 것이라고도 생각된다).

오세아에 대해서도 시티에 대해서두 동정과 공간이 생겼던 것은 아니고, 더욱이 뭔가를 이해했다는 것은 아니다. 두 사람에 대해서 무엇인가를 알았느냐고 묻는다면, 그 무엇도 알지 못한 채였다고 답할 것이다. 그런데도 나는 스스로 상기한 이미지가 오세아와 시티의 그것과 연결되어 있다는 감각을 인정하지 않고는 견딜 수 없었다. 아니, 나의 이미지는 오세아가 지금 품고 있는 이미지이고, 시티의 가슴에 감춰져 있던 이미지일지도 모른다는 생각을, 불가사의하다고 인정하면서도 받아들일 수밖에 없었다. 식인을 환기시키는 여러 행위를 설명할 수 없고, 이 섬에 체재하는 의의까지 상실해버리는데도, 내 마음은 움직였다. 그것은 스스로의 내부에서 외부로 튀어나온 것이 아니라, 방의 여기저기로부터 퍼져나가 사방으로 스며들어 어느새 나를 젖어들게 하는 움직임이었다.

지금 다시 상기하면, 식인에 관계된 여러 이미지의 현전은, 다른 시간이 동시에 흘러넘친 것으로 해석할 수 있다. 그날 밤 나는 분명히, 현재적인 흐름도 포함해, 어떤 시간이 특권적인지 알 수 없는 상태에 위치해 있었다. 더욱이 그러한 흐름이 나로부터 발생했던 것인지, 또는 나에게로 향해졌던 것인지, 그렇지 않으면 오세아와 시티로부터의 것인지를 판별하는 일도 불가능했다. 그것은 결코 그들과의 일체화를 의미하는 것이 아니라, 나와 오세아와 시티가 분리 불가능한 채로 각각 몇 개의 시간과 관계되어 있는, 즉 관계가 식별불가능한 정도로 뒤얽혀, 세 사람과 그들의 시간이 융화된 채로 병존하고 있었다고 표현할 수 있다.

그러한 해석을 나의 판단으로 물리치는 것은 간단하다. 그러나 적어도 그날 밤의 나는—그리고 현재 그것을 쓰고 있는 나는—, 흘러넘친 어떤 시간에 비해서도, 또 그 시간과 특별히 관계된 것일지도 모르는 오세아와 시티와 비교해도, 특권적인 존재는 아니며, 오히려 그러한 시간의 흐름과 그들에 의해 존재하고 있었다. 나와 오세아와 시티, 이 세 사람이 각자 이미지한 몇 가닥의 시간은, 어느 것도 분리되지 않고 단단히 결합되지도 않은 채 서로 관계되고, 나는 그 관계의 한복판에 존재하고 있었다. 나와 오세아와 시티는 동류도 대립항도 아닌, 존재하는 것을 통해 공명하고 있었다. 세 사람에 더해, 선교사와 아포로시 일행과 그 외 많은 인물도, 흘러넘치는 시간들을 통해 이 관계에 참여하는 일이 가능했던 것이다.

4. '와⋯⋯와⋯⋯와⋯⋯'

나를 사로잡은 공명된 연결을 표현하는 데 어울리는 말이 있을까. 클리포드가 주장하는 '콜라주의 모범'(클리포드, 2003)은 물론, 스트레센이 묘사한 '절단/확장'(Strathern, 1991)도 아니다. 가장 가까운 것은, 들뢰즈와 가타리(1994)가 제기한 '리좀'이다. '수목'과 대치된 이 말은, 구조, 시스템, 조직, (재/초)코드화, 중심화, 영토화를 함의하는 '수목'으로의 지향을 모두 '벗어나는(脫)' 이미지를 나타내고 있다. 그것은 구조도 조직도 코드화도 벗어나, 질서와 의미 짓기를 거부하고, 주체와 객체의 구분도 심층 구조도 접근할 수 없는 흐름을 생성한다. 그러면서 연결되고 생성하는 것이 단지 부분의 합도 단편의 집합도 아니라, 연속적으로 생성된 흐름이다. 하나로도 다수로도 환원되지 않은 채로, 절단과 생성변화를 끝없이 반복하는 원리야말로 리좀이다. '수목'이 '이다'에 의해 특징지어진다면, 리좀은 '와⋯⋯와⋯⋯와⋯⋯'라는 결합이다.

그날 밤 내가 오세아 등과 다양한 시간의 흐름 사이에서 리좀적인 연결을 가졌다면, 그것은 식인을 수목화하려는 기획이 파탄 났기 때문이다. 인류학자로서의 자기만족적인 나의 해석이 오세아의 말과 행위에 의해 부서지고, 학문공동체 바깥으로 나와 떠돌았다. 사린즈로 대표되는 인류학자의 편에서 선교사 쪽으로 가까워져, '진정한 그들은 누구인가'를 문제화하는 지평으로 들어갔다. 내 몸에서 일어났던 것은, 의미와 해석이라는 강박관념의 소실이고, 구조와 코드의 주술에서의 해방이었다. 결과적으로 나는, 수목화의 대상이었던 식인의 언행, 주체, 풍경, 시간의 흐름, 그것들에 반응하는 휴먼 에이전트로, 이해할 수 없는 채로 연결되어 있었다. 그렇다기보다도, 연결되었다고 선명하게 느꼈던 것이다. 되돌아보면, 내가 붙들린 이상한 감동은, 나로부터 생긴 것도, 다른 누군가나 무언가에 의해 만들어진 것도 아니라, 그것들 사이에 선이 그어졌던 순간 섬광같이 유래하고, 혹은 선의 눈부신 잔상에 의한 것이라 여겨진다.

리좀적인 연결은 동정(同定)되는 것을 싫어하고, 묘사된 모습에서 즉시 탈주하기 때문에, 나의 반성은 이미 성과가 없다. 그렇지만 여기서 제기하고 싶은 것은, 연결이 환상이든 아니든, 그것은 "진정한 그들(우리들)은 무엇인가"를 결사적으로 추구하는 의지에 의해 출현하는 것 같다는 점이다. 틀림없이 전체적 진실에의 지향은 관계 짓기의 지난한 여러 요소를 연결시키려 하는 나머지, '와……와……와……'라는 선을 달리게 하는 것은 아닐까. 이러한 직관의 타당성을 검토하기 위해, 식인을 둘러싼 사건을 다시 한 번 반복해보자.

선교사에 관한 한, 전체적 진실을 묻는 그들의 생활에서 리좀적인 연결을 발견하는 것은 어렵다. 오히려 그들은, 강력한 수목적인 논리에서 신앙으로 무장하고, 피지인의 이해하기 어려운 측면을 설명하려고 했다. 앞서 인용한 헌트의 편지도, '진정한 그들은'을 물은 직후에 설명을 부여하고 있다. 피지인의 모순된 성격은 '신에 대한 지식과 교육 여하에 의해 변하는 성격' 및 '관습'에서 유래한다는 것이다 (ibid.:125-126). 선교사들은 결국, '신'이라는 초월적 기호에 의거하여 피지인을 설명하고 그들의 수목적인 시스템에 편입시켜갔다.

키니의 경우를 생각해보자. 그는 경건한 크리스트교도라고 해야 할 피지인으로, 반교회의 상징인 식인을 접목시켰다. 아포로시(=구세주)의 체포가 임박하고, 성서극의 프레임이 한창 현저하게 부상할 때, 성서와 전혀 무관한 식인을 도입했다. 나는, 이 언행이 선교사와 대조적인 형태로 전체적 진실을 탐색한 결과라고 주장하고 싶다. 그것은 무엇보다도, 피지인에 있어서의 마나와 선교사의 신 사이의 결정적인 차이에 말미암는다. 마나는 시과 같이 초월적 기호이면서, 본질적으로 예견 불가능하고 설명 불가능한 성격을 띠고, 신자의 해석과 어긋나는 여지를 항상 남겨두는 힘이다. 따라서 아포로시의 마나를 믿는 운동은, '진정한 우리들은 무엇인가'를 그의 언어 속에서 지속적으로 찾아가는 일이 되고, 무엇을 어떻게 실현할지에 끊임없이 놀라고, 그것을 찬미하는 활동이 되지 않을 수 없었다. '회사'라는 해답도, 크리스트교의 가르침에 대한 새로운 해석, 한층 더 상상을 초월한 의미를 내포하고 있는 것이다. 요컨대 전체적 진실이란 '이다'의 상태가 아니라, 끊임없이 붕괴되어가는 과정으로 존재하는 것이다. 키니의 언행은, 그런 경탄의 연쇄인 '와……와……와……'로서 생성된 것으로, 수목화를 벗어나서 지속적으로 그어진 선(분)의 일부라고 간주해야 할 것이다. 가령 그가 아포로시의 형인 아포로시 자신이 아니었다고 해도, '진정한 우리들은 무엇인가'를 탐구하는 운동에서 중심적으로 관계했던 것은 확실하다.

"진정한 우리들은 무엇인가"를 묻고 전체적 진실을 탐구하는 자세는, 아포로시가 사망하여 운동이 거의 소멸한 오늘까지도, 피지인 사이에 넓게 인식하는 일이 가능하다. 시티도 오세아도, 정치적인 입장의 차이를 넘어서 이 자세를 공유하고 있었던 것이다. 시티 등의 타우케이 운동가는, 경건한 크리스트교도로서의 피지인상(像)을, 키니와 마찬가지로 예전부터 전사의 이미지에 연결시켰다. 전체적 진실에의 의지에 의해, 하나의 '와……'가 드러난 한 개의 선이 그어졌던 것이다.

활동가들은 두 개의 이미지의 한쪽을 다른 한쪽의 상징과 흔적으로 하는 것이 아니라, 더구나 서로 상용되지 않는 두 항으로 하는 것도 아니라, 그런 안이한 관계 짓기를 철저하게 물리치고, 단지 '와……'에 의해 결합하면서, '진정한 피지인'이 현실의 외부에 존재한다는 것을 호소하고 있다. 그것이 오세아가 카바를 큰 도자기 속에 떨어뜨려 혀를 차고 머리를 흔들어 나에게 전하려고 했던 것과 같은 것은 아닐까. 피지인의 축복받은 힘이 현현하는 전체적 진실은 반드시 어딘가에 존재하지만, 기존의 생활과 국정(國政)과 교회 속에서 발견할 방법이 없다. 식인을 모방해도 발견되지 않는다. 오세아가 말하고 싶었던 것은 분명 그것임에 틀림없다.

5. 최초의 유토피아

나는 스스로 만났던 유토피아의 발로를, 지금까지 논의하기는커녕 언급조차 하지 않았다. 그것은 수목화를 범하는 학문 탓이 아니라, 유토피아의 드러남에 신경 쓰지 않았던 나 자신의 태만 때문이다. 다만

이에 대한 변명이 허락된다면, 전체적 진실을 멀리했던 인류학의 실정이 초래한 것이다. 인류학자가 목표로 하는 전체적 이해는, 사회구조든 상징구조든, 혹은 상정된 문맥과 관련된 전체에 지나지 않으며, 일정한 수목화를 전제로 성립한다. 동시에 수목화를 기획해도, 인류학자는 선교사들과 같이 전체화의 벽에 강렬하게 부딪치는 일도 없이, 혹은 부딪친다고 해도 새로운 패러다임을 고안하여 몇 번이라도 난국을 극복한다. 이 차이는 어디로부터 오는 것일까. 인류학자는 선교사들과 같은 열렬한 신앙도, 세계를 변화시키려는 정열도, 그리고 인간의 이상도에 대한 집착도 가지고 있지 않다. 그러니까 전체적 이해의 한계는 그다지 심각하지 않고, 추구하는 전체적 진리도 선교사만큼 두텁지는 않다.

이른바 포스트모던의 상황을 맞이해, 인류학자는 전체적 진실이라는 말조차 사용하기 어렵게 되었다. 포스트모던 인류학의 대명사라 할 수 있는 『문화를 쓰다』의 서론에서, 클리포드는 민족지의 허구적인 성격을 지적한 뒤에, "민족지의 진실은, 본질적으로 부분적 진실인 것이다"(클리포드·매카스, 1998:111)라고 단언한다. 이 주장은 센톤에 의해 강력한 지원사격을 받고 있고, 민족지가 해당 사회의 부분-전체관계를 어떻게 허구적으로 구축하는가에 대하여 선명하게 분석할 수 있다는 것은 인정하지 않을 수 없다(Thornton, 1988). 근래의 인류학에서는 '부분성(partiality)'과 '단편(fragment)'과 '위치'라는 말이 활개를 쳐가며, 여기에서 '전략'과 '퍼포먼스'가 당연한 듯이 얼굴을 팔고 있다.

그러나 인류학자에게는 스트라센이 지적한 것처럼 여전히 전체적 진실과 전체적 이해가 환영처럼 따라다닌다(Strathern, 1992). 불식하기 어려운 환영에 대해, 최근에는 불식의 필요 자체를 되묻고, 오히려 전체적 이해의 존재를 비판적으로 검토하여 민족지의 가능성을 찾으려는 주장도 나오고 있다(Rumsey, 2004). 전체적 이해와 전체적 진실은 간단히 떨쳐버릴 수 없고, 그리 해서도 안 된다. 애초에 민족지는, 부분적 진실만을 말하는 것인가. 현지조사는 기존의 전체적 진실에 대한 신뢰를 뒤흔들며, 별도의 전체적 진실의 존재 방식을 환기하는 일인 것이며, 민족지 또한 그러한 새로운 전체적 진실의 현현을 향해 쓰여야 하지 않을까.

이렇게 생각하면, 전체적 이해와 전체적 진리의 중요성을 다시금 마음에 새길 필요가 있고, 이 명기에는 유토피아로의 감성이 저절로 수반되지 않으면 안 된다. 유토피아는 사회주의와 천년왕국운동(예컨대 아포로시 운동)과 같은 특정한 양식에 도달하지 않고, 사람들의 여러 실천이 어딘가에서 끊임없이 드러났다 사라졌다 한다. 내가 시티와 오세아에 대해 느꼈던 것과 같이 받아들일 수 없는 현실과 자기를 앞에 두고 "진정한 우리는 무엇인가"를 묻고, 현실과 자기를 새롭게 받아들이거나, 혹은 받아들일 수 있는 형태로 변화시키는 과정은, 유토피아의 관념과 분리되기 어렵다. 우리들이 자신의 현실을 지속적으로 구축하는 한, 현실을 받아들여야 할지, 또는 "진정한 우리는 무엇인가"를 묻는 일은 매우 자연스럽고, 여기서 전체적 이해와 전체적 진리가 목표로 하는, 유토피아라는 관념이 막연한 내용이든 암묵적이든, 현전하게 된다.

전체적 진리의 현현이 이와 같이 불완전하고 소극적인 형태에 도달해도, 유토피아에는 여전히 생생하고 무거운 성격이 부착되어 있다. 식인을 모방한 시티의 경우는 말할 것도 없지만, 온후한 오세아의 행위도 형제간의 불화와 애증의 역사가 엿보인다는 것도 부정할 수 없다.

어쨌든 전체적 진실도 "진정한 우리들은 무엇인가"라는 물음도 시대에 뒤떨어진 포스트모던의 상황에서는, 유토피아의 생각도 접근하지 않는 발로를 다양한 형태로 발견하는 일 자체가, 인류학자를 넘어서 깊게 의의를 지닌다. 야단스러운 유토피아의 시대는 지나갔지만, 유토피아는 여전히 변하지 않는 생생함을 지니고, 여기저기에서 드러났다 사라졌다 하고 있다. 이 상태를 굳이 한마디로 표현할 필요가 있다면, '포스트유토피아'보다도 '최초의 유토피아' 쪽이 훨씬 잘 어울린다고 나는 생각하지만.

부기: 본 논문은, 2006년 4월 27~29일에 코엘대학에서 개최된'민족지적 픽션'에서 발표한 "Where Fiction and Reality Come to the Fore: On Anthropology in Fiji"를 전면적으로 고쳐쓴 것이다.

참고문헌

春日直樹(1998), 「食人と他者理解―宣教師がみたフィジー人」, 田中雅一編, 『暴力の文化人類学』, 381~408頁, 京都:京都大学学術出版会

_____(2001) 『太平洋のラスプーチン―ヴィチ・カンバニ運動の歴史人類学』, 京都:世界思想社

J・クリフォード, G・マーカス(1998), 足羽與志子訳, 「序論―部分的真実」, 『文化を書く』, 1~50頁, 東京:紀伊國屋書店

_____(2003), 太田好信ほか 訳, 『文化の窮状―二十世紀の民族誌, 文学, 芸術』, 京都:人文書院

G・ドゥルーズ, F・ガタリ(1998), 『千のプラトー』, 宇野邦一ほか 訳, 京都:河出書房新社

Arens, W, 1979. The Man-Eating Myth: Anthropology and Anthropophagy. New York.

Colonial Secretary's Office (CSO). n.d. Minute Papers (administative correspondence between colonial officials). National Archives of Fiji, Suva, Fiji.

Epstein, M. 1995. After the Future, translated by A. Miller-Pogacar. Amherst: The University of Massachusetts Press.

Hunt, John. 1838-1848. The Journal of John Hunt, Manuscript, Sydney, Mitchell Library.

Rowe, G. S. 1859. The Life of John Hunt. London: Hayman, Christy&Lilly.

Rumsey, Alan. 2004. Ethnographic Macro-Tropes and Anthropological Theory. Anthropogical Theory4(3), pp.267-298

Sahlins, Marshall. 1983. Row Women, Cooked Men, and Other "Great Things" of the Fiji Islands. In P. Brown and D. Tusin (eds.) The Ethnography of Cannibalism, Society for Psychological Anthropology, pp.72-93.

Scarr, Deryck. 1988. Fiji: The Politics of Illusion. Kensington: New South Wales University Press.

Strathern, Marilyn. 1991. Partial Connections. Maryland: Rowman&Littlefield Publishers.

_____. 1992. Parts and Wholes: Refiguring Relationships in a Post-Pural World. In A. Kuper (ed.) Conceptualizing Society, London: Routledge, pp.75-104.

Thomas, Nicholas. 1991. Entangled Objects. Cambridge: Harvard University Press.

Thornton, Robert. 1988. The Rhetoric of Ethnographic Holism. Cultural Anthropology3, pp.285-303.

Toren, Christina. 1990. Making Sence of Hierarchy: Cognition as Social Process in

Fiji. London: The Athlone Press.

Vernon, R. 1890. James Calvert or From Dawn in Fiji. London: Athlone Prees.

Originally published as Naoki Kasuga, "Utopia no Omosa,
Post-utopia no kokochiyosa," in Michiko Ishizuka,
Sachiko Tanuma and Ichiro Tomiyama eds.,
Post-utopia no Jinruigaku, Kyoto: Jimbun Shoin, 2008.
ⓒ 2008 by Naoki Kasuga
Reprinted by permission of the author through Jimbun Shoin, Kyoto.

윤인로   1978년 경북 영천에서 나고 부산에서 컸으며 동아대를 나왔다. 하나의 체제가 스스로를 신성한 것으로 고양시키려는 과정에 대해, 그리고 그 과정과 동시적으로 구성되는 주체들의 또다른 신성한 힘에 대해 공부하고 있다. 〈해석과 판단〉 1집부터 구성원으로 참여하면서 읽고 썼다. 다시 다르게 8집을 만들어갈 수 있다고 믿는다.

김남영   1972년 부산에서 나고 자랐다. 시를 좋아해서 시를 쓰기 위해 대학에 진학하였으나, 시를 읽고 말하고 싶은 욕망에 사로잡혀 비평의 길로 접어들었다. 공부가 늦은 셈이다. 대학에서 강의를 하면서 '잃어버린 길을 다시 찾은' 의지로 정치 사회문제에 고개를 돌리지 않았고, 개인 혹은 집단의 정치적 무의식을 밝히고 싶은 생각이 간절하다.

이희원   1977년 부산 태생. 부산대 국어국문학과 박사수료. 〈해석과 판단〉 4집 작업부터 함께하면서 비평 공부를 지속하고 있다. 문학을 통해 사회적·언어적으로 제대로 규정되지 못하거나 포획되지 않는 존재들을 포착하고 이들이 가진 사회적 힘을 알고 이야기하는 사람이 되고 싶다.

오현석   1982년 부산 출생, 부산대 박사과정. 〈해석과 판단〉 7집이 해석과 판단 동료들과 함께하는 첫 번째 작업이자 세상의 문을 두드리는 나의 첫 비평이다. 사진에 관심을 가지고 프레임을 통해 비평에 다가가는 길을 이번 7집에서 모색해보려고 했다. 드러나 있는 것 같은 감춰진 세상을 다시금 제대로 드러나도록 앞으로의 작업을 이어가겠다.

고은미   1982년생, 동아대 박사과정 수료. 탄생 110주년, 사후 50주년 된 오즈 야스지로의 영화를 다시 보고 있다. 오즈는 다작한 감독이지만, 포착한 삶의 내용은 매우 한정적이었고, 형식 역시 완고하리만치 자신의 스타일을 고집하였다. 그 반복은 어떤 완전성에의 추구였다. 이후 그가 무덤 비석에 남긴 것은 단 한 글자, '無'였다. 그의 그런 '진심'

244

은 오랜 후에도 감동을 준다. 〈해석과 판단〉에서의 비평작업 역시 수년째 엇비슷한 길 위에서 서성이며 반복을 거듭하고 있지만, 오랫동안, 고집스럽게 어떤 완전성에의 추구를 멈추지 않을 수 있다면 좋겠다.

장수희　1979년생. 일본군 위안부의 재현에 대해 연구하고 있다. 비평을 쓰면서 언제나 글을 쓰고 있는 스스로의 입장과 위치가 흔들리고 휘둘렸던 것 같다. 그러면서 흔들리고 불완전한 존재를 던지는 것이 비평이 아닐까 하는 생각을 하게 되었다. 해판에 있으면서 가까스로 비평이 어떤 것인지 알아가고 있는 것은 아닐까? 잘 읽히는 글을 쓰고 싶다.

양순주　1985년생. 대학에 들어온 후부터 진주를 떠나 부산에서 줄곧 생활하고 있다. 공부가, 말과 글이, 공허한 수사가 되지 않았으면 한다. 그리고 그 분투와 고민을 나 혼자만이 아니라 함께하는 이들과 나누면서 구성해가고 싶다. 더불어 처음 함께하는 작업 속에서 드러난 나의 약점이 이러한 말들을 배반하지 않도록 부단히 노력해야 함을 뼈저리게 느낀다.

정기문　1981년 부산에서 출생, 동아대학교 국어국문학과 박사수료. 주체의 구성과 이를 둘러싼 사회적 장치에 관심을 갖고 있다. 현재, 일제 식민지 시기 카프 문학과 전향에 관해 연구하고 있다. 문학을 통해 세상을 변혁시키고 싶다는 바람으로 대학원에 진학했으나, 세상은커녕 나 자신조차 추스르지 못할 때가 많다. 하지만 스스로 이 마음을 저버리지 않고, 삶-연구를 해나간다먼 디디나마 조금씩 나와 주변, 그리고 세상이 조금은 나아질 거라 믿는다.

유토피아라는 물음 해석과 판단·7

초판 1쇄 발행 2013년 12월 30일

지은이 〈해석과 판단〉 비평공동체
펴낸이 강수걸
편집주간 전성욱
편집 윤은미 권경옥 손수경 양아름
펴낸곳 산지니
등록 2005년 2월 7일 제14-49호
주소 부산광역시 연제구 법원남로15번길 26 위너스빌딩 203
전화 051-504-7070 | 팩스 051-507-7543
홈페이지 www.sanzinibook.com
전자우편 sanzini@sanzinibook.com
블로그 http://sanzinibook.tistory.com

ISBN 978-89-6545-239-3 03810

*책값은 뒤표지에 있습니다.
*파본은 구입하신 서점에서 바꾸어 드립니다.
*본 도서는 2013년 부산문화재단 지역문화예술육성지원사업의 일부지원으로 시행됩니다.
*이 도서의 국립중앙도서관 출판시도서목록(CIP)은 e-CIP 홈페이지
 (http://www.nl.go.kr/ecip)에서 이용하실 수 있습니다.
 (CIP 제어번호: 2013028854)